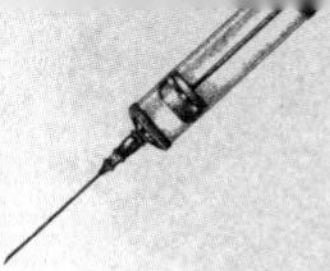

後山怪咖醫師與那些奇異病人

李惟陽——著

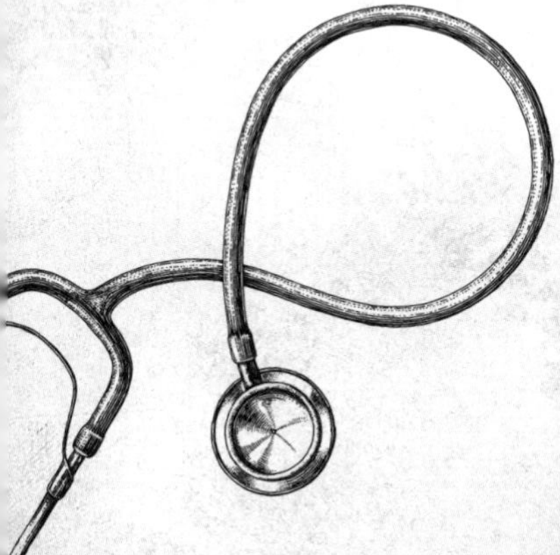

推薦序

Foreword

我伍惟陽

國家衛生研究院 院長 梁賡義

新冠疫情期間，在研發疫苗兵馬倥傯的時刻裡，接到晚輩惟陽要出書的訊息，我還真是服了他對病患故事的狂熱。

個人長年在國內外學術機構從事教育及研究工作，惟陽則在蘭陽平原臨床服務四分之一世紀。在國家級研究機構的巨塔中殫精竭慮的我，是如何和一位農業縣份的臨床醫師碰撞出火花？說來還是大麥的緣分，這裡的大麥倒不是蘭陽平原的農特產。

我和惟陽的結緣其實不是醫學專業，而是偶然。我在陽明大學任職校長的最後一年，一位醫學系的女孩有著鴻鵠之志，畢業後想赴國外修習公衛碩士，到辦公室找我，希望我能推薦。我在垂詢中，輾轉知道她家族的社會志業「安安慢飛天使家庭關懷協會」與「全國兒童神經精神科學勵翔獎」。也因而和大麥的媽媽爸爸，昭儀女士和惟陽醫師認識。

惟陽顯然是一位非典型的醫師，如果要用生物醫學術語，就是 aberrant 或是 mutant。他真正在醫學研究上的時間很短，他在美國加利福尼亞大學洛杉磯分校（University of California, Los Angeles, UCLA）研究的人工肝臟和肝細胞移植在現今臨床應用已然不是主流。他在蘭陽平原上貢獻的膽道內視鏡手術、早期癌內視鏡手術和肝癌超音波手術也是塵埃落定、行之有年的專業。讓我好奇的，反倒是他在他的病友群中所看到的繽紛人生。

我的書櫃上已經有他贈予兩本醫病關係的回憶小說了。分別是《後山怪咖醫師》和《肝膽相照》。書中的他，真是大開常人的眼界。

大部分臨床醫學討論會，醫師可能熱烈地討論病友的病理特色、診斷辯證、治療選項、成果評估。爭之強辯之疾的場面也時常可見。可是惟陽對他的病友的關心可不只這些，他還進一步去了解病患的心路歷程、病患家屬的曲折故事。見到病人水果籃裡生鏽的山刀，深入僻處雪山山脈的原住民部落挖掘有別於正史中莫那．魯道的角色；應承肝癌病人的相邀，飛越半個地球到紐約唐人街的慈惠堂敬拜王母娘娘；幫腦性痲痺孩子裝胃造廔管後，為了找尋他幼年腦傷的原因，老遠開車到花蓮富里西拉雅族教堂旁的客家農田間。這種種古道熱腸和對人文的關懷，絕對不是當代被「按件計薪」和「醫院評鑑」所框架的醫師行為。

惟陽的幼子賦安自小為癲癇、發展遲緩所苦，而在六歲時因腦癌過世。其夫人昭儀創立了「安安慢飛天使家庭關懷協會」，以服務全蘭陽地區慢飛天使為志業。為了鼓勵年輕學者在癲癇、發展遲緩和兒科腦部腫瘤方面的研究，惟陽也成立了「全國兒童神經精神科學勵翔獎」。這個研究獎項，近年來已成為國內相關學科的桂冠級榮耀。可是，惟陽特殊的心願，是帶領象牙塔中的尖端學者深入塵世，和慢飛天使及家長切身接觸。他希望讓學者看到他們服務的對象，激勵學者研究的使命感；他希望讓家屬看到有學者在為他們小朋友的病殫精竭慮，感受到黑暗中的明燈。這些國際級菁英學者受獎時，獎牌的另一端是慢飛天使弱小的手。我深深感受到他對這志業的執著。為了支持惟陽的志業，三年來我與他一起獎勵這些優秀學者，頒予他們「神經精神科學優良研究獎」，希望幫惟陽夫婦表揚並更加激發研究者悲天憫人、將愛心付諸行動的使命感。

這兩天，惟陽送來新書文稿，益發讓我目眩神馳。疾病之外，病人竟可以帶著我們無限擴展時空的視野，領會陌生遙遠的生命詩歌。

原來討論減肥可以進展到納粹禁衛軍逃到南美洲的後裔；令狐沖上了黑木崖，可以邊學茶道邊把彌勒佛送去羅馬帝國；小興安嶺裡面藏著聖誕老公公及契丹遼國和完顏大金的血緣；信奉耶和華的猶太人千年前定居開封；解決便秘腹脹，進而發現病患家族潛藏大腸癌病變基因，更帶出在時空背景下，同鄉、異鄉及家鄉三者彼此之糾葛；診斷出鉤端螺旋體感染，也勾出了大時代隔代教養之親情與往日情懷。我們的研究者在顯微鏡下探討奈米間細胞的微妙變化，李醫師的故事卻帶著大家瞬間地球南北東西、上下古往今來，風馳電掣。

惟陽對患者的感受真是一般醫師沒有的細膩。除了與他同行，互相鼓勵研究使命，我推薦給全球朋友這本奇幻著作。

*原為「我武維揚」，在此借用為我和惟陽夫婦在推動社會志業、人文關懷，是共同努力的隊伍。

推薦序

Foreword

後山羅漢

台灣文學獎作家&幹細胞治療先驅
陳耀昌教授

話說今年（二〇二一）七月，台灣消化系醫學會年會，我應邀主持了一個很「潮」的幹細胞專題「幹細胞治療在消化系疾病的研究進展」。這種醫療新知綜論，通常講者都是各領域的掌門。

各掌門演講完畢，坐在第三排的一位中年醫者舉手發問。通常此類大議題，各領域彼此隔行如隔山，發問者大抵是只針對其中一領域發問。而此這位醫師對每位講者都有精闢之提問，於是每個講者輪流回答，整個Q&A十五分鐘，就是他一人包了。只見他引經據典，洋洋灑灑，功力非凡。

我坐在講台上，不覺大駭。這位似乎在細胞會議上從未見過的陌生醫生，皮膚黝黑，臉上線條剛硬，殊異於象牙塔內醫師之頰紅膚白，溫文儒雅。我心中想，「此是哪個醫學中心的高人？何以老夫不識？」

於是散場後，我趕緊趨前，擬交換名片，卻突然驚覺此高人正是我的台大學弟，自號「後山怪咖」的李惟陽，只是變黑變乾變中年大叔了，不覺啞然失笑。

我早已自網路得知在羅東行醫的李醫師諸多傳奇，也拜讀過李醫師不少妙文，最近更在FB上與徜徉在衣索比亞高山大湖的李醫師聊天。沒想到二十多年不見，一朝見面竟認不出。

二十多年來，他看破在大型醫學中心當大牌醫師的虛榮，把他的不凡醫術奉獻給偏鄉病患。而且他也異於與醫學中心的消化系專科醫師的只攻一門，或胃鏡或大腸鏡或超音波。他則樣樣來樣樣通，通胃鏡通大腸鏡，連最難的ERCP也得心應手，超音波更不用說了。甚至屬於放射線科的一些侵入性診治技術，他也全部嫻熟，可說是十項全能。醫暇之時，則專到人跡少至之處，在國外如自西伯利亞到衣索比亞；在台灣由這峰到那岳，周旋於泰雅與阿美之間。他現在的花白短髮配精瘦體型與苦行作風，讓我想到佛教中的羅漢。

在那次討論會重逢之後，李醫師來函邀我為他的第五本新作寫序。這真是我的榮幸，於是我拜託他把前四本著作全寄給我。對這樣一位多元才華，特立獨行，悲天憫人的羅漢醫者，我希望能了解他的全貌。

同是醫生作家，唸他的書，真是於我心有「淒淒」焉。因為他寫出了我所寫不出來的東西。我寫的是歷史，我完全不在故事中；他寫的是生活，他的每一篇故事，都是他的生命火花。我寫的是長篇；他寫的是短篇。我幾乎從不寫醫學，而他總是能那麼神妙地把一種疾病的病因及治療放入文章裡面，渾然天成。一個在課堂上又複雜又無味的疾病介紹，在他筆下，卻能完全融入生活中，然後再慢慢像科學辦案一樣抽絲剝繭，而又加入詼諧的文字，人性各種面相，而場景、人物又如此多元，讓我著迷。

即使在李醫師與我共同愛好的原住民學、人類學與民俗學領域，李醫師也令我欽慕不已。

首先，是他的多國語言天分。他可以用西班牙文把妹，用德文、日文、阿美、泰雅對話，甚至俄文也難不倒他。因此，他每到一個地區去闖蕩，馬上可以用當地語言與當地居民溝通拉交情；相較我在東京大學六個月，而今連日文五十音都記不起來，真讓我羨慕。

再則是他的體力。他獨自上山下海如家常便飯，可以面對黑熊、鱷魚而不驚，不怕寒天雪地，雖高山深海如履平地。我雖然號稱喜愛下鄉踏查，都是靠台灣的高鐵或朋友的車子，自己既無駕照，也無腳程，雖然跑過許多地方，但都是寺廟、部落，雞犬相聞之地。

總之，李惟陽醫師的作品，本本好看，篇篇精采。我們二人，算是醫師作家的七爺八爺。而我年長，是七爺，惟陽少我十多歲，就委屈當八爺了。

李醫師，你不是怪咖，你是羅漢。

自序
Preface

來個報復式書香吧！

這可是我的第四本醫病回憶錄了。

距離第一本的《後山怪咖醫師》遠超過十年，離上一本《肝膽相照》也六年了。是什麼原因讓我停筆多年呢？您用膝蓋也猜得到，當然是沉浸在臉書的即時讀友反應和一來一往的無時差開心討論上。

說來令人爆笑！當初因為臨床工作的繁忙，我連臉書都沒碰過。可真是應出版社的要求「要勤於和讀者互動」，才勉強登錄一個FB戶頭的喔！大大不料，這一頭栽進去，就像吃鴉片一樣夜夜和網友互動，就忘了寫長篇的文章交差。出版社這下當真是傻眼了！

臉書真正迷人啊！我可以上周 PO 高山百岳上的壯麗風景，讓山友羨慕流口水，這周 PO 後院的虎頭蜂窩和前院草叢裡的雨傘節，引來一眾網友的驚呼；下週 PO 午後在南方澳豆腐岬海水裡看到的美麗珊瑚礁和水母，再度令網友嘖嘖稱奇。只要文章配著照片上網，等幾分鐘就可以開心地一來一往回答網友。越是無釐頭的爆笑蓋樓，越是眾樂樂。除了我冷感的政治，隨時都可以引來對各種議題的及時心靈分享。

環顧周圍的朋友，上臉書、逛粉絲頁的人可真要比流連在傳統書局的多了好幾倍。興趣上的山友、網球友、書友、愛樂友。職業上的病友、同事、同學、同業。生活上的原住民獵友、工匠機師、企業老闆、農友林友、教授學者，當然還有會吵翻天的死忠藍綠粉。我常自嘲：如果把 PO 文一周後留言的朋友都當買一本書的書友，我的出版應該勉強可以養活一個中型書店吧！

臉書的全民運動，讓社會的閱讀習慣有了重大的變化。連我寫第二本書《熊吻．裸奔．CPR》時，出版社的總編都提醒我「一篇文章不要超過一萬字」。嘿嘿！因為「這個世代的讀者會看得很累」！

幾年裡，兩個女兒向別人介紹自己的爸爸，都說爸爸在意的阿拉伯數字不是薪水數目、不是股市點數、不是藍綠選舉票數。老爸只在意「按讚數」和「留言數」！只要看到爸爸那天心情好，一定是留言數創新高。

可是，就像是學院畢業的鋼琴師，討生活天天彈奏凱文．柯恩或理查．克萊德曼輕音樂，為酒店裡的客人帶來即時的浪漫。可是總盼有一晚咖啡香後，夜闌人靜時好好為自己彈一首蕭邦或拉赫曼尼諾夫的學院派「炫技曲」。我也相信我的一部分故事要留給真正的書香人。

醫師和鎮公所的事務員、或是中華電信辦新手機的櫃台專員一樣，每天都要面對數十位或生或熟、帶著姓名基本資料的面孔。可是診間裡的氣氛就和區公所、手機櫃台截然不同！病友會掏心掏肺告訴你他的私密，有時私密得連閨密拜把好友都不會說的。包括他千年的家族密碼，包括他從前不堪的江湖生活，包括家族逃避追殺的跨洲流亡，包括他她潛藏控制男性的慾望。病人就像是我的社會大學老師，教導我各個面向超乎想像的社會學。如果能把這貫串千年古今，橫跨地球南北的娓娓故事，用古典的文字分享給你，那就是我在這文字崩壞的年代，仍要彈奏的「炫技曲」。

小鎮病友的故事曲折離奇，小框短文的隻字片語真的沒辦法前後交代釐清。滑看臉書的地方可能在捷運上、餐廳裡，背景哄鬧喧囂，根本沒辦法沉澱心境來閱讀。

許多有哲思的朋友常在臉書上發表鏗鏘有力的長篇哲理，這些佳作集結起來早就是一本本醒世好書。可悲的是：他們嘔心瀝血的長篇作品常埋沒在短篇的自High文海中，閱讀率被上一篇網紅小吃菜餚的照片、和下一篇民宿裝潢的照片徹底打敗。

那麼，離開臉書兩、三個晚上吧！我的病友的懸疑人生，要好好地鋪陳給真正愛讀書的你。你或妳不是在串文貼中被動地隨機欣賞短文，而是主動地想要催動思緒，用心靈推敲。在安靜的夜裡，椅旁的茶几有溫熱的咖啡，懷中的喵星孩兒沉睡。

二〇二〇年Covid-19肺炎全球擴散、各國封疆期間，國內爆發報復式旅遊的全民運動。島內的景點被狠狠地溫故知新一遍的同時，也帶來許多朋友們更多居家沉澱的時光。那我就來個報復式寫作，重拾古典的「炫技曲」，告訴大家我的病友們教我的光怪陸離的社會學。書香讀友的你，盍興乎來，也使個報復式閱讀吧！

李惟陽於羅東賦安居

目錄
Contents

Chapter

趙七燈

「欸！護理師美女，我趕十一點到台北的火車，只剩半個鐘頭了，能不能先讓我插隊看一下……」診間門微開，一個帶著淺底藍瓜皮帽的臉伸進來，細聲地跟護理師拜託。

「李醫師，這位病人說要趕半個鐘頭後的火車，能不能先讓他看。」護理師學妹美雪勉強轉達。共事二十年，她知道我很在意排隊正義。

我正在跟一個七十來歲佝僂的老先生費心解釋大腸癌術後化療可能遇到的併發症，以及標靶治療免疫治療的選擇，實在不知道怎麼中斷，隨口答了一句：「只剩半個鐘頭，也來不及問診、給藥和批價呀。要不要先去台北辦事，可以掛我明天下午的診。」

藍帽先生看我有回話，竟然一個閃身進門，站在老先生旁：「李醫師，我想要排個大腸鏡，能不能先幫我安排一下？」

「大腸鏡是屬於高價檢查，沒有下腹的相關症狀不能隨便安排。你有什麼症狀嗎？」我皺著眉頭回應：「人家老先生剛開完刀，傷口都還在，可不可以等我跟他解釋完？」

「我有糞便潛血反應陽性的體檢報告。您就幫個忙先開檢查單，半分鐘就好了吧！」藍帽先生約莫五十歲，方臉褐膚，下唇蓄著的小鬍子，跟著他的插嘴，上下一動一動。手一揚，一張職業工會健檢的報告單直接拍打上我電腦鍵盤旁。藍帽先生的西裝袖碰上我的手肘，老先生無辜的臉反而被他寬大的西裝遮在後面了。

「噯！人家老先生是照號碼排隊進來的耶。」老實說，我著實不喜歡這樣咄咄逼人的近身互動。「而且你這張的一般糞便檢查用的潛血反應是化學法。化學法容易受食物影響偏差，現在標準的潛血反應是用免疫法喔。我恐怕得開個單子讓你再用免疫法驗一次。」為了避免更費時的理論，耽擱更多病人，我只好先幫他處理：「這幾天收集好糞便，拿來檢驗科後超過半天就可以掛號看結果。任何我們消化系的醫師都會幫你處理後續檢查……」

「我老早就打聽好了。今天連早上新鮮的大便都帶來了，可以馬上驗！」一側身，藍帽從西裝褲的左袋掏出一只塑膠袋，裡面軟軟地包著黃澄澄的一坨屎。

「別再放到桌上了，」我抬手趕快阻止他那包屎袋的下墜，完全屈服他的插隊了：「我趕快開單子給你去驗就是。一個鐘頭以後就可以看到結果，如果免疫法也是陽性，我就幫你排大腸鏡吧！」我哭喪著臉一邊幫他進電腦資料，開檢驗單；一邊跟老先生道歉，說只要耽擱一兩分鐘就好。心裡吶喊著，這樣還要勝過花五分鐘消毒滿是細菌的桌面。

健保卡遞過來，上面的名字是趙七燈。這個有意思，不是登發，登科的登。一定是出生時，命格極度缺火，命相館的老仙加上火邊，再乘以七。

「謝謝李醫師喔。炳華說你的名聲很好，都會幫病人的忙。」藍帽七燈邊恭維邊補上兩句：「我是炳華的拜把啦！炳華說你認識他，一定會幫他的朋友呀……」

「炳華是誰？」我愣然，腦袋裡一邊迅速翻著我的好友名冊，爬山的、打網球的、聽音樂的、南澳四季的原住民朋友，我社區大學自助旅行課堂裡的學生……。

「啊，就是上一屆的縣議會議長呀！」藍帽七燈：「沒關係，你可能和他不很熟，不過他說他認識你呀！」領到潛血反應的檢驗單，他終於退開我的肘邊，我又看到了滿佈擔心皺紋的老先生的臉。

這是什麼屁話？到底是恭維還是比較像威脅？我真想趕快讓他結案，回頭顧一下老先生。

「李醫師你這裡等我的報告出來喔，」他閃身正要出門：「你一個鐘頭後還沒下班吧！」門自動掩上。

「啊，可是你要去台北的火車不是半個鐘頭後……」美雪在他背後大喊提醒。

「沒關係，沒關係，我下午再去就可以了。」這句話從門縫裡透回診間。

可能因為早上檢體過多，七燈回診間的時候已經是十二點四十了，剛好最後一位患者看完。我打開他的潛血檢驗報告，赫然發現真的是陽性。

「真的應該排個大腸鏡檢查了，若有息肉會一併幫你切除。」我認真地要為他解釋大腸鏡檢。

沒等我第一句話結束，七燈立刻道：「李醫師，我要自費做無痛鏡檢。既然要無痛鏡檢，你就幫幫我，一併排個胃鏡吧！」

「呃……其實免疫法潛血反應陽性，反映的是下消化道出血。政府也規範國民只作大腸鏡檢查呀。」

「可是我是自費耶！」七燈神氣了起來，好像要告訴我們他口袋很深。

「不是啦！雖然你的無痛手續是自費，可是因為胃鏡大腸鏡檢還是健保給付，醫師排檢依然要接受健保局節制呀。健保沒說能加做胃鏡。」我知道他想繳一次無痛手續錢多做檢查，近年來這樣想的病人還真不少。

「沒關係咯，李醫師麻煩發揮一下你的醫德，多照顧我們『弱勢』的百姓啊。」

他這種善辯鑽營的手腕，委實看不出他的「弱勢」。

「健保資源有限，拜託大家應該共同珍惜！」我耐心地維持我的專業。

「反正錢也不是李醫師口袋出來的啊！還是我請炳華拜託你們院長通融一下？」

「我們的健保資源，都給你們這種人這樣享受掉喔？」美雪終於忍不住了，插嘴進來：「人家古代一燈大師是有道高僧，為了度化惡人甘受痛苦。」她氣得臉都紅起來：「你是七燈耶！要有七倍的修養好不好。」

嘿嘿，惡人無膽。被美雪一凶，當真不敢再提加作胃鏡的事了。謝謝金庸隔空運功幫忙。

大腸鏡排在下個星期三上午。

隔天周五下午，我正看十九號病患時，七燈的頭又探進診間：「李醫師，不得了。我太太的肚子很痛很痛，不能忍耐了。能不能先插隊看一下？」

我瞄了一下螢幕，俞某某四十一號。

「這麼嚴重，要不要直接去掛急診。」我擔心急症等待太久病情會惡化。

「可是她真的很痛，一直想吐，拉三四次肚子。可能來不及改掛了。」七燈疼惜老婆的真誠讓我放下昨天的惡劣印象，擔心起來。

美雪狐疑地問：「李醫師你又破例了。會不會又對不起乖乖排隊的病友？」

「可以誤診一千個輕症，不能錯過一個外科急症。」我解釋道：「說不定要立刻住加護病房哩。請趙太太進來吧。」

門一打開，一個穿鮮帶亮的婦女款款走進來，笑盈盈坐下。

「不是很痛嗎？」我狐疑起來。

「真的很痛啊！」連回答都是笑盈盈地。遞上一張名片，上面印著「蘭陽美容協會理事長俞賜樂」。「李醫師夫人如果有美容、化妝或保養品的問題，我很願意服務喔。」太強了！看病前先忍痛做工商服務。

「我太太工作忙，沒什麼化妝。不過還是謝謝您的心意。」我接過名片：「痛多久了？」

「已經痛三個月了。」三個月？我和美雪差一點沒從椅子上跌下來。

趙太太一邊笑盈盈，一邊指著右下腹：「盲腸這一點，」再指左下腹：「和乙狀結腸這一點，兩邊都痛。是不是應該要作大腸鏡？最好也排下星期三和我先生同一天檢查。」

我氣急攻心，不怒反笑，指著她的左上腹說：「而且這裡也痛，是不是也要作胃鏡？而且兩個加在一起，要作無痛處理對吧！」

「李醫師您真是神醫，我正要說我胃這一點也痛哩。」笑盈盈乘以四次。

我抬頭問七燈：「老實告訴我吧，你們夫妻為了省錢作免費胃鏡大腸鏡健康檢查，昨天預演了多久？」

「李醫師昨天不是說要有症狀才能排檢查？」七燈謊言被戳破，陪著笑臉：「我們昨晚託兒子上網找了張腹腔器官的圖譜，認好胃、盲腸和乙狀結腸的位置，是準備了好久。」還帶個拍馬屁：「就是想讓李醫師您病歷上好交代，不會為難健保局。」七燈講起話來，嘴脣一噘一噘的，活脫就是一個奉承討好的典型。

我氣到突然開始喜歡七燈了。原來他不是偽君子，是真小人，連說謊的戲碼都老老實實招認。

「可是李醫師怎麼知道我們的計畫？我太太跳元極舞跳得厲害了，下腹那兩點真的偶爾會痛呀。」

「我們哺乳動物在遠古的時候，腸道是直的，感知腸道的神經也告訴主人腸道的不舒適是表現在腹部的中直線上。這個特性，一直到我們人類的腸道開始彎曲排列後，仍然存在。所以，不論是左上腹的胃，右下腹的大腸或左下腹的乙狀結腸，除非外科急症的特殊狀況，這類的不舒適都表現在我們上下腹的中線範圍，不是你們想像中器官的相應位置。」我一邊說明醫理，一邊在七燈的肚皮上比劃：「而且內臟的痛，表現在肚皮外，都是模糊的大區域，不會是明確的小區域。反過來說，如果是明確的小區域痛，就比較像體壁的疼痛，就是一般的筋骨扭傷。你們指這麼小的一點，最可能是跳舞拉傷，再怎麼估也跟內臟無關。」

「可是我們夫妻倆都五十歲了。人家不是說過四十歲就應該健康檢查嗎？我們交了那麼多年的健保費，做做健康檢查一下也是合理的啊。」謊言被一一戳破後，七燈竟然前仆後繼、越挫越勇。

「趙先生太太的想法當然是一般人共同的想法。我從前得過肺炎，肺部有結疤，是肺癌發展的危險因素。我家族遺傳高膽固醇，也天天怕中風和心肌梗塞。我因為椎間盤脫出開過脊椎骨兩次，所以我每年都希望做電腦斷層看心臟看肺，還想做核磁共振追蹤我的脊椎骨。」我按捺著性子解釋：「人人都有他怕的健康問題。如果每個國民因為害怕得病就要健保局給付健康檢查，我們再繳五倍的健保費也不夠呀。」

我講的話越來越嚴厲：「還有，你們夫妻用各種藉口插隊，實在對不起守法排隊的病友。今天答應你夫人插隊，我李醫師覺得應該對被插隊的乖乖病友磕頭道歉。」

一陣冗長的說明，終於換得趙夫人先篩檢糞便潛血反應。

我開始覺得，就像美雪預測的，如果相信七燈就這樣結案，我一定是社會歷練不夠。

星期三早，一群綜合診療中心的學妹在大堂忙東忙西，為十點前的胃鏡和超音波檢查忙碌。櫃台這邊收單登錄電腦的、確認檢查後有否開藥的附帶行政的；準備區先幫胃鏡病患打止痙劑的，噴口腔麻藥 Xylocain 的，囑咐大腸鏡病友換檢查開襠褲的。簽名區帶領病患家屬觀看衛教影片的、指導病人簽檢查或手術同意書的。至於每間檢查間裡頭，繞在醫師旁邊的學妹，有忙著觀察病人血壓、氧氣濃度指標的；有陪在胃鏡旁做切片或幽門桿菌尿素酶試驗的，當息肉切除手術或止血手術的助手的；還有在醫師旁邊等著檢查完畢拆下胃鏡飛奔去洗滌室入機消毒的。大伙兒手忙腳緊。我常常想，如果每個國民都像我們綜合診療中心的學妹那麼勤奮伶俐，中華民國十年內超日趕美。

急診來的這位酒國英雄，酒精性肝硬化，平日就黃疸一肚子腹水。半個鐘頭前在工地大吐血被送到急診，血壓不穩，急診同事說只要初步止血完就要送加護病房輸血。胃鏡裡，可以看到滿胃鮮血的水平面上，胃底部靜脈瘤破裂，一道血箭飛噴。

電影裡面，英雄為了拯救下水道裡溺水的女主角，必須在洪水淹到天花板前的那一刻，吸一口最後的空氣關上水閘門。一旦水滿，就沒有機會了。胃鏡裡頭，我也必須在積血淹沒胃靜脈瘤之前的那一刻，把血管硬化劑（Histoacryl）及時打進靜脈瘤阻住血流。一旦血淹滿胃底部，就沒有機會看清出血點止血了。打硬化劑最是凶險，一來分秒必爭，必須在幾秒鐘之內把硬化劑經由導管送進血管瘤。時間耽擱了，硬化劑就凝固阻塞在導管內，萬事休矣。二來，打硬化劑是一個「先破壞後建設」的危險任務。前一秒鐘把硬化劑導管的針頭扎進靜脈瘤，後一秒鐘硬化劑還沒注射進入靜脈瘤的那一剎那，如果病人一個反嘔咳嗽，針頭離開靜脈瘤，更多的血就從針孔處噴出來，那就是兩倍的災難。

護理師宛鈺瞬間調好硬化劑。我習慣性默默祈禱成功，正要出針頭的時候，報到櫃台的電話來了！

芸琪拿者話筒喊過來：「李醫師，有一位先生堅持要馬上做大腸鏡，在櫃台僵了很久，欣月組長快要 hold 不住了。」

我接過電話，大聲道：「電腦上的排程，大腸鏡不是從十點開始嗎？現在才九點四十五呀。」

「他說他是你的好朋友，說你答應他不會等太久久，可以做大腸鏡的啊！」

「怪了？我哪答應誰了？」我大聲吼進兩公尺外的電話筒：「除非高齡、推床或緊急case，我沒答應過誰可以隨到隨做呀？」身為醫師，我們當然知道隨便破例，就是禍延櫃台，排程大亂，激起大量守法排隊病友的不滿投訴。

「李醫師，硬化劑已經接觸空氣很久了，快凝固了。」學妹急得大喊。

我深吸一口氣，一針扎進靜脈瘤：「打硬化劑！」

就像關水龍頭一樣，螢幕上激噴的血柱漸漸地變涓滴細流，終於止住。

「完封！」學妹們高興地大叫。

我急急脫下手套甩進垃圾桶，和著滿胸口被噴上的血和血塊衝到大廳櫃台。一男一女迎上來，藍色的瓜皮帽、唇下的小鬍鬚，可不是七燈夫婦是誰。七燈的瓜皮帽，底淺到連頭頂的黑髮都要蓋不住，好像一塊布淺淺地貼在頭頂上，實在令人印象深刻。

七燈不等我伸出，立刻兩手拉起我的右手：「李醫師，門診小姐不是說來等個半小時以內就可以做到大腸鏡嗎？」

「我兩手噴滿血，還沒洗喔。」我左手拿過欣月手上七燈的大腸鏡約檢單端詳。七燈放開我的手的速度呀，簡直像是被仙人掌扎到一樣。

「你的單子上，斗大的字明明寫著你的預約檢查時間是十一點啊！」我忍不住硬狠狠地回答：「我們護理師學妹說的是請您十一點到，我們有很大的信心半個鐘頭之內會幫你做到大腸鏡。」

「唉呀！對不起呀！我沒看到十一點這幾個字啦。」七燈一邊賠罪，一邊賣乖：「可是我們夫妻倆已經進來大堂等了三個半鐘頭，餓得頭昏眼花了。我怕我有糖尿病，李醫師你行行好。」

真是睜眼說瞎話，學妹八點才上班，三個半鐘頭前這裡根本連電動捲門都還沒打開。

「你知道你剛才的打擾，干擾緊急手術，危及一個病人的生命嗎？」我心裡一邊咒罵，一邊說理：「除了大家按電腦排定的時間到檢外，急診或加護病房的病人病情危急，也必須優先檢查。這種變數，是待檢民眾必須有的同理心啊！」

欣月緩頰道：「李醫師，過了就算啦，趕快做檢查趕進度吧。欸！你怎麼對你的好朋友那麼凶？」
我無奈地雙手一攤：「是啊！上禮拜門診剛認識的好朋友。」
「七燈兄，你真的很會一點一點佔人便宜耶！」我想趙先生身段高強，一定是讓每一個和他交過手的人，頓時紅燈、橙燈、黃燈、綠燈、藍燈、靛燈、紫燈，七個燈泡在腦袋上空啾啾旋轉。行誼卓然，因以得名。
「還好啦！一次積一點，累積多了，就是財富呀！」七燈兄臉皮之厚，真是天下無敵。
「欸！那是稱讚猶太人勤儉的話，可不是說佔人便宜。」
「沒錯呀！李醫師真是半仙，我就是猶太人呀！」
「趙先生你真會開玩笑。」欣月一邊上點滴瓶一邊插話。
「不騙你們醫師護理師，我先生真的是猶太人呀！」一旁趙太太俞賜樂終於開口了。
都被七燈唬爛到經驗豐富了，對他這多唬爛的一次我連細問都懶了：「我進去做等很久的病人了，請你按照次序稍候。」

七燈被推進大腸鏡檢查室的時候，掛在牆上的時鐘指著十點五十七分。了得！為了沒辦法付一次錢賺做胃鏡，七燈真的取消了大腸鏡的無痛手續。

「我也贊成不一定要付兩三千元做無痛大腸鏡。」我這是第一次和他有同理心。我一邊戴上手套一邊調整他左側躺的姿勢：「我因為大腸息肉切除術後追蹤，總共讓同事幫我做了三次大腸鏡都沒無痛手續。只有我的父母做鏡檢時，才為長輩安排無痛手續。錢難賺呀。現在一堆媽寶的年輕人，剛入社會還不會賺錢，連做個胃鏡就跟家裡討錢做無痛手續。唉！」

「喔！李醫師和我們一樣節省，也可以當猶太人了。嗚～我怎麼覺得要大便？」

「沒錯！大腸鏡伸進肛門以後，我們的肛門會誤以為大腸鏡是糞便，會反射性地把大腸鏡排出，所以你有排便感是正常的，別怕。」我安慰道。

七燈怕糞便清不乾淨，重作大腸鏡會浪費錢，昨晚顯然很努力配合吃瀉劑喝水，大腸鏡伸到盲腸的一整條路上都沒看到殘便。如果怕花錢能成就這樣努力的配合術前準備，我倒是要稱讚他的節儉。

近盲腸處有一個側展型腫瘤（Lateral spreading tumor），在藍光雷射放大鏡（Blue Laser Imaging-Magnifying Endoscopy）判斷下是日本 Kudo 隱窩分類的第 IIIL 型，Sano

血管分類的第一型。估計起來，腫瘤的寬度是兩公分左右。

「恭喜趙先生，你這顆腫瘤看起來是良性的，而且也可以當場用內視鏡做切除（Endoscopic Mucosal Resection）不需要進開刀房。」

「嗯嗯，哼哼，」七燈忍住些微的腹部不適，回答他的理解：「謝謝李醫師。」

「我們會先把腫瘤用色素溶液打高，確認它沒有黏著下面的肌肉層，以免切除時，切破大腸。」我比劃著螢幕上的病灶向他說明：「不過，萬一切破了，或是引起黏膜下血管破裂出血，我們要用縫合夾縫傷口。這個縫合夾是要自費的，依夾子的數目計價，要幾百塊錢……」

「什麼？要自費幾百塊錢？太嚴重了。那打開肚子來縫可以健保給付嗎？」

「這倒是健保有給付。」我驚訝道：「可是為了區區幾百塊錢，甘願受苦打開肚子的，我是行醫以來第一次聽到。」

「省小錢積大錢呀！」猶太理論又來了。

「為了不傷身體，你真是『慘慘豬肝切五角』都不願意耶。佩服佩服！」我真是打從心裡崇拜一位比我更節儉的聖者。

「李醫師，我是不吃豬肉的，我說過我是猶太人啊！」七燈竟然第三次提到猶太人，而且是在痛苦中鄭而重之地提。

「哈哈！我只知道愛因斯坦和大導演史蒂芬史匹柏是猶太人。你會拍《侏儸紀公園》嗎？」婉鈺學妹笑道。

「你是猶太人，我不就是賓拉登了。」幫我準備環狀切刀（snare）的芸琪學妹也笑著。

「妳們太小看我們猶太人了。我們猶太人可是把持了美國的金融市場，諾貝爾獎裡最多的民族也是我們猶太人。還有，我們包辦了整個藝術界，彈鋼琴的魯賓斯坦、阿胥肯納基，拉小提琴的史坦、海飛茲，拉大提琴的羅斯托波維奇，還有聞名遐邇的大指揮家伯恩斯坦，都是我們猶太人啊。」

我和學妹們面面相覷。他每念出一個世界級泰斗的猶太人，我心裡頭都要劇震一下。那些泰斗真的每一位都是我的偶像呀。七燈就是個穿西裝的莊稼漢，滿口的台灣國語，怎麼都連不上他口口聲聲說的「我們猶太人」。

我沉默許久，盤算著這幾十年讀萬卷書行萬里路的歷練，和這離奇景象的牽連。用染料溶液打高病灶後，出環狀切刀前，我賭上一把，試著問「趙先生你改過名字？」

「李醫師，你真的是半仙，我小時候叫趙榮發。我十年前把自己改成七燈。我太太本來叫俞惠珍，也一起跟戶政事務所改成俞賜樂。」

「不聊天了，讓我安心手術。」我用凝重的口吻停止這房間內一切的聊天：「醫師的專心，是病人安全的保證。」

環狀切刀套住病灶，注入環切電流，整個病灶底部在幾秒鐘之內和腸壁分離。傷口的底部微有滲血。

「唉呀！真的有出血耶。」七燈專心地注視著螢幕，跟著滲血大喊出來：「李醫師醫術高明，能不能用其他的方法，不要用自費止血夾止血？」

「還好！還好！我試試看。」我把環狀切刀的尖端輕抵在滲血處，用凝燒（coagulation）模式把血管凝固掉。手術完成，取出檢體，學妹把檢體固定丈量好，送病理科。

「因為算是個小手術，你要在術後觀察區觀察兩個鐘頭。沒問題再回家。」婉鈺學妹要用推床把他送出檢查室前，我邊說明邊再下注：「你爸爸是榮民？是河南籍的？」

「李醫師真是我這生中的貴人，我這一生中只遇到你能了解……真希望能跪在你面前膜拜你呀。」七燈平躺覆被，眼光閃著知遇的感激。

那天連診斷帶手術，我忙到下午一點多。膽道鏡取石的、肝癌需要燒灼的，每節的檢查，後段都是比較困難的重症大案。

我脫下帶血帶糞的骯髒隔離衣出檢查室，走到術後觀察區。七燈平和地躺在床上，賜樂坐在一旁。我翻開被子，壓一壓七燈的肚子，不脹不硬不痛。

「一切安全，應該可以離開了。約五天可以在門診看到腫瘤的病理報告。」左右無事，我坐下在七燈身邊：「還有，我相信你是猶太人。」

「哈哈！怎麼可能？這個世界七十億人口，只有我爸爸、媽媽、弟弟知道我們是猶太人。」七燈邊嘆邊笑：「就連我老婆也是這十年才相信。」

「我知道您夫人相信了，所以才把她的名字改成賜樂。俞賜樂，嗯！其實是『一賜樂業』吧！」我再賭第三把。

看守櫃檯的欣月組長狐疑地說：「李醫師一天到晚亂蓋，怎麼可能連人家改名字都知道？」

「其實『一賜樂業』是宋朝以後開封的猶太人對祖地『以色列』的漢字稱呼。」

「那七燈是什麼？」欣月笑道：「我十字路口看到的紅綠燈，有三燈、四燈的。

台北的大馬路還有五燈的，就是沒看過七燈的呀！」

「以前的歌唱比賽節目叫五燈獎，一定要超級達人才能得七燈獎吧！」中午進來打掃的阿美嫂也插話進來。

「你弟弟是不是叫八燈？」芸琪吃完便當，也出來圍坐加入聊天：「你把我們綜和診療中心的人搞得人仰馬翻，如果再加上你弟弟，我們就七葷八素、亂七八糟、七零八落也。」

「李醫師怎麼願意相信我是猶太人？」七燈微笑著不以為忤，顯然很開心這輩子有最多的人圍繞討論他的身分。

「其實現在想起來，當你開診間門讓我看到你那淺底瓜皮帽時，我就該往這兒猜了。」我回憶起在耶路撒冷哭牆時看到滿場的淺底帽，和在紐約猶太人集會時著的正式裝扮。

我跟婉鈺學妹要了一張紙，畫了一個七叉的形狀：「趙兄的名字是這個吧！」

欣月和婉鈺大笑：「那不是應該叫七叉嘛！我們家裡的叉子都是五叉的啊！」

「其實這是七叉的油燈檯，是猶太人的民族象徵，」我在叉子的下端加上一個底座：「我在耶路撒冷國會大廈外看到好大一個這金屬雕刻。猶太人稱他為光明節燈檯

（Menorah）。」

「李醫師真是博學。我們家族在唐朝就從印度遷移到開封，在那裡落地生根一千兩三百年了。要不是國共內戰，我爸爸家族也還在開封哩，也不會有我這個吃米嚼檳榔的猶太子孫呀。」

「那你爸爸怎麼知道他是猶太人？」欣月興趣來了，要打破砂鍋問到底。

「我爸爸說太平天國打進開封前，我們的社區都還有懂猶太教儀式和以色列文的拉比（Rabbi）長老。我們的高祖父跟拉比還是鄰居。即使到祖父、父親這兩代，對什麼猶太禮儀都沒概念了，村外的人還是叫我爸爸『挑筋教』的。」

「真是有意思，同樣是基督教系統，猶太教在歐洲和印度被天主教欺凌，在大陸被信耶穌的太平天國欺凌。」史實有時是很嘲弄人的。

七燈頓了一下，又回憶到一些片段：「爸爸說，不少猶太教的國際團體都來村裡拜訪過，想要幫我們恢復一些習俗。」

「那你現在還信耶和華嗎？」玉薰是單位裡佛教信仰最虔誠的，老遠從午休區跑出來「參腳」！

「沒啦！信王母娘娘和三太子啦！」七燈苦笑道：「連我的曾祖父在大陸都保不

住舊約聖經。台灣又連一家會所都沒有，我找誰信？」

「猶太會所（synagogue）真的是猶太人的精神堡壘。猶太人被羅馬帝國打散後，到中亞，到印度，到西班牙。散落在各處的會所就是延續他們文化火種的堡壘。」那年在南印度，看到猶太人在阿拉伯海邊城市 Cochin 所建立的會所，數百年來，在風雨中屹立，讓我感動不已。

「那你爸爸為什麼要告訴你這些和生活環境格格不入的歷史？」

「說來好笑，我從小吝嗇愛佔便宜。我借錢給同學，一定要他寫借據算利息；學校營養午餐一定用力吃撐外加夾帶回家；買完蠟筆就拗老闆送圖畫紙，教同學一題數學就要算錢。沒幾年下來，班上老師同學都離得我遠遠的。我也想改啊，就是克制不住佔便宜、秤斤算兩的衝動。有的時候心情鬱悶，找爸爸發牢騷，想聽他的意見，他竟然沒有一次責備過我，開導過我。有時候還會摸摸我的頭，用濃厚的河南腔讚我『好樣的，有先祖之風』。」

「念高工的時候，有一天我沮喪地回家，說國文老師當著全班笑我像猶太人般的小氣吝嗇。」一七燈時而頓挫，時而滔滔不絕：「爸爸瞪大眼睛，突然大笑起來，摟著我的肩膀說道：『照呀！我兒子就是猶太人呀。』」

「那是瞧不起人吝嗇的話……」玉薰道。

「爸爸是個不識字的老芋兵，可是那晚珍而重之地把藏在櫃子裡開封老家寄來的一份影印文稿交給我。那份文件，引經據典，說明我們開封趙家從紀元前後羅馬帝國壓迫，隨著逃難人群遷移到南印度住了數百年，又在唐朝遷居到開封的細節。說到最昌盛的時期，整個開封城有五千猶太人。」

「我那晚才知道我越跟爸爸抱怨我吝嗇的個性，爸爸越得意的原因。吝嗇節儉是他對猶太人三個字唯一的概念。」七燈的情緒飛揚了起來：「從那時起，我抬起頭來，再也不會和自己的個性鬧彆扭。我開始欣賞自己，告訴自己點滴節儉致富是光榮的。」

大伙兒圍著他聆聽，開始理解他驚人的行止。我竟也忘了沒吃午飯的飢餓。

「那以後的幾年裡，我瘋狂地蒐集猶太人的文化習俗。我告訴吃了一輩子軍隊豬肉的老爸，吃豬肉是不對的；我告訴老爸，猶太教世襲的定義是沿襲母親，媽當年過世前要讓她改信猶太教，我才能從媽媽而成為正式的猶太子民；我請社團學妹幫爸爸、我和弟弟縫貼在頭頂的小圓帽，說好總有一天賺夠錢三個人一起去耶路撒冷的哭牆。我還把網路上有頭有臉的猶太傑出人士記錄下來，告訴爸爸猶太人不是吝嗇的代表，猶太人是世界上最優秀的民族。爸爸老粗一個，被我年年月月講得一愣一愣的，也越來越自豪。他過世的時候，我們兄弟花了一大筆錢幫他買了一塊墓地下葬，因為猶太教不允許現代流行的火葬。」

大家聽得津津有味，都把他早上令人抓狂的事情拋到腦袋外了。

賜樂在旁邊準備七燈的午餐邊道：「你們聽他講這些故事有趣喔！」

「太有意思了！」大家齊聲道。「不可思議呀！」「我們的小鎮上，怎麼會住這樣特殊的人！」「要趕快報告動保局，保護稀有動物。」「不，是趕快請警察局派人保護，免得被伊斯蘭國暗殺！」「我們的膠囊內視鏡（Capsule Endoscopy）不是以色列公司的貨嗎？請趙七燈幫我們跟總公司拜託進貨價打個四折吧！」

賜樂苦笑道：「可是我嫁給他三十年裡，一天一遍吧！也聽了一萬遍了。」

大家紛紛抗議：「可是我們是這個地球七十億人中唯一相信他的外人們啊。」

兩點將近，下午場的受檢病人開始在大堂門口張望。眾位護理師學妹把椅子歸位，各自離席上工。

「李醫師，可不可以讓我住個三五天觀察一下，我怕傷口不穩。」七燈真是貪性不改，瞬間從浪漫故事的主人翁又變成我熟悉的「住院坑保專家」。

「有投保，想多住院幾天領保險公司理賠對不對？」我直接拆穿他。

「唉喔！李醫師真的萬事通。」七燈又表現出真小人的坦白：「就通融一下吧！剛才帶給你們那麼好聽的故事。」

我很堅持：「住院有一定的規範，如果為了領保險理賠就可以住院，台灣健保局今天答應，明天就被猶太僑民搞倒了！」

「那不然下次門診能帶我家那份文件請您指導一下嗎？李醫師您知識淵博，我有些文言文的部分和一些不明白的希伯來文譯文，這幾十年來沒人解惑。想請教您一下。」

「沒問題，也沒把握！」我送他們夫妻到大堂口：「我對考古有些興趣，但只能試試看。」

「唉呀！要是能住院三、四天，病床邊跟您請教就更好了！」

「你又來了！」

隔周二下午的回診，七燈真的乖乖等到他的號碼才進診間。

「果真沒錯，恭喜恭喜，耶和華保佑，你的腫瘤是良性的管狀絨毛狀混合腺瘤

（tubovillous adenoma）。」我恭喜他：「原來猶太人不只頭腦全世界最好，身體也全世界最好。」

「太好了，託李醫師的福。」七燈笑得很誠懇：「那就拜託李醫師開一下診斷書喔。」好像申請理賠比知道大腸沒有惡性腫瘤更熱衷。

「沒問題，這是你個人的權益。」

「記得要寫大腸鏡息肉切除『手』術喔，不可以只寫大腸鏡息肉切除術，這樣領理賠才不會被刁難。還有上次和這次的門診都要記上，最好門診的部分說明是為了切除息肉。」七燈真是太專業了。

我且感且嘆：「七燈真的應該做中華民國的財政部長，什麼應有的權益都不會漏掉。你的保險公司的專員應該很怕你吧！」

「還好啦！互相尊重嘛。可惜她就不像醫師這樣相信我是猶太人。」

「幸好她不相信，不然當年她就不敢跟你邀保。」

「嘿嘿，她也說她後悔了好幾次啊！」七燈終於招了。他轉身小心翼翼地從側背包拿出一疊影印的資料：「不過，提到猶太教，李醫師上次答應我幫我看古文……」

美雪笑道：「健保局規範的臨床諮詢費原來也可以用來諮詢考古喔！那下次再諮

詢改名改運啊。」顯然美雪餘悸猶存。

「不行！我現在病人那麼多，我們要聊天要等我下診。可以嗎？」

門外最後一個病人的燈號熄滅，七燈立刻閃身進來。先遞上門診大樓門口攤販賣的一個十塊錢的綠色草粿。

「怕會跟您請教很久，還誠心請您先吃個晚餐。」好一個晚餐，草粿沒有一顆雞蛋大。

「沒關係，老婆等我回家吃。」我對這疊文獻的興趣，遠高過桌上這一口解決的點心。

黑白影印紙打開，紙質非常粗糙，看得出來是大陸經濟起飛前很久時代就影印的。原來是從現存開封的碑文上拓下來的。

那是明朝孝宗弘治二年的「重建清真寺記碑」：「夫一賜樂業立教祖師阿無羅漢，乃盤古阿耽十九代孫也。自開闢天地，祖師相傳授受，不塑於形像，不諂於神鬼，不信於邪術……教道相傳，授受有自來矣。出自天竺，奉命而來。有李、俺、艾、高、穆、趙……」

「你們的族親真是有心，把它拓了下來，在兩岸隔離的時代，千難萬難地寄過來給你們。」我非常感動。

「還不是說要修家廟，要我爸爸寄錢過去。我和我爸爸湊了十萬塊人民幣寄過去。」七燈說這句話時候的慷慨自然，完全讓我和他的前幾天形象連不起來。

猶太人對己節儉，對外自衛，可是對親慷慨。我當年在洛杉磯 Cedar Sinai 醫學中心見習洗肝機（Bioartificial liver support）深刻體會到這家由史蒂芬史匹柏捐建的猶太醫院對院內員工的慷慨，至今難忘。

「為什麼明朝說我們的會所是清真寺呢？」

「嗯！中國歷代把奉基督為主神的教，包括景教、天主教和摩尼教，統一稱為也里可溫（Arkagun）教。那源頭是蒙古大汗引用希伯來文的『上帝』（Erkeunor Arkaim）用蒙古語發音的。至於耶穌不是主神的，包括伊斯蘭教和猶太教，因為信仰者都是閃族人，語言雷同，就誤會為都是回教。其實古代你們也被稱作『藍帽回』，就是這個原因。」

「那阿無羅漢，盤古阿耽各是指誰？」

「哈哈！」我差一點笑岔氣：「明朝的官員真是顢頇，沒好好研究舊約，把神的位階亂插一通。阿無是耶和華（Yahweh）的翻譯，竟然只是羅漢；阿耽當然是指亞當（Adam），竟然是耶和華的十九世祖。」

「我們既然是猶太人，又為什麼有漢姓？」

「外族入漢改姓當然是為了方便。我們最清楚的例子是伊斯蘭教的穆罕默德（Mohammed）進入中國都改為馬姓。現今中土馬氏多為伊斯蘭子弟。另外伊斯蘭子孫的哈姓，沙姓或薩姓，近代史中很多名人，我也懷疑是不是 Husain 或 Said 等等的轉音。所以，你們的艾氏是不是以撒（Isaac），慕氏是不是摩西，你的趙氏是不是撒姆耳（Samuel）？我實在不敢把握，但會往這方向猜。」

「李醫師對姓名太有研究了，那真的可以問改名嗎？」

「對不起，我到現在還沒有宗教信仰。我不相信改名改運的。」

「不是啦，是說如果我生個孫子，想再給他取個象徵猶太的名字。」

「你叫七燈很好，那你孫子就叫陸芒吧！」

「這個……學問好大，是什麼意思？」

「想想以色列的國旗啊！好大一個六道光芒的藍色星星不是？」

「謝謝李醫師！如果我有一天到以色列觀光，我會把寫有你名字的紙片塞在哭牆縫裡，告訴祖先你這位漢人的友善。」七燈邊謝邊收拾桌上的影印資料，臉上泛著茅塞頓開的笑容。

他揹起側背包，打開診間的門，一腳踏出去：「這顆草粿我上午特別買的特色民俗料理，希望您能喜歡，吃得飽飽的。」

美雪急道：「趙先生，您的健保卡還沒給我刷卡……」

「什麼？我今天只是來聽個報告而已，又沒有拿藥，又沒有抽血，為什麼要收掛號費？」

「你當我們這裡是慈善機構啊？醫院的水電、建設維修、我們在這裡上班等你的人力時間、電腦的整理，還有苦苦應付醫院評鑑都沒有成本？」美雪愛院如家，醫院收入不好她都會很急。

「有名的律師、會計師的談話費一個鐘頭都要上萬，顧客也沒抽血拿藥啊！讓你諮詢了半個鐘頭，我們醫院才拿你一百五十塊掛號費，」我也跟他說理：「任何專業的知識都是有價的啊。」

「可是我剛才給李醫師看那麼珍貴的考古史料，李醫師也有心靈的饗宴，應該抵過了吧！」拿不知道已經影印幾百份的影印紙當珍貴史料，猶太人當真當興當旺。

「拜託好不好，是李醫師加班為你解惑加改名耶！」

七燈不甘不願地轉回身，嘴巴一噘一噘，鬍鬚一顫一顫，又施展下一招：「不然幫我開一下宜蘭市復健科診所羅醫師上個月開的消炎藥吧！」

美雪把他的健保卡插入讀卡機，電腦上跳出資料，顯示其實消炎藥還有三天。

「你不是還有三天藥嗎？這樣提早拿是浪費健保資源啊。」我勸他珍惜健保資源。

「我老早知道啦！早五天拿藥健保局會封住醫師給藥的權利，但是早三天不會的。」一真小人再度坦白：「我其實每個月都這樣領藥，存個三、四天藥在冰箱。有人腰痠背痛、頭痛經痛牙齒痛，就送他們做人情。」

他拿了藥單、取回健保卡，出門時，對我們眨個眼：「這叫送禮自用兩相宜。」

清
全民健康保險
趙七燈
G10XXXX38
48/6/12
舊約聖經
耶和華

Chapter

傳教士家庭

呃！Brigit 和 Patricia 這麼美麗的女孩，怎麼會出現在電視上呢？

映入眼簾電視新聞上斗大的字：「兩名西方美少女在羅東夜市偷竊。」下標題：「父親是西方傳教士，被捕時聲稱為了好玩。」

認識 Fergus 和 Alice 夫婦是很偶然的。那年醫院辦的聖誕晚會，他們坐在我旁邊，茫然問我台上主持人的笑話是什麼。我一邊幫翻譯，一邊好奇這對金髮夫妻到東部鄉下傳教卻幾乎完全不懂國語台語。Fergus 長得非常高，他坐著和我站著的高度差不多；Alice 倒是很嬌小，就是個台灣女孩的高度。四十開外，有著西方人容易蒼老的標誌皺紋。可是夫妻蜷曲的金髮，就是在昏暗的會場燈光裡也顯得搶眼，比院內幾位義大利神父的頭髮都要淺金色。嘿嘿！用基因分析，這對夫妻的前二十代祖先應該都沒有混過南歐拉丁的深色頭髮吧。Fergus 看起來要比 Alice 更蒼老許多，髮根稀疏。大禮堂燈光下，金髮間的頭皮反光已經很清楚了。台上的舞蹈配樂震耳欲聾，Alice 的聲音細緻輕柔，幾乎聽不到。Fergus 隔著 Alice 告訴我他們已經來台灣四年了。

晚會在幾度的高潮聲中散場，護理師學妹們的熱舞還是讓當年年屆四十的我臉紅心跳。散場中，Fergus 夫妻就跟在我旁邊，一邊謝謝今晚的翻譯說明，一邊交換名字，並問我在哪一科工作。

隔兩天門診到一半，護理師學妹告訴我診間外有一位金髮女生跟她咿咿呀呀地講英文，她只聽得懂「Doctor Lee」，問我能不能先排解一下。我一出門就看到了 Alice。

明亮燈光下的 Alice 高鼻深目，是符合現代西方美學的輪廓，但是有紐西蘭牧場陽光長期炙傷後的棕色皮膚。她的手中抱著一個黑髮的女嬰。

「這是我幫我們教會裡的一個上班媽媽帶的女孩。」看到我的驚訝，她沒等我發問就先解釋道。除了西方人慣有的禮貌外，她的聲調，有著超乎她年齡的平靜。

「李醫師有空嗎？」她欠身把褲管上斂：「我這一年來腳板兩側都有這些粗糙白紋，它們讓我癢得非常難受……」

雖然一眼便知那是香港腳，我還是建議她由院內皮膚專科醫師診治。

「我幫妳連絡樓上我皮膚科的同事吧！」

「需要那麼麻煩嗎？」她遲疑道。

「沒關係，我已經聯絡好了，」電話放下，我請學妹帶她上樓：「我也跟我的醫師同事仔細說明過了。」

又看了十來個病人，樓上的皮膚科學弟打電話來了。

「學長的好朋友就是一般的香港腳啊，我仔細向她解釋了。她笑說那應該叫做羅東腳。」皮膚科邱醫師是我台大醫學系的學弟，溫文紳士，不忘跟學長回報：「我有詳細跟她說明應該用哪些藥擦抹，局部要怎麼保養。還有，我有寫一張藥單請她轉交給學長。」

「不就學弟你開藥給他就好了，怎麼這樣大費周章讓病人兩頭跑？」我在電話這頭納悶。

「學長，是這樣的，她說是您請我跟她說明，所以沒認為要掛號。也是她要求我寫一張藥單給她，不知道是不是她自己要到外面買？」

我正狐疑怎麼事情有點詭異，Alice 已經又打開診間門探頭進來：「請問李醫師這種藥膏您有沒有？」

我莞爾道：「我們只是醫院的員工，沒辦法自備有藥的。」Alice 是把我當開業診所了。

Alice 突然冒出一句不可思議的內行話：「不是隨時會有藥商的贈藥，放在醫師的抽屜裡？」

大堆病人環繞在旁邊還沒看診，我實在沒有時間細細翻理抽屜：「好！好！好！我幫妳找找……」

抽屜裡積了好幾年的台灣醫界雜誌、醫師公會公告、藥商的高級廣告銅版紙，我大力東挖西鏟，真的有一堆制酸劑啦，消化酵素啦，維他命等的。還有一罐漱口水，一條類固醇藥膏，就是沒有抗黴菌的香港腳藥膏。

「李醫師，還有很多病人啊……」美雪在旁邊提醒。

「對不起呀，我們腸胃科門診，真的沒有皮膚科的藥。」我歉然道。

看到 Alice 露出失望的表情，我突然想到能不能用我的名義跟藥庫借藥。我把我的醫師章蓋在邱醫師那張便條紙上，順手寫了說我想要一條藥膏，能不能跟藥庫借一下。

藥庫的同事當然打電話過來詢問：「李醫師這是自己要的嗎？這樣我們會記帳，從你下個月的薪水扣喔。」

「是吧！就麻煩轉交給這位拿便條紙去的洋婦人。」面對一堆滿臉期盼狐疑的等待病患，我真的沒時間解釋清楚。

隔兩個禮拜，我們全家在羅東運動公園靠籃球場那邊的起伏草坪散步，又在望天丘的附近遇到了 Alice 和她的兩個女兒。這下子是兩個家庭碰面了。

我介紹昭儀、大麥和小米還有安安給她。

除了她懷抱的台灣小娃兒，還有兩個仙女般高挑的女孩收起飛盤，從不遠處過來，斂斂衽鞠躬，向我們打招呼。

「她們是 Brigit 和 Patricia，我的二女兒和三女兒。」Alice 很驕傲地說：「很漂亮吧。」

「簡直比芭比娃娃還美麗。」昭儀讚嘆道。

Brigit 活脫就是當年演轟動藍色珊瑚礁的布魯克雪德絲，濃眉長睫，瞳孔綻放出來的湛藍色，彷彿就映著大海粼粼的波光。Patricia 短髮俏麗，是少年版的奧黛麗赫本。一對國中女孩笑靨盈盈，好像把草坡染上一層溫暖的美。藍天白雲，青草秋葉，點綴著西方深刻輪廓的美。我可以想像到巴洛克時期西方古典油畫的緣起，原來就是要描述我眼前的這一幕。

「兩位姊姊好高啊。」大麥小米的小個兒在旁邊簡直不成比例。

「她們的名字都很蘇格蘭呀！而且是很古典，現在少用的名字。」我笑道：「蘇格蘭人和荷蘭人，是世界上最高的兩個民族啊！」

「她們爸爸的名字也是啊！Fergus是蘇格蘭語的勇士之意。」Alice的音調永遠很平緩：「Fergus在蘇格蘭的牧場長大，我則在紐西蘭的牧場長大。他在參加一個在紐西蘭舉辦的基督教活動的時候認識我的。」

「不過妳們的家鄉剛好在地球儀上的對角線，距離超遠的。」我多年往返宜蘭新鄉和恆春故鄉這個台灣對角線的兩頭，對兩頭奔波特別有滄桑感。

「其實海外傳教這麼多年，兩邊都很少回家。」Alice講話的口氣永遠平板地沒有抑揚頓挫。

「喔？妳們來台灣是傳教？」我沒有宗教信仰，和任何人談論宗教都少顧忌：「請問你們的教堂在？我們醫院的神父認識你們的牧師嗎？」

「我們屬於一個國際傳道組織。這個組織沒有教堂，也沒有固定的牧師。參加聚會的教友輪流主持聚會。」

「喔！那釋經的時候遇到爭議怎麼辦？」基督教歷史上多次因釋經歧見引起紛爭，我當然會好奇。

Alice微笑沒有作答。

「有了教會，信眾才有固定的奉獻，那你們……」沒信仰的人比較敢問銅臭的問題。

「所以 Fergus 平常還要兼當英語家教。」

「Fergus 用家教撐你們一家四口……」我整個大學時代都靠家教打工，當然知道家教的價碼。更何況是鄉下家教費一定不如台北。

「嗯！你們只看到我家老三和老四。老二 Kevin 在宜蘭市的幼稚園教英文，老大 Jennifer 已經嫁人生小孩了。他們兩個不在身邊。」Alice 講話時，一對小仙女依偎在她旁邊，微笑望著我們家。Patricia 對大麥特別有興趣，招呼大麥坐過去。

「喔！恭喜！您已經當祖母了，竟然還這麼漂亮。」昭儀一直很欣賞深刻的輪廓。

「嗯！謝謝！不過我家最小的男孩 Arthur 才八歲。」譁！這一算下來，他們家有七口。

「對了！下個禮拜 Arthur 的生日，李醫師家要不要參加我們的生日派對。」她從隨身背包裡掏出一張紙遞了過來：「跟李醫師要個電話。」

想到外國人都重視孩子的生日，派對上免不了要讓 Alice 家請東請西，那晚我們帶了一盒餅乾和兩瓶可樂過去。臨行前還要大麥小米注意禮貌，不要貪抓貪吃讓主人笑。

我們費了一陣功夫，到了 Fergus 在羅東北成的家。那是一棟兩層樓的舊式透天公寓，單層約莫十五坪。室內蕭然，牆漆微剝。除了一組舊沙發，並沒有電視或電視櫃。

進了客廳，真的不得了，除了另一位羅東鎮友，十來個都是口音各異的西方人士。Fergus 一一為我引見，有奧地利的，有西班牙的，有匈牙利的，有斯洛伐克的。那位矮胖禿頭的匈牙利男士，顯然和醫院裡的神父認識。比較起來，Alice 的 Kiwi 腔紐西蘭英語在屋子裡竟然算是很標準的了。我環顧四週眾人，擔心得要命。以為只有兩家聚會，我們帶來的禮物完全不夠分吃。等一下主人端出大蛋糕，各家把禮物攤出來，我們就尷尬了。

Brigit 和 Patricia 飛奔過來，給了昭儀和我一個熱情的擁抱，就攬著大麥小米去 Arthur 的房間玩。一般金髮的 Arthur 顯然有點害羞，躲在房間裡玩網路上的遊戲。大麥小米大他沒三四歲，立刻打成一片。

我們大人有的坐在客廳沙發閒聊，有的站立走動。我硬著頭皮打開餅乾盒，開了可樂。想說先請先贏，勝過等一下放在成堆繽紛的蛋糕糖果邊寒酸。Alice 拿了幾塊進小朋友的房間，大家高興分食，幾分鐘吃乾抹淨。

大麥跑過來挨在媽媽身邊磨蹭，昭儀要她回去和小朋友們玩。

「可是 Arthur 的電腦好慢，畫面常常卡住……」大麥抱怨道。不甘願地拉著媽媽的手回小朋友的房間。

聊了半個多鐘頭，因為明天幾台內視鏡手術，我心裡擔心著該早點回去休息，委婉地問：「小朋友的生日蛋糕什麼時候要切啊？」

不料 Fergus 雙手叉胸，靠在牆角道：「謝謝李醫師帶來的點心，小朋友們都吃得很開心。」

我恍然大悟，原來我帶來的餅乾可樂，竟然是今晚生日派對所有的點心。要讓這麼多人吃，早知道帶十倍來。

「Arthur 應該讀小學三年級了吧！在哪間國小讀呢？」昭儀安頓好小孩，出來參加聊天。

「喔！我們沒有讓他上學。」Alice 回道：「我們讓他網路自學。」

那幾年，新聞報了幾位自學成功的案例，有考上國立大學的，有應試跳級的。家長在電視上高興地分享心得，教育學者討論盈庭。我們夫妻雖然知道大麥很聰明，可是從沒想到這上面來。

「可是在家自學會不會少了同儕間的刺激學習，和群育的養成？」

「Arthur 說他聽不懂學校同學的話，不肯上學。」Alice 解釋道：「不過我們有挑選這適合他年紀的教育網站讓他上，我們也會教他英文文法……」

「這個年紀督促還是很重要啊。而且 Brigit 和 Patricia 也都上國華國中了啊！小孩子適應得很快的。」昭儀說出我們家保守的教育理念。

「其實老三老四在學校除了當英文小老師外，國語還是只能聽和說，讀和寫也不行。我也勉強他們不來。」Fergus 補充道。

「這不好吧！你們總要待在台灣那麼多年。我們大麥小米就學英文了，你們 Arthur 多學一種語言總是好。二來，數學、物理、化學，各種非語言的知識，都要在學校腦力激盪呀。」昭儀幫 Alice 的小孩跟他們雙親抗議了。

「現在大華語區經貿實力越來越強，能同時通英語和國語，小朋友日後就是離開台灣，在東西貿易上也是佔盡便宜啊。」我從務實面上加入勸說。

Fergus 和 Alice 臉上泛著平靜的表情，襯著背景五個小朋友中英夾雜的笑鬧聲。

「你們夫妻有常帶小朋友去旅行，欣賞台灣的美嗎？」靜默的堅持後，我把話題轉開。

「如果李醫師賢伉儷要去哪裡，有機會帶我們一起去的話，我們很感激的。」Fergus 兩手一攤，平靜的語氣讓我很難把握他的興趣。

「我們計畫全家三個禮拜後要到太魯閣國家公園。就一起去吧！」昭儀主動邀約。

那晚回宜蘭老家的路上，昭儀跟我說 Arthur 的電腦好像是上一代的，速度真的不快，而且是和兩個姊姊共用。

隔一個禮拜，Alice 又出現在我的門診外，這次帶著 Brigit。

「Brigit 這學年在公園常打跑步，怎麼最近幾個月腳板踏在地上都會痛，而且越來越厲害。」Alice 一面說，一面要 Brigit 脫下拖鞋，抬起左腳板，板面向著我。

國中的歐美女孩，美得真的膚若凝脂。雖然我認為應該是足底的肌膜炎，還是連碰 Brigit 腳板的勇氣都沒有，幫她聯絡了同時間骨科同事的診。

半個鐘頭後接到骨科雷醫師打電話來的時候，我就隱隱覺得有些事情又要發生了。

「是足底肌膜炎，除了要避免再度有傷害性的激烈動作外，消炎藥還是重要的……。我有把要開的藥寫一張請她回去交給你。」雷醫師在電話那一頭仔細地解釋，最後補上一句：「我有遵照你的指示，沒給她過卡收掛號費。」

什麼？我又變成醫院莫名其妙少收掛號費的兇手。

大部分診間都有些 NSAID 消炎藥的試用贈藥。我在抽屜裡翻出一條 Diclofenac 的大條外用藥膏和好幾排同成分的內服藥錠，加上一些制酸錠，一股腦交給 Alice。我開始有些不舒服，總覺得這樣對不起健保局，對不起藥局，當然更對不起乖乖排隊看診的鄉裡病友。

出發到花蓮那星期六的早上，Fergus 夫婦帶著三個孩子和幫帶的女娃 Vivien 開車跟在我後面。他們擠在一輛至少二十年的藍灰色破舊小麵包車裡面。車子別說早沒了光澤，到處鏽蝕，引擎發動時的那一股黑煙真的讓我嚇了一跳。我們花了兩倍的時間開到天祥，原因是在蘇花公路上每逢上坡時，Fergus 的車子就沒了速度。

天祥那晚我們睡在救國團的青年活動中心，Fergus 他們訂了青年背包客和登山客常打尖的天主堂。大麥小米吵著要和姊姊弟弟們玩耍，也住過去天主堂那邊。我和昭儀倒多出一晚的獨處。

隔天早上，大麥小米跑回來青年活動中心吃早飯。小米嚷著肚子餓了一個晚上。大麥告訴我們 Fergus 家昨晚就聚在餐桌邊分食吐司麵包配開水，每個人都三四片而已。

可是我真的可以感覺到孩子們開心，在進入白楊步道的黝黑山洞哩，幾個小娃子興奮的嘰嘰喳喳大叫。黑暗中，Brigit 牽著 Arthur 的手過來握著我的手，熱切地告訴我這是她們待在宜蘭的近五年裡第一次離開宜蘭縣出遊。

一路上陽光藍天，谷風徐徐。小朋友笑談晏晏，遇到西方的遊客，更會吱吱喳喳講個不停。路上遊客紛紛讚嘆一對小美女，我可以感覺到 Patricia 和 Brigit 自信的驕傲。

過了白楊瀑布，進到湧水滔滔的礦坑口。大人在坑洞外曬太陽等待，幾個小孩穿了簡便雨衣手牽手進黝黑的洞裡探險。礦坑頂上的山千仞插天，整座山裡的積水從礦坑頂上洶湧滲出，形成夢幻般的水簾，瀉下的水形成一條無比清澈的小溪，流出礦坑。孩子們盡情地在水簾下沖水狂歡，尖叫聲充滿了整個隧道。

那一次後，我的門診裡就偶爾出現些西方面孔。所謂的偶爾，就是比從前的頻率要高一些。印象比較深刻的有四位。

一位是雪山隧道還在興築時，東行線的法國籍工程顧問。我的印象是他老是跟我說他如何翹班到台北的夜店成功地把妹，台灣的女孩子如何性感又倒貼等等。老實說，法國廠商的敬業態度一直是政府的痛。拿興建國家級雪山隧道的人民納稅錢，翹班玩弄台灣女性的崇洋心態，我還真的很想揍他。

另一位是北迴鐵路維修廠商中的德國籍顧問。我其實是對帶他來做超音波檢查的台灣翻譯印象更深刻。那位負責中英譯的年輕翻譯頤指氣使地指揮我們綜合診療中心的學妹，好像覺得他就是慈禧太後座前的李蓮英。我氣不過，跳過他直接用德語和這位顧問溝通。這位中年德國佬很驚訝能在羅東聽到鄉音，很禮貌地向我道歉，說這位翻譯很喜歡當著他的面罵台灣人，他老早就覺得難堪不妥。我們一番交談後完檢，留下吊著下巴滿臉尷尬的翻譯。

第三位和第四位？嘿嘿！我就不禁要懷疑是不是誰介紹來的了。

第三位在我的門診表達是來台灣教英文的加拿大人。Louis 的名字說明了他浪漫的法裔背景。第一次來時主訴腹瀉型的消化不良，好像是抱怨幼稚園員工的菜太辣。

猛的是，他來看第二次門診就訴苦打工旅行中，沒能在台灣東部找到高手帶他去私房景點，請問李醫師能不能帶他去哪裡玩。

那幾年，台灣的幼稚園充斥著各種光怪陸離的英語老師。紐西蘭來的 Kiwi 腔的，南非來的 Afrikaan 腔的，印度腔的，香港腔的。我當然贊成各種腔調既然並存於世，甚至講印度腔英語的人遠超過講英國腔加上美國腔英語的人，那麼我們就應該具備聽各種腔調的能力。問題是在這些老師的祖國高失業潮中，背上背包流浪亞洲各地的打工客，水準實在參差不齊。台灣的幼稚園看準父母「只要教雙語，就願意捧大把鈔票」的心態，濫招流浪客充雙語教育的門面。那幾年在社會上還出了不少令人扼腕的新聞。

Louis 的母語顯然是魁北克腔的法語。他告訴我他加拿大的家鄉在湖畔，一家人常在湖中戲水，希望我有類似活動時招呼他去。我告訴他周末萊萊磯釣場的浮潛活動是陳姓網球朋友主辦，我沒辦法決定，他告訴我他會盡量保持低調；我告訴他我家的豐田車很小，他說他會盡量擠看看；我告訴他我家的潛水鏡不夠，他說他和我分用，我不用時再借他就好。

浮潛的時候，他可一點都不低調。他從高高的礁石上前空翻、後空翻地躍入水中，入水的剎那像奧運水手般地水花不興。別說網球陳、我家、一群認識的不認識的朋友們，連鄰近的釣魚人都跑來欣賞喝采。

在海水裡，他一邊告訴我這是他從小在湖畔船塢練了幾十年的功夫，一邊要求了令我咋舌的一段話：「李醫師，我的宿舍裡缺冰箱和冷氣，呃……還有我的電腦有點舊了。請問你家的冰箱、冷氣、電腦有沒有要換新的，我可以跟你要舊的嗎？」

「喔！你家沒有，那你的朋友有沒有有……」

第四位更是深深刺痛我的民族自尊心。Vladimir 進我門診時的形貌，就是個流浪漢的樣子。牛仔褲和夾克都又皺又褪色，脣鼻間的鬍和下顎的雜鬚都帶著些皮屑。高高的身材卻有不成比例的纖細四肢，和臉部下凹的肌肉，看得出平日幾乎沒有運動。頹廢的神情，讓我覺得他至少五十歲了。他一坐下來就抱怨四肢痠痛，疲勞失眠好幾個月，覺得人生沒有意義等等。詭異的俄國腔英文抱怨了一陣子，乾脆把身子傾倚在我的辦公桌，用兩隻手撐著他的頭，說是要安眠藥。我跟他說第一次安眠藥的開立，病人最好接受身心科評估。他東扯西扯就是不走，還特別告訴我他娶了台灣的女孩，有健保卡等等。我數度堅持後，他才悻悻然離開。

隔兩三個禮拜後，好友復健科高醫師邀我到他家聽他新組好的音響。高醫師愛好音樂，和好友組了管樂室內樂團，是個真正懂音樂的人。紅酒和雪茄則是他另外的興趣。那晚他剛組好高級音響，可是超級昂貴的 Mark Levinson 擴大機和 Avalon Diamond 喇叭，邀我去同聽。我雖然半點不懂音響，總是隨和外加好奇。

一踏進高醫師的屋子，迎來滿空氣的菸味。煙霧後面露出斜倚的身子，可不是 Vladimir 嗎。那晚他身穿短衫，橫在沙發椅背的兩隻前臂，金黃色的膚毛中露出粗糙的刺青。他身前的玻璃大客桌上灑滿的，除了CD片以外，還有掉出菸灰缸的一堆菸屁股，四處滾動的啤酒罐，和凌亂的花生殼。喔！還有 Vladimir 帶鞋臭味的雙腳。

我永遠記得那時飄在空氣中的旋律，是拉威爾G大調鋼琴協奏曲的第二樂章。鋼琴才女 Argerich 把慢板的旋律彈得像詩一般的美。長笛、雙簧管、單簧管的悠揚裝飾著如泣如慕，珠玉般的琴音，讓我倆彷彿陶醉在慵懶浪漫的詩境中。

Vladimir 嘴角滲著啤酒泡，一邊猛啃花生，一邊東扯西扯。我偷偷用中文問高醫師 Vladimir 懂得古典音樂嗎？不料 Vladimir 竟立刻搭腔道他全然不懂音樂，是看到高醫師診間裡的雪茄和小杯紅酒，要求到高醫師家搭伙共享。高醫師為人隨和，用台語告訴我既然他家人都在台北，有人陪抽菸喝酒也就歡迎。

我學乖了，也用台語問高醫師這個俄國浪人有沒有也跟他要安眠藥。高醫師這才告訴我，原來 Vladimir 的太太是隔壁醫院健檢中心的護理師，在我拒絕給他安眠藥後，打電話先拜託高醫師高抬貴手。

「其實他老婆告訴我他老早在另外一家醫院就被證明有不輕的憂鬱症。」高醫師苦笑道：「哈哈！不料今天一到我家，他的憂鬱症不但抽掉、喝掉，還啃掉我的一堆囤貨。」

自從那晚在高醫師家認識我以後，Vladimir 就常到我的門診拿消化不良的藥，只是不會再要求安眠藥了。我一直在想，是不是高醫師開給他了。

預定回診的那天，Vladimir 的號碼到時，一位身材高挑，空中小姐級的美女走進來，身上穿著隔壁醫院健檢中心的制服。

一開口就是業內的行話：「我來幫我先生拿便秘藥 sennoside 和腸胃促動劑 mosapride，麻煩李醫師能不能開連續處方箋。」憂鬱的面容和沉沉的腔調，讓醫師可能的臉紅心跳立刻斂住。

「喔！妳就是 Vladimir 的夫人，他跟我提過妳幾次呢。」我腦海裡開始把眼前曲線玲瓏的美女和頹廢的俄國浪人用小說連結起來。

「他在家也常提您，高醫師和我們醫院的林醫師。」林醫師的精神醫學門診很這幾年在鎮上很受信任。

「咦？那他的便秘會不會是神經精神科藥物的副作用？」許多精神疾病病人的便秘，後來都證明是精神科藥物的影響，我當然要提高警覺。

V夫人一點也不含糊地唸出最近半年來 Vladimir 吃的各種憂鬱藥。會引起便秘的 Tofranil（Imipramine）果然在內，聽起來病情已經是令人驚訝的重中之重。

「是啊！他這幾天真的出不來，」V夫人看到我驚訝，解釋道：「他的憂鬱症從來沒有完全的緩解，從我認識他到現在，三年裡反反覆覆，不是整天呆滯愛睡，就是煩躁失眠。要他去學點事做，永遠拖到消影消蹤。兩年前還一直嚷著要自殺。」

「妳辛苦了，」我安慰她：「娘家沒有支援嗎？」

「我當時在台北 Pub 裡認識他帶他回家，爸媽兄妹都反對，現在怎麼跟他們求？」V夫人的口氣，有一種自作自受的自責：「上個禮拜幼稚園才告訴他永遠不用去兼差了，他就又崩潰了。整天失神，嘴角流口水已經一整個禮拜了。唉！我好苦。」說著說著，紅了眼眶。

天啊！只靠著金髮碧眼，Vladimir 的怪腔怪調也能當英文兼課老師，我們的幼稚園也太會賺芸芸父母成龍成鳳心的錢了。

「有孩子了嗎？」我擔心她還有撫養的壓力。

「李醫師你也知道，吃了那麼重的藥，他哪還有性慾？我們哪來的孩子。」V夫人梨花帶雨：「這三年來我一個人負擔整個家，還要隨時帶他去看病，我好累好累。」

幫她開好藥，電腦結案列印單子的時候，我終於鼓起勇氣問道：「那妳當年為什麼嫁他？」

她領了單子，欲言又止好久，出門前才幽幽道：「我那年何嘗沒有一大堆愛慕的男生，還有幾個醫師和科學園區的工程師。可是我從小愛看西洋片的帥哥。那晚在Pub看到他蜷曲的金髮，憂鬱的眼神，覺得好像李察基爾，好有詩意。當天晚上我自己貼上去的……」

Fergus 一家和我們的聯絡不算頻繁，多的是在相關的基督教節日前 Alice 會打電話給我們致意，問我們要不要參加他們的家庭聚會。那幾年，因為麼子安安的癲癇和發展遲緩，全家兵馬倥傯，真的緩不出餘暇。

唯一的一次是 Brigit 教會的功課。Alice 打電話來，告訴我們他們的台北總會青年團契希望發行一份實驗報紙，年輕人們大家要負責分頭募款，請問Brigit是否可以拜訪我。

我們在羅東運動公園碰面時，Brigit還是熱情地擁抱昭儀和我。幾年過去，她和我們的對話還是習慣用英語。我們故意用中文和她對話看看，其實也還不錯。我簽了一張一千元的捐款，她高興地告訴我她的責任就盡了。離開時，她告訴我她在高中班上和一個鎮上的男生蠻熟的，希望我能祝福她。

以後的一段時間裡，安安被確診為腦癌，昭儀每天忙著奔波林口長庚醫院。我除了上班外，要照顧放學後的大麥和小米，督促她們的功課。

安安過世的時候，醫院很多同事都知道，陸續來安慰我們。

殯儀儀式前的一個晚上，我們接到久未聯絡的Alice的電話，說到她聽人說我們的安安過世，她也很為我們難過，會為我們全家和安安禱告。我很感謝，說到大事一了，我會再帶他們全家去欣賞台灣的美。

半年過後，我們全家從宜蘭搬到羅東的運動公園附近。我終於離上班的地方比較近，可以隨時騎摩托車到醫院；大麥所有的國中同學都在宜蘭，堅持願意搭火車通車三年，讀宜蘭高中的數理資優班；昭儀則把小米從宜蘭復興國中遷到羅東國中，可以每天騎腳踏車上學；小黃狗「米去」和黑狗「米來」終於有了個足夠奔跑追逐的後院，放懷汪汪叫。

我們邀 Fergus 全家到我們的新家坐坐。其實 Fergus 家就在運動公園的另外一側。從大的尺度來講，我們算是變成鄰居了。從先來後到的原則想，則是我們跟他們拜碼頭。

那天下午，我們把客廳的大桌子上擺滿水果、點心和汽水，迎接他們這個大家庭。在台北當家教的 Kevin 和已經嫁人的 Jennifer 也都過來。加上 Alice 幫帶的 Vivien，浩浩蕩蕩一家八口子到來。

Vivien 已經長大，可是和 Arthur 一樣，似乎有一點退縮，兩個孩子都依偎在大人身旁扭動身子。Kevin 看起來二十出頭，是個高個兒小帥哥，在大人言談中一直保持著微笑，偶爾插進幾句話。Jennifer 是孩子裡頭最社會化的，笑談晏晏，說著她在西部的生活，毫不費勁地邊兜攏著 Arthur 和 Vivien。在古代多子多女的台灣農家，人家說大姊如母，因為幫帶年幼的弟妹，沉重的家庭責任會讓長女有高於同輩弟妹約半輩的胸襟氣度。在這個的西方大家庭裡，Jennifer 顯然也是。雖然仍然三十歲不到，但是不只會代表寡言的父母和我們東道主聊這聊那，還會稱讚我們對布置新家的細緻。

逐樓參觀時，也會表達對我們三樓閩南式建築的驚豔，說那是她們沒有見過的東方古典之美。還有，她是所有同輩裡，唯一沒有放肆痛吃桌上點心的！不只兩個小毛頭，和大麥小米熟稔的 Brigit 和 Patricia，連 Kevin 都好像一輩子沒吃過糖果點心般狼吞虎嚥桌上的點心。

拜訪結束，兩家子十個人合照了幾張照片。我也答應找個晴天帶孩子們去武荖坑溪上游的溪谷野餐。

我和昭儀送他們到門口後，回屋子裡邊聊邊整理客廳。沒幾分鐘，門鈴響了，是 Kevin 站在門口。他很客氣地表示，記得要離開客廳時，桌上的汽水還有半個寶特瓶，還有一整瓶還沒開的可樂。他們兄弟姊妹一陣商量後，公推他回來問是否可以讓他們帶回家用。

我可以感受到他帶走那兩瓶汽水時那任務達成的開心。

隔週四中午，我剛進醫院綜合診療中心要吃午飯，一群學妹迎上來，對著一張照片吱吱喳喳。芸琪學妹說到有一位金髮婦人拿過來說要交給李醫師。原來是 Alice 把兩家的合照洗了出來送過來。大家品頭論足，都說 Jennifer、Brigit 和 Patricia 好像芭比娃娃般的美麗，簡直可以到好萊塢當電影明星。

「西方人有西方人的美，東方人有東方的美。你們也很美麗呀！」我笑著對學妹們說。

「不行，我就是要 Brigit 迷人的藍眼睛。」

「我要 Jennifer 的金色短髮。」

「我要把鼻子整成 Patricia 的鼻子，好挺好美。」

「李醫師你好有眼福喔。」

「醫師娘不會妒忌嗎？」

「下次你們要家庭聚會時，我們也可以去嗎？就近看 Kevin 本人怎樣。」

「哈哈！」我想到她們一家在羅東那麼多年都還用英語：「那妳們要用英語跟他們聊天喔！」

「唉呀！我們的英語不好，會害羞啦！李醫師家負責講話，我們在旁邊負責看帥哥美女⋯⋯」

「咦？這個 Kevin 我看過。」玉薰拿過照片，瞪著 Kevin 的臉仔細端詳：「他是不是在宜蘭市的幼稚園教英語？」

「喔？學妹認得他？」這下換我好奇了。玉薰要四十了，照說不是 Kevin 年齡圈裡的。

「我護校學妹的小孩念這間幼稚園。她說不只她，還有許多年輕的媽媽都覺得 Kevin 看她們的眼神怪怪的，有時候還會私下跟某些年輕媽媽搭訕甚至約會獨處。」玉薰說得大家一愣一愣的：「還聽說他玩過很多個幼稚園裡的女老師。」

「可是李醫師不是說他們的父母是傳教士？」大家一陣錯愕後，芸琪打破沉寂。

「其實我也覺得他們家好封閉，並沒有打進我們羅東的社區。」我邊吃午飯，邊回憶這幾年來和他們的交往：「我相信 Fergus 和 Alice 夫妻是非常善良的。可是他們似乎把孩子保護在一個無形的，我不太能具體形容的罩子裡。即使 Brigit 和 Patricia 都在羅東上國中高中，可是對學校上的課都有一搭沒一搭的。他們和我們交談，都很自然地用英語。不像許多我認識來台求學或做生意的西方人，恨不得把握每一分鐘和我對練國語、甚至是台語。Arthur 吵著不上國小，就讓他在家上網，美其名是自學，其實實在是斷了同儕的互動。」

「所以李醫師覺得的那個罩子，讓他們生活在社會化貧乏的美麗小圈圈裡。」玉薰接口道：「Kevin 可能也沒有適合的成長環境，和成熟的異性互動，所以一旦接觸社會，就會有異常的心態和表現？」

我頷首同意。

「好神秘喔！」芸琪道：「馬路上看到的教會都招牌高高掛，只怕人家看不到。他們的教會卻這麼神秘。」

「其實『隱退苦行』在每一個宗教都有，像是中世紀天主教的本篤會、托缽會等隱修會，伊斯蘭教的蘇菲教派，佛教的上座部教派。嗯！還有猶太教的哈西德教派。」我嘴巴裡含著飯，解釋給嘴巴裡也都含著飯的學妹們：「至於思想特異，引人側目的有提倡全裸的印度教青衣派和耆那教天衣派；美國基督教再洗禮派門諾會的分支阿米須人（Amish）則強調完全不用文明器械，到現在仍然馬車躬耕。古代伊斯蘭的 Hashshashin 教派，還常常暗殺理念不合的人。現在英文字的暗殺（assassin）其實就是源自於 Hashshashin 這個字呢！」

「Amish 人的小孩不能玩手機，一定痛苦的要命。」眾學妹最關心這檔子事。

「要是 Alice 他們家信天衣派，全羅東的人都大飽眼福了。」玉薰小孩都高中了，講話特別沒遮攔，兩眼骨碌骨碌地轉。

「那 Fergus 家難道屬於這些『隱退苦行』教派中的哪一個？」芸琪問道。

婉鈺笑道：「不會是 Hashshashin 派吧！李醫師被暗殺前先立個遺囑給眾學妹十年中午的便當錢吧！」

「那倒不會，他們家至少還有一部老舊的電腦。」我怕真要付十年便當錢，雙手猛搖。

「可是他們夫妻真的讓他們的小孩和社會脫節是真。」

「所以李醫師你可以找機會勸他們夫妻啊。我想你們家應該是他們家面對台灣社會一扇很重要的門口。」婉鈺是學妹裡頭最理性的：「那樣對他們家，以及對我們的社會兩邊都好。」

「好的！」我再次誠懇頷首：「至於遺囑部分，我命令 Kevin 來跟玉薰約會十年。」

去武荖坑那天，秋末的太陽照得大地暖洋洋。武荖坑溪谷沿岸藍天白雲，綠草如茵。我們仍然準備了許多點心水果。Fergus 家在宜蘭的三個孩子隨行，一路吱吱喳喳，高興得不得了。Brigit 又告訴我這是他們蘭陽生活多年第一次到溪邊玩。Patricia 和 Arthur 牽著米去和米來兩隻狗，又興奮又緊張。

我們一路上行，再下到水岸邊，最後大家撩起褲管，走在沁涼的溪水裡。粼粼陽光映在清澈的溪水中，鳥聲迴盪在寂靜的谷裡。

大麥小米常接近大自然，可是 Alice 的三個孩子少出門，皮膚比一般歐美人士還蒼白些。曬沒半個小時，臉上都紅撲撲地像擦了粉。我們遇到山崖下的陰影處，都會讓孩子們遮蔭歇一會兒。

終於到了一個平緩美麗的河灣，那是大麥小米自小游泳的地方。大人們卸下野餐的家當，躲在山陰處歇息。Fergus 顯然小時候在蘇格蘭打過水漂，和我一起教三個孩子打水漂。

這個河灣很寬廣，水深自淺而深。深的地方，可以潛下去看溪哥、鯽魚等溪裡的活潑生命。淺的地方，小朋友們就浸著小腿高興地打水漂。

昭儀忙著剝橘子分派給小朋友的時候，Alice 很感慨地說，就這個地方最像她紐西蘭家鄉的潔淨無瑕，這平靜的片刻激起了她濃濃的鄉愁。

突然間，Arthur 把手中的紅茶鋁箔包和橘子皮用力扔到溪水裡。垃圾散在水中，開始隨著水流向下游緩緩散開。

我嚇了一跳，躍入水中，游向深處，把鋁箔包和橘子皮一一收拾好，再游上岸。

「Arthur，垃圾不可以當石頭打水漂啊。」我邊擦身上的水漬邊說道：「這樣溪水就不美麗了。」

Arthur 突然對著對岸的崖壁大聲咆哮：「有什麼不一樣，反正都會流走啊！」

我耐住性子跟他說：「可是別的人，包括你的爸爸媽媽，就沒有辦法看到乾淨漂亮的風景了啊。」

Arthur 整個臉氣得紅鼓鼓的：「它們都會沉下去啊。」眼睛泫然欲泣。

「唉！小孩子都是上帝派來的小天使啊。」Alice 過來摟著他：「我回去會好好跟他說的。李醫師您先別跟他說吧！」

小米把我撈上來的橘子皮放進背包的側袋，把鋁箔包擠扁摺進垃圾袋。

Fergus 冷冷地過來，把 Arthur 牽到二十公尺外的遠處，蹲下來細聲地和他說話。

我聽不清楚 Fergus 的話，可是 Arthur 飽受委屈的哭聲隨著谷風徐徐傳來：

「……反正這又不是我的家……為什麼要這麼乾淨。」

那次郊遊後，我們兩家有非常長一段時間沒有再碰面。

民國一百年元月，我因故從聖母醫院轉職到隔一條巷子的博愛醫院，歷時五年。

不同於聖母醫院的慈善形象，博愛醫院是以臨床效率和重症治療的名聲聞名遐邇。重新參與重症團隊，自己也覺得頗有收穫。

那年仲夏，Alice 又在下午的門診來找我。

「我從昨天夜裡，上吐下瀉了十幾次，整個人都虛脫了。」Alice 依然候在診間門口，我依然只好出去聽她的症狀。不同的是，她這次虛弱地坐在門口候診的連排椅子上。

我伸手一探，她的額頭發燙，皮膚的皺紋也顯體內現嚴重脫水。

「這下嚴重，有發燒、畏寒嗎？」我第一時間想到的是食物中毒的下痢。

她點點頭，用微弱的聲音問我的抽屜有沒有止瀉的特效藥。

「我不認為這樣子好。妳這次嚴重到有可能要住院禁食和補充電解質。還有，也要知道白血球等發炎指數，才能知道需不需要口服抗生素。甚至需要糞便的細菌培養等等。」我告訴她嚴重性：「掛個號吧！電腦有了基本資料，醫院才能幫得上忙。」

她搖搖頭，還是問我的抽屜裡有沒有她在網路上查到的強效止瀉劑 Loperamide。

「其實如果感染性腸炎已經併有菌血症，用強力止瀉反而不對。」我說明道：「還有，這家醫院的環境控管很嚴格，抽屜裡都沒有廠商贈藥喔。」

「那能不能用李醫師的名字跟藥局借藥？」

我怕她以為我小氣不出錢送她藥，連忙解釋道：「現在衛生單位對藥物的管控很嚴，即使是聖母醫院也已經沒有這種方便了啊！」

她緩緩搖頭，臉部和我認識她的這十年依樣沒有太大表情。

「別為了百來元左右的掛號費，誤了自己的健康啊。」台灣人拿著健保卡，用一兩百塊的小代價逛各醫院消費當大爺的事時有所聞。Alice 家那麼省儉，我猜大概是要省這掛號費。

Alice 又緩緩搖頭：「我們沒有辦健保卡。」語畢緩緩撐起身來。

我大吃一驚：「什麼？你們全家搬來台灣近十來年，都沒有辦健保卡？」

她緩緩走到下樓的電梯口，我只能帶著愛莫能助的歉意隨行。在電腦時代，沒有健保卡掛號，眼前的螢幕永遠跳不出醫師們能處理的欄位。

「是不是你們家跟政府報的戶籍……還是從前欠繳健保費……？」我對健保行政一竅不通，只能胡亂瞎猜。

Alice 沒再回話，電梯門緩緩關上。

我在門口大喊：「先一、兩餐不吃，讓腸子休息一下。多喝些鹽水……」

那次最後見到 Alice 已經是兩年前的事了。

今天電視新聞台中和地方報紙上，滿是兩個歐洲美女在夜市偷休閒衣褲的消息。電視上先播出店家鱗次櫛比的夜市街道，記者旁白道兩個女孩這半年來好幾次在靠公園邊的這幾家服飾店、鞋店下手。店家注意了很久，終於逮個正著，扭送法辦。接著鏡頭轉到地方警局，警官露面談話，說到兩個女孩在警局裡笑談自若，說兩姊妹比賽誰拿回家的衣物比較多，還表達她們沒什麼惡意。經查證，他們的父母是一對來自歐洲的基督教傳教士。她們的父親在繳保釋金時，不發一語，但是向社會大眾鞠躬致歉。

雖然電視中雙姝的臉被打上馬賽克，我不做第二猜，立刻想到 Brigit 和 Patricia。她們倆是這麼善良的女孩。算算她們的年紀，該是上大學、青春男女情感飛揚的歲月了。想到她們封閉而又清寒的少年歲月，猛然門扉大開，看到同輩的爭奇鬥妍，心中必然充滿失落感。知道她們因此對能披在身上的美麗衣物鋌而走險，著實令人心疼哀矜。

商量過後，昭儀打電話給 Alice 致意。那晚的電話，兩個媽媽聊了一個多鐘頭，直到深夜。

上床時，我急著知道結果。

昭儀上身靠著床頭板，雙手在被窩裡搓揉。

「是的，Alice 說就是她的兩個寶貝女兒。覺得真的對不起社會，請我們和鄉親見諒。」

「那這兩個娃兒怎麼在警察局裡講的話有點輕佻。」

昭儀皺起眉頭：「Alice 的說法，我也不太能接受。她說小孩子從小就有身為白人的驕傲，總覺得到處被人羨慕漂亮，是班上女孩子永遠比不上的。只要跟台灣人擁抱一下，台灣人就手足無措地示好……」

「啊哈！那當年她要跟我募款前的擁抱，不也被妳們拿來當例子。」

「你們男生哪個躲得過這麼漂亮的女生？」昭儀嗔道。

「Alice 說，其實這種情緒最重的是 Arthur，根本不想和比他矮黑的在地同學說話。」

「可是 Fergus 沒有想要在這上面導正孩子們？」

「其實他們夫妻倆也不是沒有這優越感，也覺得不必太辛苦地傳教解經，只要示好，在地資源就能源源而來。許多羅東的友誼，都是靠孩子們一抱而及。」

我開始有些生氣：「所以她們在運動公園初識我們時，女孩兒們職業性的擁抱後，Alice 就認為可以到我的診間免費看病拿資源？這太扯了！」

我們在大麥兩歲半的時候，在紐西蘭長住了六個星期。有一次社區裡的白人小孩竟然對著大麥和小米扔石頭，那之後我就發誓永不移民，不要讓孩子生長在被歧視的環境裡。可是出國留學和數次的自助旅行中，受到無數當地的熱情幫助，讓我體認行有餘力時，應當多幫助漂泊旅行的外國人。這兩種信念在我心中根深蒂固。可是聽到 Alice 想當然爾的獲取資源的習慣，還是不禁氣憤難當。

「所以當家裡因封閉而資源不足時，他們的家教不是教導孩子們奮力融入現實社會，藉互動而獲取合理報償。反而是讓孩子孤芳自賞，在被抓到偷衣褲的時候，用潛意識高高在上的感覺，調侃自己在用比較高階的高度，把玩比較低階的在地社區？」

「Alice 說，Fergus 去警局的時候，也是這樣跟警察表明她們沒有惡意，只是這種心理在作祟罷了。」

我翻開被子，大聲抗議：「什麼話？竟然優越有理，歧視無罪？而且還是在她們犯錯的這塊土地上這樣說？」

昭儀是個善體人意的女人，總是隨時幫犯錯的人找理由體諒他們，可是這時也無言以對。

沉默了許久，當我們都開始朦朧欲睡時，她突然說：「可是 Alice 告訴我，Brigit 已經結婚了，就在剛上大學時嫁給那個羅東高中認識的男同學。」

「嗯……她們家不是高人一等嗎？為什麼她又要嫁給台灣人？」我含含糊糊地回問。

「會不會 Alice 是要告訴我們，她們正在努力融入……」昭儀之後的囁嚅聲，我就聽不到了。

幾年前我對綜合診療中心的學妹說 Fergus 夫婦似乎把孩子保護在一個無形的，我不太能具體形容的罩子裡。幾年後，我終於了解那個罩子就是白種人的優越感。

那之後，到提筆回憶的今晚，又過了三、四年，我們再也沒有在運動公園或醫院裡遇到 Fergus 家人，也沒在鎮上聽到相關的消息。

是他們更被封閉起來了呢？還是事件後，離開羞愧之地遷到其他縣市？抑或是回到蘇格蘭或紐西蘭，奔回牧草場的懷抱？

夜市
古早味

Chapter

招寶宮和楊府廟

南北這兩座廟都凝聚著我病人的鄉愁。書桌上，這兩本書也傳承著他們的縷縷血脈。

第一次認識應淑貞，是我夜診的時候，站在她蹣跚祖母的身旁。她右肩吃力地揹著一個可以裝好幾十斤地瓜、芋頭的大尼龍袋晃呀晃的，服侍著大棉襖的臃腫老祖母坐在我面前。電腦上映著欒六妹的名字，八十幾歲了。

「嗯，六妹老太太哪裡不舒服？」我問道。

應老太太疏髮雜白，拄著拐杖，微佝僂的身軀，加上那深黑色的老舊大棉襖，就是抗日戰爭或文化大革命黑白照片中最常見的身影。

「……便秘……，……脹……」接下來竟然是一堆濁重的音符，我幾乎聽不懂的話語。

我愣住了，渾然不知所以。

小妹妹身高中等，皮膚不白，一雙單眼皮的小眼睛，綁著很少見的蜈蚣辮，穿著醫院旁東光國中的藍制服，低下頭用欒老太太的家鄉話吱吱喳喳地對話了一陣，然後用大家最親切的台灣國語告訴我：「我娘娘（ㄋㄧㄚˋㄋㄧㄚˋ）說這幾個月便秘變嚴重了，四五天才大一次。這兩個禮拜飯都吃不下，飯後覺得很脹……」

我好奇心大起：「妳是她的？」

「孫女啊！」

「可是妳叫她娘娘，還用台語發音？」

「不啦！我家裡叫阿公阿嬤作鴨鴨、娘娘。」國中女生有點羞赧地回答。

「那他們是哪裡人？」我好奇心起，竟然把問診的公事擱在一旁：「醫生念的小學初中班上很多外省子弟，到現在我還能聽得出山東腔、四川腔、廣東腔，甚或是雲南腔，可是老太太沉重的腔調裡，我真得聽不出幾個字。」

「我們在家都講大陳話。」

沉默的老太太突然又吱吱喳喳了幾句。

國中女生趕忙翻譯老太太的補充：「娘娘說我們大陳人都住蘇澳海邊的岳明新村，我們的話叫溫嶺話。」

「大陳話？喔。」我沉吟道。比起山東江蘇廣東等大省，除了電影打仔柯受良外，大陳人在台灣檯面上的人物真的不多。國民黨的葉匡時，民進黨的梁文傑，那時都還沒出現在媒體上。我在念的西松國小旁的婦聯新村眷村裡也沒聽過這樣的腔調。

「可是妳講的台灣國語超親切的啊！」我笑道：「所以妳媽媽是宜蘭人？」

「我爸爸媽媽都是大陳人，所以下課後回家還是用大陳話。」淑貞羞澀中有著比同齡成熟的穩重，想來她要常常當鴨鴨娘娘的翻譯官，還要經年累月回答我這種好奇的路人甲相同的問題。

「這麼罕見。」我一邊再細問她娘娘的症狀，心內一邊吶喊。

一般的眷村子弟，幾乎都不會長輩的原鄉話。爸爸是四川兵，媽媽是本省人，左鄰是貴州人，右鄰是湖南人，所以除了國語，沒得溝通。怎麼這鎮上滿校台語的東光國中的孩子父母竟然同鄉，那代表她的祖父母，外公婆也都是純得出汁的大陳同鄉，這實在太難得了。

「那如果政府還要『反攻大陸』，就可以僱妳當嚮導了！」我開玩笑道。

「請政府把小妹妹列為人間國寶……」護士美雪笑道。

我大表不滿：「不夠！應該請聯合國教科文組織把妳列為非物質文化遺產。」

第二次門診，淑貞依樣伴在樂六妹身旁翻譯，也一樣揹著娘娘隨身的暗藍暗紅相間的大尼龍袋。但是多了一位約莫六十來歲，魁梧的中年男子。他謝謝我開的軟便劑真的讓娘娘解便舒服許多，腸胃促動劑（Prokinetic）也讓腹脹改善很多。我也告訴他六妹的糞便潛血反應陽性，應當接受大腸鏡檢查。

「我娘（ㄋㄧㄚˋ）二十幾年前才因為子宮內膜癌把子宮輸卵管都切掉，以後就常便秘腹脹。開刀的醫師說這常見。」中年男子道：「人沒瘦削、大便沒出血。沒啥症狀，怎麼就懷疑大腸癌？上次門診我女兒不會表達，醫師您是不是想得多了些？」滿嘴菸味的口氣裡，顯然不希望古稀的母親再接受痛苦的大腸鏡。

六妹和淑貞靜靜地聆聽，都不置可否。想來家事應該是應先生說了算。

「我了解您的顧慮。可是不論背景病史如何，糞便潛血反應陽性畢竟代表百分之五的大腸癌可能性喔！」我補充道：「現代醫學的精神，就是要在早期沒有症狀的時候就把癌症診斷出來。比起末期，早期癌的治癒率高多了。」

「嗯……」應先生支支吾吾：「我四十幾歲時才因為直腸癌，先化放療，再開刀。痛苦了大半年……」

「你說你自己也有大腸癌，你媽媽有子宮內膜癌？」我沉吟道，一種說不上來的不祥感在腦中迴旋。

「那大半年我白天的理髮生意也沒了，中午晚上的餐廳也沒做了，家裡錢都不知道怎麼籌……」

我突然冒出一句：「嘿！你們大陳人不是都到基隆或旗津去跑船？」

「李醫師這麼了解我們大陳親戚！」應先生陰鬱的臉突然綻出笑容：「聽我們家淑貞說上回您就這麼左右垂詢過啊。請問您府上也是大陳……」這是我第一次正式知道淑貞的名字。

「這倒不是，不過我家鄉恆春，和你們一樣是捕魚的。小時候要在南灣牽罟，晚上回家才有魚吃。可是後來游泳、坐快艇的觀光客越來越多，南灣反而捕不到魚了，」我嘆口氣：「我只好拎著一把月琴，流浪到羅東來當醫生。」

整間診間爆笑聲中，應先生同理道：「李醫師說到捕不到魚這檔事，我們就同病相憐了。政府山歸山，海歸海的政策是好，讓滇緬國軍上清境農場，移大陳的漁民同胞到台灣各地海邊。可是做官的人真的搞不清楚，我們大陳的海邊可沒太平洋洶湧的海流啊，太多太多宜蘭、花蓮的大陳子弟出了海就沒能再活著回岸了。」

「所以除了跑船，像我這樣開餐廳理髮的大陳鄉親長輩也很多。」菸味帶著滄桑感。

我突然想到了當時在紐約老華埠看到的大陳食堂，笑說：「就連跳船到歐洲美國的鄉親也是吧！大陳人跳船舉世聞名。」

民國五、六十年間的台灣，不管本省外省；或者嚮往美國生活，或者欲逃避可能的戰亂；許多人沒綠卡沒簽證，或者搭船偷渡，或者持短期觀光工作簽證，登陸美洲新大陸隱藏在社會的角落工作成家。這樣的動作，當時就叫跳船。

應先生笑得可開懷：「李醫師的丈人莫非是紐約的同鄉？這些我跟淑貞講的家鄉事您都知道。」

聊了這一堆，應先生還真的信任我多了，也當場用溫嶺話和六妹淑貞交代起來。二十一世紀初，國共內戰後的六十年，斗大的診間裡三個宜蘭鄉下縣民嘰嘰呱呱地講溫嶺話真是蔚為奇觀。

「怕我娘不舒服，可以讓老人家睡著做鏡檢嗎。」口氣上算是答應了。

怕娘娘溝通不良，淑貞那天也請假陪著。比起爸爸的溫嶺國語，她的台灣國語和綜合診療中心裡的護理師學妹的溝通可順多了。六妹很配合，沒有高齡長輩常見的囉嗦猶豫，順順地讓同事們上點滴、罩氧氣、調身體位置。

「先前有腹部手術過的，腸道黏連不順的機會比較大，所以不能成功地檢查到最深處的盲腸的可能性，和鏡檢時腸道破裂的可能性都會增加。這點你們要再次了解……」我邊戴手套邊做最後的說明，不忘最後八卦幾句：「您娘的名字很像客家人的名字啊！」

「那可不是客家人的專利。」應先生出檢查間門前高聲抗議：「我們大陳的女人叫妹的可多著，當年抗日內戰，我們大陳最有名的就是雙槍黃八妹啊！」

六妹的乙狀結腸黏連明顯，真的非常彎曲，花了好一段功夫才通過。可是就在快到盲腸的時候，一塊繞了腸壁半圈的平展腫瘤映入眼前。它微微凸起於腸壁，瘤塊上滿布著大小不一的結節。在放大內視鏡下，顯現 Kudo 第四型的陷窩型態（pit pattern）和 Sano 第二型的微血管型態。臨床上，這種腫瘤叫做混和性結節性側展性腫瘤（Lateral spreading tumor-Nodular-Mixed type）。

「依這腫瘤的陷窩型態，還說不上是癌。可是不同於一般的息肉，沒辦法直接切除，可能要另找一天在手術室全身麻醉下用另一種更細緻的方法整片削下來，免得日後真的發展成大腸癌。」我對著學妹叫到我身後的應先生說明。

「還好李醫師堅持，不然真的變大腸癌，我做兒子的真是百死莫贖。」聽得出應先生焦急的口氣：「可是它為什麼不能像我們很多鄰居的息肉一樣，直接這次切掉呢？」

「一般的息肉靠支細柄接在腸壁上，就像腦袋靠脖子接在肩膀上。西部牛仔用套環可以套住野牛的脖子，我們也用金屬套環（snare）套在息肉柄上，一通電就可以把息肉切斷下來。」我一邊評估，一邊解釋比劃：「可是這種側展性腫瘤沒有脖子，就沒法用韁繩套起來啊。這時候，我們要用隆起劑（glycerol 或玻尿酸）先把側展性腫瘤打高打腫，和下面的肌肉層分離，再從底部把整片腫瘤削剝下來。這種技術叫做ESD（endoscopic submucosal dissection）。」

「那沒辦法先多取些組織來化驗有沒有癌細胞，確定要不要開腹手術切除嗎？」

「好問題！規範上我只能取一兩小塊。」我用最小的切片夾：「如果現在做太廣泛太深的切片，那腫瘤下面就會結疤，所謂的纖維化，和基底的肌肉層黏住，結局是會嚴重妨礙我們削剝的手術，還可能造成破裂的危險。」

「……先看病理結果吧！」在應先生猶豫的沉默中，我先結束大腸鏡的檢查。

看病理報告的那天，應先生怕老人家心情波動，沒讓六妹來，只淑貞揹著國中書包陪著。

「這一小塊組織上，顯示著絨毛狀腺瘤（Villous adenoma）。它表示它不是只是良性的增生（Hypertrophic），而是漸漸朝向惡性發展。所以整塊切除是有必要的。」

應先生顯然心裡早有準備，沒再拒絕。除了送上一包蘇澳名產真空鯖魚片，他遞上一張名片，名片上寫著「溫州歐式藝術PU線板總經銷總經理應明焱」。

「唔！你不是開餐廳嗎？」我接過名片。

「大陸開放後，想說人生最後幾年，給自己闖一闖的機會嘛。」這句話有四海的壯志。

「所以平常在大陸，六妹的照顧常要托淑貞？」我終於知道上次小小國中女生為什麼要陪老祖母就醫。

「我會陪家母到您手術完。我們大陳鄉親人丁單薄，李醫師您老鄉心地好，還請高抬貴手多照顧啊！」

「嗯嗯！了解了！」我笑道：「要人丁興旺，可要燒香保佑您家淑貞也嫁個大陳郎呀。」淑貞沉靜臉紅中，我幫六妹聯絡住院、手術室。

那次手術著實花了比平常要長的時間，因為切片而造成的腫瘤下纖維化讓一個一小時的手術變成一整個早上。

手術後的四天觀察期裡，應明焱都忙到晚上才到院探視，我是碰不到的。白天裡都是淑貞看著娘娘，一個二人房的病房裡稀稀落落的幾句溫領對話。我在想，一般醫院看護肯定是完全聽不懂照顧不來，可是淑貞常跟國中請假，功課不是會落下嗎？偶爾查房時關心幾句，她也不甚在意，跟一般國中生一樣開心地滑手機。

隔床的連凱翔是個媽寶，兄弟三人刺龍刺鳳剃光頭，其實都是沒工作的酒鬼。年紀輕輕二十來歲就常因為酒精性胰臟炎住院。每次門診病房他的媽媽就會絮絮叨叨地說她怎麼阻止孩子酗酒可是擋不住啦、擔心到底會不會肝硬化啦、嘆氣她夫家連家在雙溪貢寮福隆是大望族，總統李登輝的御醫是連家的名人啦、可是她命苦怎麼三個孩子都這樣啦……。她一邊說，連凱翔頭也不抬，一邊滑手機。只有我問他哪裡不舒服時，他才露出兩排檳榔汁染滿的深紅牙齒，嗯嗯哼哼地胸腹亂指，抱怨全身到處都痛，問可不可以多住院幾天。前幾次逼著他出院，讓給急診重症患者都要費很大的勁。有意思的是，他竟然也跟我一樣對六妹淑貞的稀罕腔調大感興趣，六妹講一句，他隔床哼一句。

那天一大早我查房，淑貞還在捲在被窩裡睡覺，凱翔竟然對著她的耳朵大吼：「替梁偶（天亮了），跨跌補起也（快點爬起來）。」

預定出院那天，凱翔真的又開始推拖拉，要求多住兩天。

「剩下的痛慢慢好也要幾個月，門診追蹤就好。有志氣戒酒半年，再世為人，邋遢哥變帥哥，說不定一堆女孩子追喔！」我一邊拒絕他，一邊跟凱翔媽嚴厲道：「與其在這裡拖拖拉拉，不如對離家方圓五公裡以內的雜貨店聲明，不要給你們兒子賒帳，妳絕不還錢更有效啊！」

淑貞的細聲細氣竟然從角落冒出來：「是因為他跟我比網遊，還沒分出勝負啦！」

出院一周後，應明焱奔波飛回台灣陪著六妹回診。這次伴手的禮物是新疆的綠葡萄乾。

「恭喜！第一是壞消息，第二是好消息，最終又是壞消息。」

明焱一頭霧水：「第一個壞消息是？」

「病理報告顯示有黏膜層內的大腸癌細胞（Tis），所以您娘是真真實實的大腸癌。」在明焱瞪大的眼神中，我安慰道：「好消息是因為癌細胞根本只在黏膜層裡，沒有侵犯及黏膜下層和肌肉層，所以癌細胞經過淋巴腺、血管神經叢擴散的機會等於零。第一個意義是完全不必再加人人害怕的化學治療，第二個意義是符合根治的定義。」

「結案了？那不是挺好的？」總經理大人的嘴巴除了菸味還有酒味，想來常跟「領導」應酬。

「最長長久久的壞消息是：你娘娘又有大腸癌，又有子宮內膜癌；你做兒子的五十歲之前又就有大腸癌，我高度懷疑這是遺傳性非息肉型結直腸癌綜合症（HNPCC：Hereditary non-polyposis colorectal cancer），臨床上的專有名詞是 Lynch syndrome。有這個綜合症的家族成員，就像是被詛咒般，一輩子都可能得大腸癌。」

HNPCC 造成的家族大腸癌群聚現象，其實早在半世紀之前就被有識之士發現歸納出。根據一九九〇年國際合作研究群組 International Collaborative Group（ICG）在阿姆斯特丹訂定的標準，建議這類家族必須接受基因檢驗。家族成員若被檢測到有基因 MSH2、MLH1 突變，則終身得到大直腸癌的機會高達六成，得到子宮內膜癌的機會亦高達四至七成。若被檢測到 MSH6 或 PMS2 基因突變，大直腸癌的機率也會有一兩成。

「怎麼就肯定我們家族是？」

「最科學的辦法，是做基因檢測，可是每個人要花幾十萬喔！」在那個全基因定序（WGS: Whole genome sequencing）還在萌芽的年代裡，基因檢測的費用登天。

「所以最務實的辦法就是定期的終身大腸鏡篩檢。」

明焱整個臉垮下來，指著淑貞：「連我這還沒進高中的寶貝女兒都有可能得大腸癌和子宮內膜癌？」

我用沉默代替肯定。

淑貞幾秒鐘慌亂的眼神後，恢復天真的平靜。

「包括你們三代三人，一輩子都要在加強大腸鏡篩檢中度過就是！」

三個人的身影消失在診間後，下一號進來的是個三十來歲的年輕人。國字臉戴著黑框的眼鏡，一個書生的樣子。可是黑黃的皮膚和手臂上的些許擦傷疤痕又讓人覺得不是白領階級。

「最近整個人覺得疲憊不堪，全身燒和沒有一個地方的肌肉不痛……」他的抱怨有氣無力，咳得像是再多說兩句兩大片肺葉就會被咳出來般，把一張外面檢驗院的血液資料攤開在我的面前。紙的摺痕處還掉下幾片肖楠樹分叉的葉子。

映入眼簾的是滿紙紅字：肝炎指數升高到三四一，黃疸指數上升到四·二，白血球上升到一萬三千四百，血小板反而降低到十一萬。更可怕的是磷酸肌酸酐creatinine上升到三．一。

「你是做什麼職業的？」美雪學妹一邊告訴我量到他的耳溫三八．二度時，我努力想抓更多些線索，希望能更聚焦我的懷疑。

「我是你的森林系的學弟，上校友網站，有校友介紹我來找你。」我瞄一下螢幕，學弟的名字是林永孝。

「所以你平常在田間工作嗎？」

「南澳寒溪、澳花和平、太平山大元山、桶後哈盆、獨立山到四季，我跑遍了我們羅東林管處下轄的所有林場啊。」他國語間夾雜著一種音調很特殊的台語。

「森林中都有穿工作鞋嗎？夜裡都有睡工作站嗎？」

「常常和原住民朋友營火醉酒後，就光著腳丫吹林子裡的風睡著啊。」

「褲管掀起來，嗯……沒有焦痂……」在診斷的黑暗中，我彷彿開始看到一絲光芒。

「學長，我是不是肝炎？比較像B型還是C型？那為什麼檢驗所說我也有腎衰竭？」

「所以沒有去過南部縣市囉！」我這問題是要排除三種疑病中的一號。

「先去照一張X光片吧！你已經那麼喘了……」我一邊觸診，發現他股溝和腋下的淋巴腺都腫起來了，右上腹肝臟的鈍音區也變大。

「是什麼怪病，很少看到李醫師皺眉頭想那麼久？」林永孝出診間後，美雪開始八卦：「你們台大人會不會比較浪漫得愛滋病？」

「愛八卦的人會不會舌頭比較容易爛掉？」我幫學弟用力頂回去。

沒兩分鐘，電腦螢幕上呈現雙側瀰漫的結節性肺病灶，有獨立有融合，狀似可怕。」

「不是恙蟲症（Scrub typhus）就是鉤端螺旋體（Leptospirosis）感染！」我大聲下賭注，對渾然無措的學弟號令：「先住院，照會感染科醫師，決定要不要先通知衛生局法定傳染病。」一邊先開立抗生素 Doxycycline 100mg bid。

我的想法馬上受到感染科同事同意，報請衛生局相驗這兩種疾病的 IgM ELISA 抗體。學弟則被免費升等商務艙！為了感染隔離，院內高級的單人房權充隔離病房，房費差價由政府衛生單位吸收。

中午門診畢，思前想後，決定偷偷翹掉大內科的午餐學術活動，驅車出院。車過冬山河的紅色鐵橋，迎著海岸公路上帶鹽味的海風到了蘇澳榮民醫院，問了路上的檳榔西施，掉車頭沿雜草人高的蜿蜒小路來到這靜謐的小村子。一直到見到國光客運候車桿上「岳明新村」四個字才確定目的地到了。

村巷的柏油路因熱融化而龜裂崎嶇。不像一般稻田中斜頂飾瓦，鋪滿磁磚的寬廣小康農舍，這裡的四、五列整齊排列的平房連斜屋頂都沒有，只有粗陋的粉刷牆壁，在半世紀的海風吹拂中間間剝落斑駁。像是一排白底黑點的骰子排成行，每間的室內都不過是台北公寓裡的臥房大小。房門口有用石棉瓦、有用白鐵浪板，往外搭出簡陋的屋簷充作前院。屋簷下不是堆著髒污的鍋碗瓢盆，就是油漬難清的老舊摩托車。有幾間前院擺著涼藤椅，有幾張像是垃圾場撿來的破沙發。

仲夏的午後兩點，太平洋上蔚藍的天空，開始騰起一朵朵冰淇淋塔般的積雲，在海風吹拂中似獸似禽、幻化萬端。整個村子的屋頂牆壁都被豔陽照耀得白亮。滿天飽和絢爛的色彩中，整村卻只有一個滿面皺紋的老兵在屋簷下搖扇乘涼，冷冷地望著我，和著偶爾幾聲從窄屋中傳出的濃濁咳嗽。簷柱下雜毛貓的追逐，水缸邊癩痢狗的搔癢，是整個世界裡的動作。

這幾列平行巷子遠遠的南邊盡頭，立著一間兩層的紅瓦廟宇，在低矮的眷舍中顯得宏偉。廟前的牌樓下，一輛三菱的貨卡車剛發引擎，正轉頭離開。兩個穿短褲汗衫光腳丫的小朋友追著招手大叫：「舅舅再見，舅舅再見！下次我要吃珍珍魷魚絲……」

等我追過去的時候，小朋友已經不見了身影。留下斗大的「招寶宮」三個字懸掛在牌樓上。

我孤身踏著上二樓的台階，一眼看到橫臥在斜階上，一般廟宇簷前的大雕刻。嘿！夠辣！一般這雕刻不是釋迦證道啦、二十四孝啦、普渡慈航啦、就是龍鳳呈祥啦的，可是你猜映入我眼裡的卻是什麼？

偌大一個石雕版的左邊雕著村舍樓宇，註著「成功鎮岳明里」，石雕版的右側島嶼高塔固牆，註著「台灣」。中間是洶湧的海浪，海上的人有騎鶴的，有躍馬的，有乘祥雲的，有搭舢舨的，全部自西遷東，朝向台灣。整個大海中，最醒目的是兩艘吃水噸位很重的軍艦乘風破浪駛向台灣。軍艦上砲塔森然，艦首各刻著一個十二道光芒的太陽，是國旗的標誌。

原來這廟埕前的石雕版，記載著民國四十四年那鬼哭神號，從此分割兩岸政權的撤退史。

廟門口的香爐裡香煙早熄，只剩幾支紅色的殘支立在厚積的香燼上。廟門的對聯寫著「招賢襄國事護持疆土，寶劍立軍威維繫王朝」，除了漁民主神媽祖外，也祭祀北宋抗遼護宋的楊家將楊三郎。

從二樓遠遠可以看到村子北邊有一縷白煙冒起。我步下廟階，穿過長長的村巷北行，希望能再找更多些大時代史詩的蛛絲馬跡。

四點的雲影，為溽暑的村巷帶來些許的蔭影。海風開始吹拂隔開村子和沙灘的木麻黃林。木麻黃的針葉，在陣陣海風中摩娑，聲音好似海濤。

我竟然在冒煙的屋子前看見用藍色的木柵圍起一個大園區。藍木柵上，畫著原住民圖騰的紅白相間方塊。那大大的綠草園子裡竟然還有一座茅草竹竿高高架起來的瞭望塔。

宜蘭的原住民是泰雅族，山上多的是打獵馳騁的空間，為什麼要在這他們陌生的海洋的旁邊，遙遠的大陸眷村的角落裡搭塔圍地？

想想宜蘭各地的泰雅原鄉我都認識不少好友。我輕推開柵門進去，就一個我不認識的中年壯漢赤膊在烤肉。

「Lokah su！」我揮手用泰雅語和他打招呼。

「你哪裡來的？我們不是 Tayan 啊！」壯闊的臂膀和豪邁的聲音，還用烤肉夾直接夾一塊羊排遞過來。

我望望他瓜子長的臉，明白過來：「Ngai e ho！」立馬轉阿美族的招呼語。

「你這個平地人有意思，連我們 Amis 的話也會講。」

「你這個 Amis 有意思，連外省人的眷村也住得進來。」我接過他的羊排。

「我們跟他們『大陳仔』都是平地社會的邊緣人，同病相憐啊！我才在想，你們平地人錢多事多，怎麼會跑到這個鳥不生蛋的地方？」他一手翻著烤肉夾一手又遞過半瓶透明微黃的液體：「喏！小米酒吧！我叫蘇密恩。」

「唉！我就是這個不行，沒辦法陪你。」

「你們平地人就是這樣扭扭捏捏、雞雞歪歪。」蘇密恩以夾代手，直接用好大好長好燙的鐵烤肉夾把滋滋出油的羊肉塞進他的嘴巴：「這樣吧！你回答我一題，我回答一題。大家公平！」

「OK！」我聳聳肩：「我有住在這裡的病人，三代竟然都還會講大陳話，老的竟然只會聽、不會講國語，我覺得太稀奇了，所以跑過來感受一下。沒想到簡直看不到人影。這樣算回答嗎？」

「你是醫生喔！人家說醫生的腦袋特別會亂想，一看還真的！」他搶回我手中的酒瓶，瓶口貼近厚脣：「好吧！那我也告訴你。實在是這裡的老一代死了一大半，年輕人又都跑到西部，爛房子沒人要，租金便宜到好像相送。我們這些沒幾個錢的流浪阿美族才呼朋引伴聚來這裡啊！」

「你是山阿美還是海阿美？為什麼定居在這裡？你做什麼的？」

「我就說你們平地人愛佔便宜，回答我一個問題，要我回答四個問題。嗯！買一送三，真是狡獪（台語：高拐）。」蘇密恩大笑。

「其實等一下從宜蘭各地下工回來的族人裡，有花蓮的有台東的，有海阿美打漁的、有山阿美在花東縱谷種柚子的。可是來到這裡一樣都是兄弟姊妹啦！」我可以感覺得出蘇密恩的國語非常好，思路順暢還會夾成語：「最早一批族人跟著北迴鐵路的工程工作到這裡，然後互相提攜來找工作。我喔！是牧師啦！」

「喔！失敬失敬，原來是牧師。請問是哪個教會呢？」在原住民的社會裡，牧師常是族裡的意見領袖（我的第二本回憶錄《熊吻．裸奔．CPR》裡〈張牧師與蘭嶼國獨立〉一文也有類似的經驗）。

「我們是真耶穌會的信徒。」

「Mmmm……真耶穌會不是西方人傳過來的喔，是我們壞壞的平地人，大陸北京的魏保羅創立的啊！」這下換我逗他了！

「欸斗……你這個平地人有意思！敬你一杯，我自己喝！」蘇密恩顯然越來越喜歡我：「我們阿美族是台灣原住民裡的吉普賽人，全島到處流浪。海邊像基隆的和平島啦，河灘地像新店溪啦，到處有我們的聚落。為了教育年輕的一代，讓他們對上帝有了解，我們阿美族牧師也必須四處講道。滿意了吧！要不要等年輕人回來一起同樂？」

「哎呀！這就丟臉了！」我參加過山阿美太巴塱，滿自然，和米棧三個阿美族部落的豐年祭，知道他們舞蹈的功夫：「不敢獻醜啦！」

隔天早上的查房裡，永孝的症狀好了些，他一邊喘一邊在床上用筆記型電腦打研究論文，床邊還堆了一堆森林學的原文書。

「學長，這種感染除了造成肝炎，竟然影響到腎臟、腦、肺和血液等等器官。恐怕這個一種專科醫師看一種器官的新時代，會考倒很多醫師。」

我微笑道：「會考倒天龍國的醫師吧！」

「怎麼說呢？」在最高學府讀過書，永孝對我這句話顯然忿忿不平。

「經驗在臨床中很重要！」我分析道：「都會區的衛生條件好，特殊的傳染病很少，所以很多鄉下的傳染病，都會區醫學中心非感染科的醫師在學習過程中沒有經驗到案例，乍遇反而投降。相同的，民國四、五十年代流行台灣的霍亂、瘧疾和天花，恐怕現在非洲或印度孟加拉的醫師都比我們更會診斷了。」

「我這種感染是長年在田野林澤裡工作的人，被囓齒目動物的排遺所感染？」永孝顯然上網查了很多資料。

「當然跟你的森林工作有關。農夫、畜養場也是高危險職業。常常一個颱風水災後，鼠屎瀰散田野，一兩周潛伏期後就一堆踏泥巴工作的農民感染了。這病也確實在東部的本島離島比較常見。」

「那我得這種特殊的疾病，人家會不會有異樣的眼光？」他連睡衣都穿得整齊白淨，正在準備博士班的資料，顯然對染上這病有一些在意。

「哪這麼說？學長得過的隱球菌肺炎，還很多愛滋病患得到哩！」（詳見我的第二本回憶錄《熊吻．裸奔．CPR》裡〈隱球菌肺炎〉一文。）我安慰道：「這是你的職業病，正因為全心投入山林沼澤地而患上，當然值得驕傲啊！」

「謝謝學長，學長真會安慰人。」永孝的國語很標準，可是台語的音律就讓我覺得彆扭，總不知道是哪裡怪怪的：「那學長怎麼有信心做出正確的診斷處置？你是福爾摩斯還是怪醫黑傑克？」

跟查房的專科護理師雅琪笑道：「我們李醫師就差臉上沒有幾道帥帥的疤，沒辦法當黑傑克。」

「臨床上，鉤端螺旋體感染確實難在診斷，不在治療。只要診斷出來，治療用抗生素就是了。而且抗生素又多種又不需特別的新藥貴藥，別說老藥 Doxycycline，祖父級的盤尼西林、安比西林、四環黴素，就是第三代頭孢黴素 Ceftriaxone 或 Cefotaxime 也早用之有年，經驗豐富。問題難在一個醫師如何把林林總總的器官受損歸想到一個源頭。」被封福爾摩斯的人仔細說明。

「所以只要看到這些器官系統受損，在台灣就是想鉤端螺旋體感染？」

「其實不只。其實在台灣和世界上某些地區，這種多器官型的感染，醫界要同時想到三種病。除了鉤端螺旋體感染，還有恙蟲症（Scrub typhus）和登革熱（Dengue fever）。」

「那你為什麼不考慮登革熱？」登革熱每年上新聞。

「登革熱都在南部，宜蘭不是疫區，所以我暫時先扣除。」

「那還有兩種可能啊？」

「恙蟲症的患者皮膚比較會有焦痂（Eschar）病灶，也比較有間發性的高熱（spiking fever）；而鉤端螺旋體感染則比較容易黃疸和腎臟損傷。我是靠這些間接證據暫時當你做鉤端螺旋體感染。可是正確的區分，還是要靠血清學抗體的答案。很幸運地，抗生素 Doxycycline 對這兩種病都有效。為防止病情惡化危及生命，在血液抗體結果還沒出來前，是可以先用藥的。」我查下一個病人前吩咐他：「你懂得夠廣泛了，先多休息吧！」

林永孝的身體，一天比一天好，到第四天裡咳嗽頭痛都大幅控制，護理記載上發燒已經退卻。經過我的提點，他又念了許多醫學文獻，自己都快變鉤端螺旋體和恙蟲症的專家了。

因為是學弟，我自己又嚮往山林，所以每次查房時，我都會和他聊他山上的工作。

舉世皆然，醫學系畢業後是最學以致用的系。但其他的系在學校所學只是一個引子，日後的發展常常多變。永孝剛到林務局的時候，其實也被派去巡山一陣子。他比我有更多和原住民相處的趣事和朋友。

「……那一晚在營火邊，我感冒不舒服窩在帳蓬裡，尤幹把我拖出來，假意說要餵我熱湯，結果 kat-tiow 遞到我嘴邊，kat-tiow 裡面竟然是小米酒。哈哈！」

「什麼是 kat-tiow？」我愕然問道。

「那是湯匙的閩南語啊！」永孝覺得天經地義。

「台語的湯匙，要不唸湯匙，不然就唸調羹。你那到底是什麼話？」

「啊就閩南語啊！」

「不就是台語嗎？你爸媽台灣人教你的就是台語啊！」

「我是浙江人。」事實突然大轉彎。

我突然覺得腦袋也被狠狠地扭彎：「浙江人說台語？」這兩個地方可隔了好幾百公里啊。

永孝又更正我：「是浙江人說閩南語！」

「浙江人講話我聽多了，哪來閩南語？」初中我上課愛講話，化學老師林剛一邊用寧波鄉音咒罵，一邊狠揍我的景象油然而生。

「有啊！我們從南麂列島來的，離大陳島不遠。我們兩邊的長輩都在民國四十四年在第七艦隊保護下一起到台灣的。」

「別唬我了！我最近什麼腔不熟，就是大陳腔最熟，」才剛認識應明焱和淑貞，我信心滿滿，有點生氣：「我告訴你，不是三分熟、不是五分熟，是世界無敵十分熟。」。

雅琪興致勃勃助陣：「熟到水餃變鍋貼！」

「可是你就不知道大陳島附近有閩南人。我們從閩南被調去大陳島附近，不是在十六世紀戚繼光打倭寇的時候，就是在順治時候鄭成功調去的。跟閩南原鄉隔了三百年以上，有些用語都不同了！」

「喔！」學弟引史據典，顯然不是個胡謅強辯的人，我這下沉吟了。

「台灣只有你講這種浙江台語嗎？」

「還有陳美鳳和狄鶯啊！」永孝振振有詞。

「她們一個是演台語劇的，一個演是歌仔戲的。怎麼可能？」少年時候陪長輩看過多少這兩個「台」得不能再「台」的藝人的戲，我腦袋都快扭出腦汁來了。

「她們兩個都是我們浙江同鄉，就是你們說的外省人啊！我們講的都是浙南閩語，稍偏泉州腔。」

這一刻是我第一次聽到「浙南閩語」這個語言學上的專有名詞，我開始默然。

「學長大人，不是只有福建台灣才有閩南語。也不是只有我們浙南地區，再傳到江西交界和江蘇宜興。其實也從潮汕地區經過雷州半島傳到整個海南島喔！所以籍貫海南的蔣夫人宋美齡除了講上海話、大埔腔客家話以外，也可能聽得懂閩南語的喔！」永孝越講越離開我的認知。這三十年來政治氛圍的改變，社會上鮮少提到蔣夫人，甚至在某些政治傾向的人群裡，這是禁忌。我的學弟為什麼特別會提呢？

雅琪敲邊鼓挖苦：「狄鶯是外省人？這個秘密恐怕全世界只有孫鵬、林永孝，和李惟陽三個人知道。」

我再加碼：「那宋美齡會不會講閩南語就只有蔣介石、林永孝和李某某知道囉？」順手拿起手機：「來！先打電話到立委蔣萬安的服務處問……」

永孝雙手連搖：「李醫師你是沒讀近代史喔？蔣經國和宋美齡一直不合啊！」

笑話聊畢，永孝轉回閩南語的正題：「唉！我一直很想把我阿公講的話錄下來，記錄我們高樹鄉南麂新村特別的腔調……真的沒幾年了……」聲音突然沉下來，不說話了。

那晚我趕緊上網，赫然發現永孝講的都是事實。在熱茶的暖煙中，回憶起那年和內人昭儀在吳哥窟和導遊父子在他們車裡尷尬又爆笑的一幕。當時說好的是英文導遊，怎麼他們英文就那麼不標準，根本互相聽不懂。坐在車後座的昭儀和我急得像熱鍋上的螞蟻，怕沒被他們帶過去昨夜準備了一整個晚上知識的古王朝景點。

我低聲用台語跟昭儀說：「慘了，柬埔寨的嚮導會不會真的沒照合約帶我們到被印度教文化影響深刻，雕刻繁複的神廟……我好不容易才請到這幾天假……」

哪知握方向盤的兒子突然用陌生腔調的台語跟右座的爸爸說：「爸ㄟ，後座的年輕夫妻在講我們的汕頭話啊，」爸爸跟著說：「有解了，咱乾脆用咱汕頭話試看覓。」

昭儀老早就聽到了，興奮地叫起來：「我們這是台語啊！可是你們的話我們也聽得懂啊！」

就這樣卸除心防、拉近距離，我們那一天交了歡喜朋友，除了滿滿高棉王朝知識的心靈饗宴，還聽他們聊到清末神州板蕩，祖先從汕頭移居東南亞的辛酸史。我還告訴他們，我們醫學院旁林森南路巷內掛「汕頭意麵」看板的小吃攤，老老闆的腔調和他們很像喔。

第七天的查房裡，我告訴永孝他的白血球、腎功能指標都大幅改善，只剩下肝功能和輕微的黃疸。他也告訴我他也有上網查我寫的小說資料，知道我熱愛台灣鄉土，寫了不少蘭陽地區的醫病故事。

「我們恆春這種看海的美的，也很羨慕你們這種天天可以看山的美麗的啊。」我給一個善意的回應。

「海是很可怕的，會家破人亡，妻離子散。」不知有意無意，永孝有點無釐頭地誤會我對海的讚美：「可是如果看山是一年三百六十五天的職業，可能就無感了呀！」

「還有，我的老家在屏東高樹，算起來和學長是半個同鄉。我總是適應平地，還是沒辦法完全適應山林裡的一切。」

我打趣道：「既然從高樹來，就應該喜歡高高的樹林啊！」

「喜歡高高的樹？」永孝微笑回答：「有喔！城市裡有戶口普查，我們的每木調查（per tree survey），就是森林城市的戶口普查，調查整個森林裡的每一棵樹的性質，作為研究的依據。」

「巡山是不是就是抓山老鼠，禁止盜伐之類的？」雅琪也好奇：「所以你們就是山貓啊。」

「可是你讓山老鼠用槍抵著胸口的時候呢？」永孝的話題急轉直下。

「登山社團的人、鼓勵環保概念的人、研究動植物森林的人，還有生態攝影的人，通通都說要抓山老鼠保護森林，」永孝突然開始憤世嫉俗，口氣激動起來：「可是不是這些在天龍國喝咖啡聊文青的，是我們在面對危險啊。我們也有家有妻小，叫他們胸口被抵槍口，再來說抓山老鼠容易啊！」

幾年前，我從南山原住民部落登佐得寒山時，一邊看到樹冠龐大的神木群，也一邊處處看到被山老鼠一塊一塊鋸掉的大樹幹。那時，登山的原住民大哥也提到現在的山老鼠都帶槍，巡山員聽到電鋸的聲音時，都只敢遠遠弄一些聲音「提醒」一下山中有人，根本不敢靠近這些武裝的亡命之徒。中央山脈那幾年裡，林務局的「禁止盜伐」告示上，都有國語越語兩種語言，說明了越南傭兵盜木的嚴重性和凶狠。

我不禁啞然。雖然已不在天龍國，我其實就是他口中自詡環保的登山攝影人。我常崇拜能在林間縱橫的原住民朋友，他們豪邁不羈、愛森林愛家鄉，可是他們面對武裝山老鼠依然無奈，更何況文弱的書生。

小燈泡的母親本來是一個堅決支持廢除死刑的知識份子，可是小燈泡出事後，她激動要求法官判殺人犯死刑。同一件事，旁觀者自以為是的客觀、先進或指導，常再次刺痛如受斧鉞的受害者。

「很多同事都等到山老鼠離開後，才躡手躡腳溜到被大卸八塊的樹屍身邊釘上一塊『林務事件已處理』的紅色小鐵牌。」

「唉喔！政府單位的膽子這麼小，」雅琪在旁邊噘起嘴巴：「連『林木被盜』這幾個字都不敢寫，寫成什麼『林務事件』？簡直就像老鼠躲貓的卡通。」

永孝自個兒迅速補上一句：「老鼠是我們！」

第二周裡，本質上是沒有什麼症狀了，住院只是為了應有的隔離和完成全球治療指引上應有的抗生素治療期。他恢復了宏亮的聲音，和肯定讓人有安全感的語調。因為一個多禮拜沒有曬太陽，更顯出書生的本質。他的夫人也在羅東林務局上班，偶爾在查房或中午會現身，畢業於中興大學園藝系，賢淑優雅。

他的床上常堆著不同的書籍，中文外文。有林木管理行政的、有木材加工的，有衛星高空遙測的、也有地質水文的。他自己倒是坐在陪病椅上的機會多。

我們無所不談，我告訴他我對大陳島民的認識，和那天去岳明新村看到的種種。

他很有興趣能有機會見見隔島的鄉親長輩，請我如果有機會介紹他給應明焱認識。他也告訴我，他可能要被調到伐木的單位，監督杉木的砍伐。

「政府不是從民國七十年左右就全面禁止伐木了嗎？」我大惑不解。

「那是對原始林地禁伐。」永孝解釋道：「可是政府在伐木的年代也有植林，這些人工林，在這幾年裡紛紛到達五十年的可伐期。現在也不是要全面砍伐收成，而是部分的砍伐、疏林。第一個目的其實是讓樹間距增加，可以讓留下來的樹木得到更多陽光，能長得更寬闊。至於招商賣材其實只是第二個目的，杉木其實也不是那麼貴重的木材。」

「既然不是高貴材，日本政府和國民政府早先為什麼要大量種植呢？」我覺得有些不合邏輯。

「其實在日本，柳杉是很好的建材，從平房到皇宮，幾乎每個建築物都會使用到。第二，柳杉長得挺直，所以可用材積非常高，也可當樑柱。所以日本人就會想在殖民地台灣的森林裡大量種植。」永孝講到專業，真的滔滔不絕：「可是日本人萬萬沒想到，台灣和日本的氣候不同，柳杉常感染中蛀。」

「日本人性喜純潔無瑕，從他們喜歡幾乎沒有木紋的柚木就可以知道。所以有瑕疵的柳杉刨成木條以後，木條上黑黑的『目』會很多，在日本就很不受歡迎。」永孝一邊說，一邊用鉛筆在紙上畫出各種目和木紋的關係。

我苦笑：「啊哈！我給我們家大麥、小米設計的古閩南式的臥房，都是用目很多的柳杉啊！我還覺得有目更有味道哩！」心裡暗暗叫苦，原來那時我跟木材店老闆殺價，老闆啥都沒說，就把一批沒目的木條收起來，換成現在家裡這批貨。

住院第二周的末尾，他要出院前，我左右吩咐完應注意的健康事項，突然好奇地問道：「人家大陳人有懷念感謝的，除了蔣經國以外，還有當時的行政長官沈之岳，所以蘇澳的大陳新村才叫做『岳明新村』。那你們有沒有感念的？」

永孝起身打包兩周來的家當，若有所思。話到嘴邊又吞了回去，幾秒鐘才又啟齒，悠然道：「應該是蔣夫人宋美齡吧！」

一周後回診的那天，他告訴我他也去了岳明新村，進了招寶宮，看到他家鄉楊府廟的主神楊三郎，感慨不已。

那年農曆春節長假，我徵得老婆大人和大麥、小米的同意，在驅車回恆春的路途中，彎進高樹鄉。老實說，我從國語、台語用到客家話，大馬路上就是沒半個人知道南廍新村。年輕一輩的答話路人不是說高樹根本就是客家莊，哪來的大陳仔；要不就說住靠三地門的泰山村是排灣族的原住民。唯一讓小孩開心不已的是，高樹鄉公所到處貼製的紅色「天雨注意路面，鳥屎易滑倒，車輛請慢行」超爆笑路標。

這人指路那人猜，我從堆滿八八風災洪水運下好幾層樓高的砂石的隘寮溪，開到卵石嶙嶙的荖濃溪畔。四圍村子的名字開始有虎盤、日新、百畝等等典型的眷村名。這些村子就像岳明新村般破敗，泥水牆壁連油漆都少見，大片剝落的牆壁可以看到牆面窮得連磚塊都不是，而是從河邊就地取材搬來的石頭，只有門窗邊緣才用磚塊修齊。處處頹屺，因為支撐樑柱腐朽，許多屋頂的斜瓦面都已經坍塌成波浪狀。許多矮房前簷下堆放著屋內清出來的廢棄家具。村周圍清一色的旱作，間雜著熱帶的野生灌木叢。有幾間看似還有人住的房子，門口掛著火龍果的肉莖。寧靜的村子裡，偶爾的聲響是河川砂石車經過的轟隆轟隆聲。

車開到幾間用牆壁大的青天白日旗掛飾的矮瓦房，一個白髮老先生黝黑的皮膚套著寬鬆的白內衣褲，正翹腿躲在屋簷下搖扇，用狐疑的眼光和似曾相識的閩南語腔大聲喊過來：「恁欲找誰人？」

我搖下車窗探頭：「這是南㕡新村嗎？」衝著他的閩南語腔，賭下去了。

「什？」老人家皺著眉頭，側過頭來，好像要把耳朵對著我。

「這是南廍新村嗎？」我拉高聲量：「您認識林永孝嗎？」

「什？」老人家止了搖扇，耳朵更側過來。

大麥小米一路從羅東擠坐在後座，紛紛開門下車伸腿，四處探探。小米說她看到一個鐵皮頂的低矮磚房大門深鎖，門口掛著「屏東縣高樹鄉大陳社區活動中心」。昭儀說她在一個路口看到一口古井，井上面有個架子。大麥說屏東冬天還那麼熱，以後絕對不嫁到北回歸線以南。全家真的好像福爾摩斯電影裡面的偵探雜牌軍。

「林永孝？」老先生終於理解我近乎大吼的問題，也大吼回來：「你是說平哥平嫂的孫子？」

「這位先生您找林永孝？他去北部工作幾十年了。」我的背後有一個中年六十來歲的回應：「這位老伯伯耳背很久了。敝姓譚，負責這鹽樹村的一些雜事。」

「我是他羅東的朋友。」我向這位村幹事自我介紹，說明聽了永孝的說明，又因為認識應明焱而對大陳歷史有興趣，想來這邊做文化的探詢。

「永孝交的朋友真是特別。」譚先生邊聽邊驚訝，笑著道：「他可是我們村子裡的狀元，我們村子裡就他一個晚輩考上台灣大學。放榜那天，好幾個鄰居在平哥家門口放鞭炮，說平哥可以享福了喔。」

「我們這裡都是砂石荒地，有能力的下一代老早就移出去了，只剩年節或楊府廟的慶典會回來。平日會進來探問的，大概都是問哪塊地可以賣，準備要做砂石場的商人。」

「砂石荒地？我大陳的朋友說政府都把他們分配在海邊可以捕魚的地方啊？」

「那只是一部分。我們是最慘的。我們整村被移過來時都看傻了眼。別說我們本來打魚，就是原來種田的，看到這河灘砂石地也要搖頭。我們根本沒辦法想像在砂石地上能種得出東西。」

「那你們怎麼討生活？」

「吃得了苦的，想盡辦法借鋤具整地，到處蒐運泥土來填，種些地瓜有的沒的旱作，咬牙養小孩。真的親不了田的，跟大陳人一樣上船。有到基隆的，有到旗津的，近海、遠洋的活都幹。」

「所以也有跳船到美國的？」

「那當然啊。」譚先生答得爽快。

「那還有捕魚的嗎？」

「有啊！永孝的親生爸爸啊，從蚵仔寮出海，兩個禮拜就船難死了啊。台灣的海真的不是我們南庹村的打漁人熟悉的。」譚先生遞出一支長壽香菸：「所以永孝的半輩子是平哥平嫂養大的。」

我大吃一驚，永孝都沒跟我提到這節。

「那他媽媽呢？」家裡支柱倒了一根，那另一根呢？

「三十歲不到，年紀輕輕的能怎麼辦？沒兩年就嫁別人了。也就嫁我們村另一個同鄉。所以永孝的弟妹都不姓林。」

烈日下，我開始拭汗。是北回歸線以南的驕陽，還是覺得譚先生跟我講得太多了？

「可是他們老人家養孫子……」隔代教養總是祖孫雙方的不幸。

「平嫂真得是咬緊牙關，纏著布巾邊背孫子邊拿鋤頭。平哥有一陣子窮得只能短期跳船到美國，在那邊同鄉開的餐廳打黑工掙錢。」他看我不會抽菸，自個打火點燃菸頭。

「兩夫妻也真硬氣。那幾年，我們村裡同鄉看他們辛苦，都會這幫提點一下，那幫照應一下。唉！永孝，永孝。永孝真得該永遠孝順他的阿公阿嬤。」

昭儀和我和他邊走邊聊，繞回到古井邊。

「可是譚哥說他阿公阿嬤養他半輩子？」

「老人家很注重永孝的教育，總覺得教育是孫子翻身的唯一機會。可是生活都困難了，哪來教育經費？」譚哥屁股靠坐在古井的水泥緣：「大撤退前，一江山的守軍全部覆滅，幾乎沒有留活口。蔣夫人為一江山的遺族辦的華興小學有吃有住有老師教，聽說有些軍眷生活撐不住，會在蔣夫人經過的路上攔路下跪，拜託讓孩子進去。平哥拜託了同鄉在政府裡的各種關係，寫了信給蔣夫人，說想託這個孤孫能有出息。」

「所以永孝的另一半輩子是蔣夫人養的？」我順著他的話猜測。

「嗯！也可以這麼說。除了村裡的虎盤國小唸到小二以外，從小學到高中，漫漫成長過程都住在華興。」

「爸爸，這邊的機器好好玩，你來看一下！」遠遠大麥的聲音傳來，兩姊妹在一個平房搭出來的寬闊前庭注視著一個履帶滾動的機具。

「那是台生的棗子場，我們去看看。台生難得在自己家鄉種成功棗子外賣。」譚哥引我們夫妻前去。

這履帶機很有意思。沿履帶運送的方向，佈著幾個關口。關口用砝碼控制能通過的棗子的體積大小。通過的棗子就依重量自行分落到每個關口下的斜溝收集，直接裝箱。

台生是個沉默的莊稼漢，孩子們在機器旁指指點點，他只顧著履帶頭倒棗子，履帶尾收集分類後的棗子，沒吭一聲。

「這是永孝在羅東的醫師，難得說要來我們南庄新村看永孝的家鄉。」譚哥把我介紹給台生。

台生還是默不作聲。

「您好，我是……」我在想，台生是不是也是耳背？

台生走到最大的棗子堆裡，默默撿了一袋棗子交給大麥小米。小米高興地哨將起來。

「喔！又大又甜，這品質這麼好的棗子，我們應該用買的。」昭儀忙道。

台生沒有應答，又默默回去整理棗子。

「台生不會收你們的錢啦。」譚哥擋下昭儀的錢：「你們是永孝的朋友啊。」

譚哥引我們到村尾的一座小廟。

單用小字實在是不足以形容廟的迷你，別說它根本比一般的土地公廟要小，很多墓園裡的家祠都比它華麗壯闊許多。廟約略只有四坪大小，屋頂的屋瓦樸實完全沒有應有的雕龍畫鳳，就像是蓋在魚塭旁邊放器械的小房子。除了廟正門漆有白灰，其它三面竟然只抹泥灰。廟門掛著的匾自右至左紅底金字寫著「楊廟府」，把廟字擺中間。

「這就是我們南麂人的精神依靠，楊府廟。」譚哥用手平指著廟匾。

「在蘇澳岳明新村的招寶宮裡，除了媽祖和斗姥天尊以外，也供奉楊府將軍。」我一邊回話，心裡一邊吶喊當年政府對這批高樹移民也太苛待了。

在台灣，不論吳沙開蘭時建的開漳聖王廟，西部泉州先民上岸建的清水祖師廟，客家先民建的三山國王廟，還是同安人的保生大帝廟，再怎麼在樸實的山坳海邊村莊裡，也至少有個正廳側廊，雕刻粉刷的規模。楊府廟是浙江沿海包括大陳、魚山、南麂諸島的共同信仰。廟門廟匾的高度，基本要能讓鄉民信眾仰望，哪料這間廟門廟匾的高度竟如身高。

兩旁的對聯是「殿前高峰壯神威，廟後帶水滋群黎。」字劃粗曠，文意簡賅，顯然出對寫對的都不是名家。

室內除了主神供桌，只有白漆。供桌上除了一小疊金紙，連供品都沒有。整個供桌用一大張餐桌用的拋棄式紅塑膠紙蓋起來。蕭索之象，令人唏噓浩嘆。

原來這就是永孝口中的楊府廟。

唯一吸引我們一家的是掛在屋樑上的一大把乩童劍。那是如假包換的鋸鯊口器。

小時恆春家裡有一支人家送給祖父的小鋸鯊口器，我常放在手裡把玩，感受鯊魚皮膚的粗糙感和兩排側齒的尖銳，心中想著這種鯊魚在海裡游泳的時候是怎麼樣的威風。

可是這支鋸鯊口器，要有恆春家裡的三、四倍大，基部還用鐵皮做承，附了一把刀柄。因為它太寬大了，所以不像劍反而像刀。我相信金毛獅王謝遜當年在王盤山上揚刀立威，鬚髮俱張，眾丑辟易，端的一定就是這把神刀。

「我們浙江沿海偶爾補得到這種鯊魚，就分送到全中國各地作成乩童劍。」譚哥看到我們全家的眼光，解釋道：「這把劍當年鄉親從故鄉南麂奉過來，和楊將軍一樣都是我們南麂人懷鄉的依託。當年我們村子赤貧，這廟什麼都不光采，可就是這把乩童劍讓其他莊的人驚羨啊。」

「可以問一下嗎？在此時此刻，我真的感受到南麂人的鄉情。可是為什麼比起大陳人，你們南麂人在社會上比較沒有具體的形象？」

「因為我們講閩南語啊。比起大陳人，閩南語讓我們更早、更容易融入本省社會。」譚哥單刀直入：「可是也因為這樣，我們就失了鮮明的傳承。也為了讓『南麂人』能繼續回返家鄉團聚，我才放棄了旗津碼頭優渥的引水人薪水，回到鹽樹村照顧還沒過世的幾個老人家，掃掃馬路，爭取一下路燈水電，等著每年年節晚輩們回來聚聚。」

我們離開的時候，我和譚哥在井邊合照了張像，譚哥說如果洗出來，就讓永孝年節時帶回來。

「永孝很孝順阿公，求學時不管口袋有多困難，一年總會回來三、四趟看他阿公阿嬤，都是吊在貨車尾回來。希望他再兩年也能像你們這樣開著自己的車，載一家口子回來啊。」

回羅東後，永孝依臨床的規矩返院追蹤。

「譚哥告訴我你可是鹽樹南麂新村村民心中的狀元啊！」我邊開檢驗單，邊恭維他：「他說你也是華興小學、華興中學的狀元喔！」

「光腳丫得鉤端螺旋體感染的狀元！」永孝一邊尷尬挖苦自己，臉神上罩著屏東家鄉的溫暖：「其實幫美國太空總署 NASA 把『好奇號』探測車送上火星，從千萬公里遙遠的地球上指揮火星上的好奇號的嚴正博士，才是我們華興的狀元啊！」兩句話也道出他對華興上上下下各界學長弟的熟悉和凝聚。

「可以不必回診了！」確認他的肝功能、腎功能和血球完全復原後，我皺著眉頭恭喜他：「這下糟糕，我沒辦法再聽到你身上大時代的故事的續集了。」

「不會啦！你不是還欠譚哥一張照片要交給我！」看得出他對我的善意：「你給我照片的時候，我給你一本書看。」

那天天陰，下午在靠運動公園邊的田間，我騎野狼摩托車過去把和譚哥的合照交給永孝。他遞過來一本商訊文化出的書《蔣夫人與華興》，作者是亓樂義。

我們各自跨坐在自己的摩托車上，初春料峭的風隔在我們的中間，吹向大片新葉未發的落羽松林梢的枯枝。

「所以你都了解我的過去了？」永孝道。

「你真的很辛苦。」想到他自小失怙、母親改嫁、隔代教養、一貧如洗，到隻身刻苦求學。這其中的任何一件事都是家道小康的我不知能堪否的。

「嗯！就是人生吧！」

我順手翻閱，裡面都是校友緬懷大家長宋美齡和當年班老師的文章。

「常看到蔣夫人？她有沒有常發糖果給你們？」我常會想到我們恆春的長老教會在台灣貧窮的民國四五十年代裡，發食品糖果給教堂外探頭探腦恆春孩子的往事。

「沒啦！她是大忙人，其實我小學時只有機會看過她來學校兩次。」

「她都在講什麼呢？是不是要你們信基督教？」宋美齡和父母皆是基督徒，我當如是想。翻看書中照片，學童的衣著整潔，確實優於一般學校。想這些孩童大多家破椿殘，在生靈塗炭年代裡，父親的戰死換得子女的溫飽，其中總有宗教介入的契機。

「這倒沒有。她有鼓勵大家讀聖經，可是沒要誰受洗。談話間都是勉勵院童以後為社會盡力，回饋國家。」永孝順手拉出胸口的佛道香包的紅絲線，在我面前搖晃。

我鼓起勇氣，問了不知道該不該問的問題：「有沒有怨？」

他一生走來，這個問題是如此沉重糾葛，而我只是個數面之緣的醫師。

「……」寒風拂面許久：「其實剛開始真的不能接受。可是這幾十年來，看看聽聽想想，我真的不是最不幸的。大時代裡，天地芻狗，誰由得了自己？」他沉靜地告訴我：「我……其實也釋然了，媽媽也有她的難處。這幾年我也願意見她、孝順她，也和弟妹聯絡。」

我，一個自小無憂的戰後嬰兒潮世代，面對幸福的另一個極端的同輩，實在不知如何接話。

永孝突然莞爾：「有沒有怨？如果有怨的話，那就是在華興打架老是打輸。」

「你這種狀元書生，也有打架的時候？」我邊笑邊作勢用拳頭捶野狼手把上的換檔把手：「我從前也是常到訓導處和警察局報到的。我們來打架看看，我鐵贏你！」

「你不知道，華興除了沒爹沒娘的戰士遺族之外，還有天之驕子的棒球國手嗎？」

「喔！是喔！」我小時候成長的年代，電視裡青棒、青少棒聽到爭冠的隊伍不是美和就是華興。屏東的先賢徐傍興醫師培養了美和中學的隊伍。十數年間，都是這兩個隊伍在爭取代表出國門爭世界冠軍。

「我們這些愣頭愣腦的，看到他們飯吃得好，球玩得爽，彼此都有心結，常常會幹架。我是老是被壓在地上的那個，真是有怨啊。」

「哈哈！跟我想的一樣喔！」我笑得車身亂晃。

「李醫師你別笑到跌進田泥巴裡，這下換你得鉤端螺旋體。」

那以後，林永孝就在門診中消失。我能從臉書上知道的是他仍然努力參加各種林業相關演講和技術說明會，偶爾還是會義憤填膺的評論林政，官僚和相關的專業議題。

倒是淑貞，很穩定地每三個月就陪娘娘六妹來門診，述說這一季解便的狀況，讓我調整軟便劑。我也勉強理解了六妹的一些溫嶺話。「歪腰」就是還要的意思，「哭醒」是早上，「你舅」是中午，「賣掉」是晚上，「馬屎」是物事，也就是東西，最妙的是「今年」是今天！

淑貞的髮型，從蜈蚣頭的辮子，改成過耳的燙頭髮，加上了髮髻。她的制服，也從東光國中換成羅東高商。不知怎地，她的皮膚沒有因為繼續待學校讀書而變白，反而變得有些黑亮。有意思的是，從前一進診間，那費勁掛在肩上的六妹鼓鼓的大尼龍袋子就在她肩上晃呀晃的。這三四年間祖孫倆進診間時，別說大尼龍袋，連羅東高商的書包也沒見過，怎麼這般輕鬆。

偶爾隔個半年一年，她會拿一塑膠袋的新鮮九孔送給我們。她還沒遞出，整個診間裡就都是海味了。那幾年裡，大陸還沒學到養殖的技術，世界上的九孔，有八成是台灣出口。九孔的價錢高昂，算是台灣版的鮑魚。我每次拿到，都請綜合診療中心的大姊多買些火鍋料，和學妹們大夥兒大啖九孔鍋。

「我怎麼沒聽說大陳人會養九孔？」我常笑道：「是大陳人組了漁業發展產銷講習班發展新方向，還是請村子裡的阿美族人下海養，然後二一添作五分帳？」

「吃就是了！」美雪每次都這麼說。

「吃就是了！」淑貞每次也這麼說。

第一次看到淑貞的鴨鴨（爺爺）應昌功，是初識六妹以後的八年。

應昌功仙風道骨，顴骨突出。本來因為高血壓就近在村子附近的榮民醫院長期拿血壓藥，沒來過我的醫院。鬢髭盡白，耳背視茫，年過八旬仍然是個大聲公。

「我父親不抽菸不喝酒，沒有膽結石，可是怎麼這三年來，半年一年的肚子痛就發作，伴著吐和黃疸。每次送到醫院都說是胰臟炎。」應明焱的衣著，從八年前的休閒服，到現在西裝革履，顯然在溫州的生意做得不錯。

「有驗過三酸甘油酯（triglyceride）嗎？有些人的復發性胰臟炎是因為三酸甘油

酯太高，五百、一千的值，就可能引發胰臟炎……」我邊翻閱明焱帶過來的住院病歷摘要，上面 triglyceride 值只約莫三百以內。

「欸！你們全家這樣常吃九孔海鮮，三酸甘油酯怎麼還控制得那麼好？」醫學福爾摩斯顯然碰壁了。

「沒呀？我們岳明新村沒人出海捕撈啊，怎地常吃海鮮？」鴨鴨昌功大聲吼起來。

「可是我還常要謝謝你們淑貞……」

「照我給淑貞的家用錢，吃到三酸甘油酯上昇是可能，恐怕是不會七孔出血……，九孔什麼的就更甭談了。」明焱也搔頭不解。

淑貞站在爸爸的身後，急得跟我擠眉弄眼搖頭，一雙手揮舞亂晃。

我心裡暗叫不好，原來淑貞給我的九孔不是家裡來的。我會不會拆穿她的什麼事，辜負她這幾年來的個人善意？

「會不會有什麼先天的異常？」明焱自從我多年前提起的 HNPCC 家族大腸癌症候群以後，對先天的異常特別在意。

「是有這樣的原因的，像是胰臟的先天分葉異常（pancreatic divisum）造成胰臟管結構異常，或是膽囊管匯流到總膽管的位置過低（low insertion of cystic duct）等等……」福爾摩斯只好再推敲一些較罕見的胰臟炎原因。

我把應昌功在宜蘭陽明大學附設醫院的磁振造影膽胰管影像的光碟資料打開，顯然沒有這些解剖異常。

我沉吟難語，腦袋裡急翻歷年來的胰臟炎知識檔案。

「我爸爸真是命運多舛，在砲火中離鄉背井，背著我流浪到台灣來。跟著和平島的鄉親跑了幾十年的船掙錢。這二十年好不容易我在溫州的公司作的興旺，他老人家正要享點清福，竟然十五年前因為十二指腸潰瘍破裂開刀割掉半個胃。」明焱的口氣永遠帶著大時代的滄桑和舊世代的孝順：「沒想這三年來又一再得到這莫名其妙的胰臟炎。」無奈地自嘲：「每次醫師護士拷問我爸爸偷偷酗酒，我就頂回去說我喝他媽的一百倍的酒都沒事。」

一道光在我腦海亮起，我立馬翻開應昌功的上衣，一道肚皮上的傷疤證明了胃切除術（subtotal gastrectomy with Billroth II anastomosis）的既往例。

幫助福爾摩斯破案的關鍵，往往不是科學辯證中的至理，而是受害人不經意的幾句話。

「嗯……這恐怕是一病換一病……」我的手還是停在昌功肚皮的疤上。

「您是說我鴨鴨的病是因為手術後傷疤黏連？」淑貞皺眉插話進來。這十來年陪鴨鴨、娘娘看病，都看出一些醫學常識來了。

我心裡暗笑：「這孩子有意思，問這問題剛好轉移九孔的謎。」

在醫學發展的道路上，一病換一病是常有的悲劇。在相對無知的年代，治療甲病的處置反而引發或加劇乙病。待得對處置併發症終於理解時，社會上已經是一堆乙病的受害者。在上個世紀最有名的例子，是還沒發現C型肝炎病毒時，開心手術因為要大量輸血，幾乎開心成功的病患都要接著面對莫名其妙肝炎上身的魔咒，甚而繼發肝硬化肝癌。洗腎病患亦然，逃脫了腎衰竭致死的命運，進入C型肝炎肝硬化的另一死巷。其他如使用四環黴素後，造成牙齒和骨骼的終身質變。

「不是手術後傷疤黏連，是切胃手術後，接到膽管的腸子（afferent loop）如果因為任何原因阻塞，就會造成胰液分泌不順，導致胰臟炎。」我嘆口氣道：「其實這種情況不常發生，但是一旦發生，就有機會終身反覆。所以我才說這是一病換一病。」

「可是沒理由的胃左邊疼啊，吐啊！」耳背的鴨鴨還是一邊指著痛處。

「請外科醫師重新打開肚子，把可能引起阻塞的原因糾正根除。要根治胰臟炎，絕對可能。」福爾摩斯終於鬆了一口氣。

明焱向淑貞使個眼色，淑貞靜靜地把身後的大公文封遞出來，從裡頭捧出一大本精美的銅版紙書《大陳人在台灣——大陳遷台六十周年紀念特刊》。

「這十來年，我娘和淑貞常提起醫師您對我們大陳文化的溫暖，和到我們岳明新村參觀的種種。」明焱慎而重之：「我爸爸剛接到同鄉會的這本書，第一件事就是希望把這本書送過來給醫師您。」

昌功突然咿咿呀呀地用鄉音大聲說了幾句。

淑貞淺淺地笑道：「我鴨鴨娘娘他們說很少看到本省人對他們這樣重視，他們感激在心裡。」

我誠惶誠恐：「這本書太精美，記錄了你們大陳人這一甲子的風雨辛酸，我萬萬不敢接受，還請你們保留在家中。日後淑貞再嫁個大陳郎時，作為文定之物。」

「其實我也有一本，所以家裡不缺。」明焱道：「我其實也希望李醫師能更了解我們。了解書中的蔣經國、沈之岳、葉匡時、羅智強……嗯！還有現在的蘇澳鎮長陳金鱗。」

我真的很感動，大陳子弟身處客鄉，竟能奮鬥到成為一鎮之長的父母官。

「嗯！還有一個林永孝，南麂列島的。」我拍桌想起來：「他聽我說過你們，他也很想拜見各位長輩呀！」

「太好了！我們也想見見同鄉這樣優秀的後輩啊。」明焱呵呵大笑。

淑貞道：「那要請李醫師介紹給爸爸、鴨鴨了。」

我笑道：「淑貞平常話不多，這一定是想嫁大陳哥了！」心裡想永孝老早就結婚了，淑貞沒指望了。

淑貞嫣然一笑。

那晚，我急著想要聯絡林永孝，上了他的臉書，卻看到他幾個月前淡淡地寫著的回憶：

「……育幼院跟阿公阿嬤家才是我的家，……我在屏東也不是個很乖的小孩，有幾次我甚至罵我阿公阿嬤，我不記得我不滿什麼……有時國光早上五點到了，天還沒亮，台北街頭又冷，我跟阿公或阿嬤就坐在路旁椅子上等天亮再搭二六〇，他們才是我的家人，等我到了山上，他們看我安頓好了，才不捨地搭著車回屏東，那時我可能很難過，可能開始準備開學的事情，但他們呢？他們還得慢慢轉車回去，……自己搭車往返學校與屏東，但都是阿公在村口等著我，準備載我回家……阿公走的那天下午，我才剛接到他前一天寄來的菜，這時手機裡來電是屏東老家的號碼，原本想說跟阿公說我東西收到了，但他這幾年的聽力已經退化地很嚴重了，除非很大聲說話，否則他聽不到，想說還是到辦公室外來用力回答他好了，卻是傳來他走了的消息。雖然不捨，但我很放心，因為我知道他對我很放心，他不擔心我，他應該很開心的開始他另一個旅程。」

那晚我很心痛，心痛永孝的一生，心痛大時代中的親情，再鼓不起勇氣告訴他明焱、淑貞的事。

二〇一六年的八月，蘇迪勒颱風橫掃宜蘭，家園像是汪洋中的一條船任令蹂躪。後院五十年的老玉蘭樹竟然被連根拔起。

鋸樹、扶倒木的復原工作花了一整個月，上班前、下班後，驕陽下、秋風中；我也在這個月裡變得皮厚膚黑，差不多有資格得鉤端螺旋體感染了！

那年秋冬，我反而更喜歡待在靠自己一己之力清理過的後院裡。常帶著行健自強的成就感、曬冬日暖陽看這本《大陳人在台灣》。這厚達四百頁的書裡面，記載著原鄉習俗，記載著危島撤軍，記載著抵台異鄉的倥傯，記載著鄉親被拆散到全島各處，記載著歲月的流逝，記載著第一代第二代子弟流徙中的奮鬥，也記載著異鄉而為家鄉的融入。

待得春暖花開，離玉蘭樹風倒再扶起已經過了半年有餘。眼看著樹幹上冒出的嫩葉苦撐又枯，急得找朋友來討論，每個來看的朋友都搖頭說根斷得太嚴重，無法續命。想到在玉蘭樹下乘涼的十年，心痛至極。朋友建議如果真的懷念它，不如趁梅雨季腐爛前儘早鋸下來削成木板保存。想想家中的對聯如果能用這玉蘭樹幹寫就，掛在牆上天天看，不失為懷念它最好的辦法。

永孝爽朗地答應了。他和另一位局裡的同事載了一卡車的工具來。

「七十寬公分的五十年老樹幹會不會太難？」

「李醫師您說笑了！這種樹幹，在我現在正驗收砍伐的和平林道的樹算是很細的。連兩人操作的雙頭鋸都還派不上，」他倆熟練地下工具、裝電鋸、根據理想的樹倒方向測量切點、在下鋸處對向的樹幹先鋸五分之一的深度，再回原位分次用楔形鋸法避免鋸子被沉重的樹幹夾死。

「要砍伐森林，拜託通知我看呀！」小時候看卡通影片《頑皮豹》，學了一個英文字Timber。每次林場工人大叫一聲「Timber～」大樹就砰一聲倒下來，頑皮豹就要東逃西躲。我真的很想有機會看一下大樹幹倒下來那一剎那壯觀的景象。

「說來好笑，因為從民國七十年到現在禁伐太久，國內當年的伐木師傅老成凋零，現在只好到日本找師傅，處理一些我都不太會的難題。等我熟些再邀你去看timber～吧！」

我看著永孝熟練的身影，想到他剛考過天高的托福分數，準備出國念研究所，實在是佩服。

猶太人因為流離遷徙而激發鬥志，在各個領域嶄露頭角。大陳、南麂人毋寧就是台灣的猶太人，在今天的科學界、政治界、軍事界和商界都卓然成功。有海軍副總司令、有核能研究所副所長、有台東縣長、有交通部長、有總統府副秘書長……。

「Timber～」一聲，玉蘭樹真的倒下了。圓滾滾的樹幹沿著斜坡又翻滾了幾轉才止住。

「太完美了！」我撫摸著兩米長筆直的樹幹，欣賞著剝落樹皮下美麗的樹紋。

「這材積拿來寫對聯，恐怕還要剩不少……」永孝也欣賞著。

我看著兩端橫切面上美麗的年輪，一邊打量，腦袋裡飛過無數念頭。

「永孝，你看我身材怎樣？」我們三個坐在草坡上喝熱茶。

「還好啊！很多醫師都吃得很豐滿，李醫師常爬山，是我接觸的醫師裡比較不胖的。」

「這就是了！我是想，嗯……這樹幹又粗又筆直，截面又美。如果中間挖空，一頭寫『福』，一頭寫『壽』……那時可以派上用場！」

今天，整根偌大的玉蘭樹幹放在陽台下風乾兩年了，還在等「派上用場」。可是讓我難忘的是今天早上門診的一幕。

「喔！淑貞今天沒有帶娘娘過來？」

淑貞穿著醫院外包打掃公司的深藍色制服，出現在我的診間。除了一樣黝黑的皮膚，還散發出成熟的氣息。

「沒啦！我現在在杏衛清潔公司上班，負責打掃聖母醫院的舊大樓區。以後李醫師會常看到我喔。」

我想到明焱在溫州的成功，奇道：「為什麼沒有跟爸爸到大陸幫忙，少說也是總經理特助啦、專員啦！」

她委婉地笑：「結婚一年了，總不方便離開婆家太遠啊。」語氣中有著上一代的保守。

「還沒二十五歲，妳結婚很早耶！」美雪嘟噥道：「比我那個寶貝兒子，三十歲了還找不到伴強太多了。」

「李醫師和護士小姐看過我先生的。」淑貞出門把一個一直畏縮搔頭的年輕人拖進來：「連凱翔進來啦，跟李醫師問個安啊！」

連凱翔只穿著白色汗衫，四肢黝黑碩壯，可以想像汗衫下絕對是紮實的六塊肌。左手臂上的刺青顯然磨皮磨掉了，還留下淺淺的疤痕。胸口一個金絲綴的香包上寫著「護佑平安　貢仔寮下洲仔媽祖廟」。他一臉尷尬：「李醫師，我現在真的沒喝酒了！」還遞上一塑膠袋的九孔：「李醫師要和護理師學妹們煮海鮮火鍋用的。」

美雪恍然大悟：「天啊！原來我們這十幾年來吃的新鮮九孔都是凱翔準備的喔！」

淑貞口氣洋溢著平靜的幸福感：「在雙溪貢寮，認識的人都叫他九孔哥。這十幾年來，北海岸一帶的九孔就我們的品質最好。」淑貞講著「我們」兩個字，好像相處了一百年的老伴感。

「唉呀！妳爸爸不是希望妳嫁給大陳郎嗎？」美雪真是哪壺不開提哪壺：「這下政府沒辦法反攻大陸了！」

「那年你們不是在病房滑手機華到天塌下來都不管？」我慢慢拼湊起約十年前的記憶：「所以就這樣認識到現在？」

「我長得真的很愛國，也不知道凱翔是迷上我哪一點。」淑貞每講一句，就像解開一題謎題：「出院後他也不知道去哪裡弄了一輛破車，每次我要帶娘娘來醫院回診，他都搶著到羅東高商或岳明新村載我們。每次進醫院，也都搶我娘娘的大包包和我的書包過去背，扶我娘娘比我還殷勤，然後在門診外乖乖等著。」

「妳真的超級有魅力啦！每年福隆的海洋音樂祭不是都有很多辣妹穿幾乎看不到的C字褲讓男生流鼻血，你們連凱翔卻都沒流鼻血？」美雪忌妒得要命：「喔！他從前不是滿身酒氣嗎？我也想起來了。」

「也不知道他哪根筋不對。我婆婆打罵他十幾年他都戒不掉酒，我跟他說我和娘娘都討厭酒味，他竟然一天戒掉。為了他的痴迷，我真的甘願天天陪他下魚塭、曬鹽水太陽曬到皮膚黑亮。」

「真是情聖啊！難怪為了他，妳連總經理特助都不做了！」美雪的忌妒感真的要出汁了：「一樣長的愛國，我怎麼都碰不到這樣的愛情？」

「這下『反攻大陸』敗給『手機之愛』，真得沒戲碼啦！」我笑道。

淑真也回了甜甜一笑：「反攻大陸的戲碼，讓我爸爸的公司去唱就可以了。」

那甜甜一笑，笑得那麼雲淡風輕，把大陳的史詩笑進台灣萬端萬采的社會裡。

那永孝呢？這兩年我知道他正在寫實務方面的論文，但是改念國內的博士班。是不是因為經濟的因素，還是因為怕玉蘭樹幹正要「派上用場」的時候，他沒在台灣指揮？我就不清楚了。

這兩本《蔣夫人與華興》和《大陳人在台灣》，這一刻正擺在我的桌案上。

華興育幼院
岳明新村
楊府君廟

Chapter

美女的奇異春夢

門打開，一個帶著口罩、身材曼妙的女孩子進來，欠身跟正在結案的上一對中年夫妻和我拜託：「抱歉！下一位病人的輪椅要進來，能不能拜託大家挪個空間。」

她身著白衣，上面繡著衛生所護理師。雖然是制服，仍然難掩美白的肌膚和玲瓏有致的身姿。

語未畢，一輛高級電動車輪椅無聲地駛進來。電動車上面的三十歲男生濃髮黑鬢，臂膀粗壯。國字臉和高聳些微鷹勾的鼻子，讓人覺得只要再加上真皮夾克和大金邊墨鏡，應該就是重機車手了。他雖然下半身癱瘓，但是上半身仍然看得出倒三角型的胸腹。煥發的英姿，讓人很難和一般長年下半身癱瘓病人的頹廢無神聯想在一起。他熟練地操作控制桿，把電動車準確地滑進護士美雪幫忙挪開的病人椅的空間。

電腦上顯示的名字是馮建斌，持有「S」字頭的脊髓損傷的重大傷病卡。

夏天裡，門診的冷氣壞掉，醫師病人一起揮汗看病。

「李醫師，這位衛生所的護士小姐發現我有C型肝炎，陪我來登記日後每半年追蹤的腹部超音波和抽血篩檢。」

我心裡納悶了。什麼時候縣衛生局的經費多到讓衛生所的護理師出勤，帶鎮民到醫院診治？有這種美女陪伴服務看病，我每屆都投這位縣長！

戴口罩的女孩遞上衛生所的資料，確實是C型肝炎病毒抗體反應陽性，肝炎指數GPT約九十左右：「還有，看需不需要做干擾素的治療？」

在那個口服抗病毒藥 DAA 還剛在起步階段，一個完整療程貴得可以買一棟房子的時代，政府允許的給付主要還是長效干擾素併用口服藥雷巴威林。可是因為干擾素副作用的嚴重，我們都會謹慎評估。

「嗯……符合干擾素用藥的初步要件，那麼我們先完成政府要求的基礎背景篩檢。現在先抽C型肝炎的病毒量，血球分類、肝腎功能、甲狀腺功能等等。今天下午先完成一下超音波。」

那女孩把嘴輕貼在馮建斌的耳畔，我說一句她解釋一句，口罩不時磨蹭到馮建斌的耳際鬢髮。

護士美雪把列印出來的各式檢驗單交給馮建斌時，口罩女孩一手接過去，熟練地分類。在美雪和我瞪大眼睛中，掏出口袋的香帕為馮建斌擦去額頭的汗珠後，幫馮建斌的輪椅倒轉方向。

兩人背後的門診掩上的那一剎那，美雪和我大叫起來。

「我也要去得C型肝炎，打電話請鎮長派這麼美麗的護士陪著看病。」我大聲嚷嚷，扼腕沒得肝炎。

「聽說冬山衛生所的醫師未婚又高又帥，我可以去那裡掛號，請醫生陪我到聖母醫院來嗎！」美雪也爭著要福利。

「這服務是鎮長決定還是縣長決定的，我每一屆都選他！」我們的聲音像合唱一樣。

下午馮建斌躺上超音波檢查床的時候，口罩護理師還是跟在旁邊。

其實不需要口罩妹，張健斌也一樣上得了床。他用控制桿把輪椅駛到貼近床緣，調好角度後，兩手撐起整個癱瘓的下半身，一隻手瞬間挪移到床上、旋轉半圈後整個人重心就到了床上。接下來甩著床緣的臀部，竟然下半身像被槓桿上床。

「太厲害了。」我讚嘆道。

「其實他天天在健身房練。」口罩妹接口。

什麼時候護理師連病人的基本資料都「到宅了解」了？

口罩妹沒等我們技術員學妹，逕自把馮建斌的上衣掀開，露出他胸口的日本鬼面刺青和兩乳之間的胸毛。那胸毛一路延伸過六塊肌到下腹。

「哇！這位病人的身材太性格了！」技術員學妹玉薰驚呼，看得睫毛亂顫。

我一邊幫馮建斌檢查的時候，超音波探頭上隱隱可以感覺到六塊肌的堅實。

「看得出張先生從前是運動咖，可是為什麼會下肢癱瘓呢？」

「我騎重機和車友競速，在北迴公路的九彎十八拐高速下坡的時候打滑，整個身體飛出去。後腰直接撞到邊坡石，醒來的時候就這樣了。」馮建斌的回答，三成的悔憾中，竟然有七成的驕傲。原來他真的是重機車手。

「建斌的重機是原裝進口，金色烤漆的哈雷喔！」口罩妹插話進來，竟然跟著病人驕傲。

這實在太詭異了。馮建斌的口氣裡，和口罩妹明明是因為衛生所的篩檢公務剛認識上，怎地口罩妹什麼都知道。

「朱小姐真的熱心，打電話家訪的時候，我告訴他我行動不便，她沒有像一般借貸銀行立刻掛掉電話，反而在電話裡聊了快一個鐘頭。」

因為行動不便而特別熱心，這女孩子真的了不起。我們的公務人員都能這樣敬業愛民，國家一定強盛起來。

「我到衛生所的時候，剛好沒什麼其他鎮民。整個下午我們就聊得很開心啊！」

馮建斌微笑道：「她就說當朋友不必客氣，今天就陪我來了。」

兩個禮拜後回診時，口罩朱妹妹又實踐了「就說當朋友不必客氣」的公務人員服務信條，陪在馮建斌身旁。

那時SARS已過多時，大家進出醫院並沒有嚴格帶口罩的習慣。整診間裡大家出出入入，想是口罩妹因為要為預防感染的表率，戴口罩成習慣？可是如果是這樣，他為什麼沒有要求馮建斌也戴口罩？

「沒有錯，你的病毒濃度高達二十幾萬，是屬於第二基因亞型。西方的論文說明併用長效干擾素和雷巴威林治療，應該有六成以上的根治率。可是我們東方的根治率更高，可能可以達到八成。」我用樂觀的口氣告訴馮建斌：「而且你的血球數、肝腎甲狀腺功能都沒問題，應該挺得住。所以你願意接受長達二十四周、甚至四十八周，而且有點痛苦的治療嗎？干擾素本身會降低白血球或血小板，有些病人會掉頭髮，有些病人會有憂鬱情緒的變化。至於併用的口服藥物雷巴威林（ribavirin），則會引起貧血。」

馮建斌猶豫了十秒鐘，還算乾脆地點頭道：「好！雖然我不是很懂，可是怡君說這半年她會隨時陪在我身旁，有什麼難過會幫我解決。」

嘿！速度很快咧！第二次門診裡，衛生所護理師的稱呼，從朱小姐變成怡君。

「所以學妹叫朱怡君？」我不知道往後的門診裡會有多長遠的關係，客氣地問道。

「唉呀！我也不知道建斌是講哪個怡君哩！他以前在夜店裡是萬人迷，不知道有多少個怡君坐在他的大腿上過喔。」朱妹妹避過確認名字的問話，把議題拉到炫耀馮建斌的風流史。

許多女孩子不求男友的過往紀錄良好，而是炫耀自己得到一個萬人簇擁的偶像。即使事後大多因男友移情別戀而受傷，我的生命中還是看到憾事一再重演。

「別這麼說嘛！我都沒有主動喔！我可是被動被『撿屍』的啊！」建斌邊裝委屈邊驕傲的假仙口氣，承認了他在風月場所中的混亂性關係。

「現在這樣了，」他指著下肢癱瘓的雙腿：「什麼怡君啦、雅芬啦、珮瑜啦，現在通通沒有了。妳放心了吧！」

這句「妳放心了吧！」真是說明了這兩個禮拜的絲絲絮絮。

我可以感覺得到朱妹妹口罩紋路的變化，是口罩下幸福的微笑。

「難過，覺得發燒畏寒，整個人虛到沒一點力氣。」隔一個禮拜的門診裡，馮建斌第一句就是副作用。

「嗯！目前血球還沒有下降就這麼痛苦……」

怡君插話進來：「李醫師，為什麼建斌的肝炎指數 GPT 反而上升？」顯然很關心電腦螢幕上的數據。

「剛用干擾素的時候，是有些病人的 GPT 反而會上升，代表和身體和病毒的戰事擴大。只要沒有肝衰竭，其實是不要緊的。」我很佩服她有重症照護的敏感，比起一般衛生所老護士把自己當事務員要強得多。

「幸虧怡君半夜趕快幫我敷溫毛巾，給我退燒藥，總算撐下來。」建斌道：「我可以再試兩個禮拜吧！」

診間門一關上，美雪大叫：「有沒有聽到！半夜敷毛巾耶！已經睡在一起了！」

混夜店的人，性關係混亂，清晨酒醒，枕邊的人名字都叫不出來是常有的事。建斌的來者不拒，我當然可以理解，就是覺得怡君也快得太草率了吧？

「可是建斌已經下半身癱瘓，即使再怎麼在健身房復健，也應該沒了性能力啊？」我疑道。

「唉喔！李醫師你太古板了！現在年輕人用手、用嘴各種花招都有欸！」美雪雙眼瞇瞇地眨，開始陷入遐思的境界。

我整理好電腦病歷、輸出資料時，美雪兩眼上吊都還沒回神。我叫了一聲欸，她才邊收集印表機上列印出的藥單，邊喃喃自語：「我護理界人頭還熟，來打聽打聽這號學妹吧！不過李醫師真的相信有這麼偉大的愛情，可以去喜歡一個下半身癱瘓的男友嗎？」

「如果認識多年後伴侶殘廢，世界上多的是仍然廝守一輩子的。」我沉吟道：「可是已經知道陌生人是癱瘓的，才要開始建立感情，這樣的愛情真的是很稀罕很偉大啊！」

三個禮拜後的門診，建斌整個人消瘦了一大圈，血紅素開始輕微地下降到十‧二。

「他洗頭的時候，還有醒來離開枕頭的時候，我都會看到一大堆掉下來的頭髮。」怡君細說干擾素的副作用。

厲害，這下不但同眠共枕，還一起洗澡。看著美雪擠眉弄眼、嘴歪眼斜的八卦表情，我猜她下班騎摩托車回家時，會不會一邊翻眼白一邊流口水，把醫院到她冬山家一路上的柏油路弄得濕濕黏黏的。

「這也是常見的干擾素副作用，不過你們要有信心，這不是化學治療……而且發燒畏寒的難過，很多病人在兩個月後會慢慢適應。」

「呃……還有，如果朱學妹晚上……在建斌的身邊，」我這個世代的人，講起這檔新潮事還真支支吾吾：「妳乾脆在建斌上床前幫她打針，這樣干擾素引起的痛苦達到高峰時，剛好病人可在睡眠中渡過。」

怡君若有所悟，高興道：「喔！好主意。李醫師剛開始怎沒直接給這建議？」

「因為一般人枕邊沒有有醫師、護理師或藥師執照的親人，所以沒辦法建議用這好辦法。」我解釋道：「建斌很幸運，旁邊有妳這位正牌的護理師。」

兩人喜形於色，這次爽快地拿三整個禮拜份的藥回家。

第六周來時，建斌的血紅素掉到七．二，整個人非常虛弱，但可能有和怡君長談過，還是願意繼續治療。由於第四周的病毒濃度沒有降到零，這治療注定要持續二十四周以上。

「可以現在幫建斌打紅血球生成素 EPO 嗎？以後每周打干擾素時，建斌也都加打EPO好了！」

「那很貴呀！」我吃了一驚。雖然EPO會拉抬病人的血紅素，減少貧血相關併發症的程度，可是非常昂貴。貧血嚴重時一個月EPO的花費，可能夠付美雪的月薪，出了台北都會區，很多鄉下病人都負擔不起。

「沒有關係，我家可以。」建斌從容應對。

兩人身影消失後，美雪興沖沖地說起八卦：「李醫師你知道那個朱怡君是他們的衛生所之花，聽說這家衛生所這三十年來新進的護理師就屬她最漂亮。裡面的朋友告訴我，有了她以後衛生所篩檢的業績好得不得了，許多男的鎮民篩檢完都還會進進出出好幾次。」

我笑道：「嘿！這下衛生所的主任和醫師每年都要包紅包給朱小姐了。我開始還以為她貌不驚人，所以才每次戴口罩遮羞哩。」

美雪神神秘秘地問道：「這麼漂亮的人，照理說應該追求的男生不少。你猜為什麼她會對一個下半身癱瘓的人一見鍾情？」

我疑道：「難道是馮建斌很帥？沒錯，他是有粗獷的帥勁。不過他的情史太糟糕了，要我是女孩子我才沒安全感。」

「嘿嘿嘿！聽說怡君挖到金礦，馮建斌的爸爸是很有錢的台商。平常老倆口回台灣時，看到建斌床邊的女人沒有一次一樣，而且妖豔放蕩的、酒氣菸味的，沒有一個像樣的。馮建斌出車禍後，兩老都死心覺得兒子永遠沒女人要，要一輩子讓老人家照顧了。不料天上掉下來一個美麗又端莊的女孩，不但不嫌棄兒子是個廢人，還呵護備至。談吐裡，字字句句都是對放浪兒子的真誠關心。兩老對怡君講，如果她真的願意下嫁建斌，先給在台北信義計畫區的一間快要兩億的豪宅當聘金。」

「喔喔！原來公主與王子的浪漫故事，其實這麼現實！」我笑道。

「天下奇事，說破都不值錢。」美雪笑道：「敢娶我這老姑婆的才是真浪漫！」

我一個自由戀愛結婚而有美滿婚姻的人，其實還是願意相信世間有浪漫的真愛，哪怕是天雷勾動地火的超級特快車：「說不定是浪漫真愛在先，城堡財勢水到渠成啊！」

第十二周的病毒濃度追蹤報告，顯示病毒濃度比未治療前下降一百倍、只剩四百多，勉強證明藥物有效。可是依據學理，此時病毒濃度沒有降到零，痛苦的藥物治療就必須延長至四十八周。

怡君依然每次伴著建斌來，每次都細心打理各種瑣事和來回交通。雖然我們不敢說破我們知道的八卦，可是我打真心認為怡君是真心對待建斌，而建斌好像是怡君扮家家酒時的洋娃娃。半年下來，穩定的男女關係消弭了大家原先的八卦心態，我也由原先的半信半疑開始祝福。

可是第八個月的門診，童話故事急轉直下。建斌竟然獨自孤伶伶坐在輪椅上進診間。

「咦？怡君呢？」美雪裡外張望。

建斌皺眉沒有搭腔。雖然瘦削不少，但是年輕人的英氣尚在。可是習慣了讓怡君打理，突然沒了左右幫手和保健知識在側，我感受得出他的左支右絀和挫折惶恐。

「唉！吵架了。」建斌忿忿不平地說：「這兩個禮拜，我打聽到有專業的汽車改造，讓下半身癱瘓的人可以用手控制油門和剎車。想到我就可以再握著方向盤趴趴走，我開心得不得了。不料怡君竟然說我要到哪裡她載我就好，不准我去打聽改造車。」

「怡君是個好女孩呀！她說不定擔心改裝車的技術不夠成熟，危害你的安全。說不定是你以前男女關係的名聲太差，她怕你又開始作怪啊！她是你千年修來的好報應，你就讓著她一些吧。」

「唉！這我了解。可是如果她阻止我康復的機會呢？」建斌的抱怨還沒消：「醫學新知節目上說國內某醫學中心的神經外科有注射幹細胞的辦法，說如果及時治療，可能對我的下半身癱瘓有解。我急急想去掛號了解，怡君竟然跟我說別去，要我先安心治療C型肝炎。我跟他說肝炎治不治療好我沒什麼感覺，可是過了幹細胞移植的黃金時機，我就要遺憾終身啊！為了這件事，我們吵得很不開心，她一氣就離開我了。」真是一件猝不及應的大事。

我納悶了起來。我當然同意如果有一絲希望，盡量讓親人有康復獨立的機會。怎的怡君就希望她的伴侶永遠獨立不了？難道是為了更多的財富報酬嗎？

還好剩下的三個月裡，藥物治療都一成不變。除了只好請建斌每禮拜自費叫計程車、定時來門診接受注射外，治療堪稱順利。反正錢對建斌家不是大事。第四十八周結束治療之前，門診的他臉上一天比一天失魂落魄，我還以為那是干擾素引起的情緒副作用。

治療之後再隔半年的追蹤，病毒仍然沒有蹤影，在學理上C型肝炎算是根治了。所有貧血、掉髮等的副作用都康復消失。我一邊恭喜他，一邊安慰形單影隻的他。原來他的憂鬱真的是喪偶性的蕭索，不是干擾素副作用。

「沒辦法打電話給怡君，誠懇跟她道歉一下嗎？」美雪和我都關心建議。

「她離開的第二天，手機就不通了。」建斌失落道：「連衛生所同事都沒她的下落。」

怡君就像是人間蒸發一樣，就再也沒在我門診或半年一次追蹤的建斌面前出現過了。

那兩年裡，門診裡一個接一個新案例漸漸蓋過腦海裡的回憶。同時，東亞各國的醫學中心都在世界級消化醫學會發表干擾素效果優異、比西方成效更好的論文。我在台下聽相關演講，偶爾還會想到門診曾有過的這對奇異戀人。

隔兩年後夏天一個週五的半夜裡，急診把我從睡夢中挖起來，通知我有人受家暴後吞服過量安眠藥，正在急診洗胃，希望我做個緊急胃鏡確認上消化道有否腐蝕性的傷害。

其實強酸強鹼才會引起腐蝕性的傷害；如果是農藥，傷害則在肺部或腎臟；照說安眠藥應該不會有腐蝕性。可是為了讓急診同事和家屬放心，還是得披星戴月去做。

我兩點半睡眼惺忪地到達綜合診療中心，電腦上的名字赫然是朱怡君。怡君賢慧幹練，怎會做傻事？難道是同名同姓？

雖然從沒見過面罩下的真面目，可是推進來的病床上高挑曼妙的身材讓我不做第二個怡君想。

被子掀開，怡君還在過量安眠藥效的昏沉中。梨花帶雨的瓜子臉上，好幾處瘀青和撞傷的浮腫。左眼因為眼眶瘀青幾乎張不開來。

胃鏡裡，除了輕微的逆流性食道炎外，真得沒有太大的腐蝕。我把胃鏡抽出來後，進來兩位長者。兩個人的關心之情，溢於言表。

「你們是怎麼把女兒顧成這樣？」我責備道。

「喔……喔。一言難盡，是我們的錯。我們的兒子……」先生穿著筆挺，滿臉歉意。

太太眨眼阻住了話頭。兩老幫忙把怡君的病床推出檢查室，急急回去急診處。

星期一上班時，發現朱怡君的名字已經進了我的病房患者名單裡。

查房前，我們都會先在電腦前面盡量瞭解病人的既往歷，以作為整體治療的輔助。在護理的「初階評估」頁面裡，我赫然發現除了六年前進入衛生所外，她這兩年離開衛生所，在一個輔導身心障礙青年的非營利組織（NGO: NPO）裡當家庭訪問評估專員。更驚人的是：十四年前她剛從護理系畢業時，是在隔壁醫院的加護病房任職。

我左思右想，想到當年剛從美國學成歸國、回來羅東時，道上傳言的某某醫院加護病房三大美女。

那年裡，年輕熱血的男醫師奔相走告，有三位剛從學校畢業的超美女級護理師一起進入加護病房。醫師進進出出加護病房查房、照會或做檢查時，她們的美貌，讓未婚的醫師午夜夢迴，讓已婚的醫師心猿意馬。三大美女在職那段時間，醫師邀約加護病房郊遊或唱 KTV 的頻率達到歷史新高。護理長、老學姊、打掃阿嫂一起受惠！其中，魔鬼身材、冷豔明媚的晨妤，有竹科的工程師捧著九百九十九朵的玫瑰花，苦守在加護病房的門外八個小時等她下班，讓病人家屬嘖嘖稱奇。天真熱情、像卡通少女「小甜甜」的如瑄，日後轉到台北醫學中心的呼吸治療專科，聽說讓好幾個年輕講師、副教授級的主治醫師家庭起了滔天波瀾。

一來這個時代，怡君的名字有太多女孩子使用，是戶政調查裡的第一名。二來上班公務溝通時，學妹之間只用名不稱姓。三來一直用面罩遮臉的固定形象，讓我從沒想到眼前鼻青眼腫的女孩，竟然就是當年三大美女之一，溫柔賢淑型的怡君。

查房到床邊時，和家暴慘劇隔了兩天多，怡君臉上的浮腫微消，果真是十四年前模糊記憶裡長瓜子臉，鳳眼高鼻的怡君。

「好久不見了！」除了安慰她不會有任何消化道、肺部和腎臟的後遺症外，我迸出這一句。

「唉！……羞死了！讓李醫師看到我這樣。」怡君滿臉窘狀。

「長得這麼漂亮，為什麼以前來門診都要蒙著臉呢？」

「李醫師以前在加護病房見過我那麼多次，我真的怕陪在下半身癱瘓的男友身邊，李醫師會問我東、問我西。」

職場裡，常有不平行的關係。常常後期學弟認識前期學長、學長卻不認識學弟。住院醫師、實習醫師仰慕教授級的主任醫師，可是教授大人壓根兒不認識這些徒孫。可能因為病人交集多寡的原因，其實我對怡君的印象，比晨妤和如瑄要淡得多。這點怡君真的是多慮了。

「為什麼要做傻事？」沒有專科護理師在身旁，隔壁床又剛出院，我大膽在床邊問。

「我男朋友這樣打我，我真的不要活了！」她眼眶瞬間紅了起來。

我奇道：「妳是說建斌？他不是連站起來都不可能嗎？」

她頓了幾秒，回道：「我三年前就和他分手了，是現在的男朋友。」

我突然想到前天凌晨的景象：「是那對夫妻的公子？他們兩夫妻看起來是上流社會啊！」

怡君點點頭，眼淚奪眶而出。

我拉過陪病椅坐下：「換了一位男朋友，總是因為條件更好啊！他愛妳嗎？妳真的愛他嗎？」

怡君遲疑了更久才開口：「我真的愛他。可是他動不動就情緒發作打我，我今天真的受不了了。」

我提及當年加護病房的轟動：「妳長得這麼美麗，當年醫院裡不是很多醫師在追嗎？怎麼會有男生捨得拳腳相向？」

「她對我的面貌根本沒有概念。」怡君一句不合常理的回答接著另一句：「我只要不小心碰到他的畫筆畫紙，他就會發了瘋似的對我拳打腳踢，抓我去撞牆。」

「這太詭異了，他是什麼怪胎。」

「他是一個高功能的亞斯伯格症候群的小男生。」怡君隔了半分鐘才勉強承認：

「李醫師別驚訝，他小我十三歲。」

「年紀差這麼多的男生妳怎麼會和他在一起？」我總是想到社會新聞裡年紀差太大的姊弟戀最後常以悲劇作收：「難道也因為他爸媽會給妳一棟信義計畫區的豪宅？」

怡君突然愣住，睜睜地望著我許久。那困惑委屈的眼神，彷彿被捅過多次的心臟又被再捅一刀。

「李醫師從哪裡聽到這個傳言？」

「從衛生所裡傳出來的啊！」我誠實回道。

她咬牙切齒：「有人證明我拿了那座豪宅了嗎？我根本不要那間豪宅啊！」

我被兇得有點吞吐：「那妳是看上他的哪一點？那麼多謠言傳來傳去……」

怡君天經地義般的回答：「下半身癱瘓啊！應該不會不忠或跑掉啊！」彷彿這邏輯再自然不過。

我努力控制聲量，希望不要傳出隔簾外。可是這理由實在太誇張了，我不自主摀住自己的嘴巴驚叫：「這是什麼怪邏輯？」

「建斌的性慾好強，我在他的床邊成天聽他炫耀他荒唐的故事聽了好幾個月。你相信嗎？我一邊哄著他打干擾素，一邊還要陪他看色情片！」她越講越激動：「你知道他為什麼會出車禍癱瘓？你真以為他很 Man，和人競速？」彷彿要把所有的難堪在一分鐘宣洩完：「人家騎重機把妹都讓女孩斜貼在背後。他玩鑰匙遊戲，載到一個熱褲短到可以看到陰毛的辣妹，硬是要人家坐在前座，他一邊騎車一邊用骨盆腔頂人家，兩個人頂到昏天暗地，流著口水撞上護欄。」

「那這種人妳還跟他在一起？我可聽不出什麼合理邏輯！」

「可是除了我阿公以外，天下哪個男人不風流？」除了天外飛來的「阿公」兩字，怡君義正詞嚴的邏輯倒讓我有點難招架：「建斌至少讓我知道他荒唐到什麼程度，還說不定贏過一個正經八百，腦子裡更精蟲亂竄的醫師。」

「我幫他打理東、打理西，食衣住行的，想他下半身癱瘓，永遠沒辦法出去亂來；比起臉上道貌岸然，袖袍下亂捏護士屁股的醫生，應該更能永遠屬於我。」

「所以妳不讓他去神經外科問幹細胞移植、不讓他去改裝汽車，都是怕他突然有能力再去亂搞？」

「天啊！李醫師，你們連這些都知道？」怡君幾乎歇斯底里。

我聳聳肩：「建斌門診時告訴我的啊！」安慰她這不是江湖皆知。

「是又怎樣！」怡君坦率承認：「可是你知道這之前，他就又罣固酮噴發，開始上網找轟趴的機會……用假名想要跟女孩子約炮。」

我總是學醫的，跟她分析道理：「可是他已經不能人道，妳瞎擔心什麼？」

「我就是不爽他的精神背叛！」怡君氣鼓鼓的：「為了不讓叛徒再找到我，我直接離開衛生所。結果……結果……結果你們在傳我肖想台北的豪宅？」怡君激動到喘了起來。

「唉！那種萬人搶一個的好公職，妳這樣一賭氣扔掉……」我總覺得穩定的職位勝過雲裡的城堡。

「李醫師，520號房大腸癌病人的家屬想知道肝臟切片的結果。」專科護理師亞琪掀開隔簾，探頭進來。

我不得不中止所有的私密話題，跟著亞琪到隔壁病床，處理更重要的事。

中午門診後，所有的專科護理師都在午休，我回到怡君床邊。

「心情平復點了嗎？」我要告訴她如果沒什麼進食的問題，其實門診追蹤就可以。重要的是任何自殺的病人，都應該接受精神科的照會。

「李醫師，你可以坐在床邊，聽我訴訴苦嗎？」怡君收了早上的凌人氣勢。

我想，如果能讓她一吐怨氣，我的角色應該就是精神科的同事或是心理師。

「如果我告訴你，現在男友的爸爸媽媽，給我更高的財富誘惑，你會更瞧不起我嗎？」

我一怔，突然不知道怎麼接口。

「君彥的爸爸是西部一家大型區域醫院的主任醫師和大股東，他媽媽是一個大會計師事務所的資深精算師。君彥從小被排斥、被霸凌，一輩子連個朋友都沒有。他們看到他們嚴重自閉症的獨生子這麼需要我，直接跟我說只要我願意照顧君彥，每年給我五百萬。兩老過往後，他們所有的股票、投資、房產全歸我。」

「……」面對第二次可能的財富交易，我還是不知如何接口。

「剛開始我還是跟兩老說，我只是盡慈善基金會裡頭陪伴義工的責任。可是他媽媽說二十幾年下來，君彥第一次天天念著輔導員老師的名字說愛她。多年沉浸在畫畫，不曾理會爸爸媽媽。這次竟然會跟媽媽說想要跟輔導員老師結婚。」怡君仔細地敘述天下父母心：「有一天他爸爸竟然當場跪在我面前，說他們可以把整個基金會買下來，讓我當領導人。我真的感覺到他們害怕兒子在兩老身後的淒涼。」

「所以妳就心動了？」我開始有一種世俗油膩的噁心感。

「那倒不是。」怡君轉到輕鬆處，眼神間有了溫暖的光采：「我從小不會讀書，一直很崇拜天才型的學霸。君彥就是我們職前訓練課提到的高功能自閉症。我去他家的第二次，他竟然把我第一次到的時刻分秒、肩包的顏色大小、手鐲上假鑽的顆數、裙子打的折數、手機貼紙的貓咪、我跟他一起看的畫冊的頁數字數插畫數，全部複習一遍給我聽。我聽了又驚又佩服。」

「有一次，我陪他逛宜蘭文化中心的圖書館，隨便拿了一本《台灣常見野草圖鑑》給他，就存心考考他那顆電腦。他低頭隨手翻半個鐘頭後就扔在桌上。我拉著他到圖書館外的草坪，亂指了地上的小黃花。」

「黃纓絨花！」君彥好像對著馬路在回答。

「誰說的！小黃花那麼多種。我怎麼知道你說的對？」怡君不依，根本不相信宅男的胡謅。

「黃鵪菜的葉子是波浪型的，兔子菜的葉子像竹葉。這棵的葉子長離地面，還包著莖。」君彥高深的回答依然心不在焉。

「我真的被他那種漫不經心的帥勁迷死了。他那種睥睨環境、沉溺興趣的性格，不就和我初中時暗戀的班上學霸偶像一模一樣！李醫師，是不是很多學霸其實都是亞斯伯格症？」

我解釋道：「嗯！很多很輕微的亞斯伯格患者，是還能進入學校和社會。他們執著的個性和驚人的記憶力，在當年聯考制度只論成績入大學的時代裡，很容易脫穎而出進入好科系。所以那種以考試取得執業執照、而升遷途中又不需要廣泛社交的行業裡，像是醫師啦、電腦工程師啦等等，常有高比例的亞斯特質。現在入學不同了！要看社團經驗、看社會服務、多元才藝，還要面試口試。這些亞斯伯格比例的偏頗或許就比較不明顯了。」

怡君若有所悟：「喔……難怪我覺得君彥的爸爸也有點亞斯樣的偏執……」

我嘆了口氣道：「我太太是職能治療師。她去精神科實習幾個月後，也判斷我這個男朋友有明顯的亞斯特質啊！為了她這句話，我這三十年來，一直在用理智淡化我的固執。」

怡君繼續斷掉的話題：「我到他家的幾個月裡，成了他每一幅畫的主角。他越來越常抱著我不放，我在掙脫的時候也莫名地有一種溫暖感。」

真實世界裡，亞斯男生表達愛慕時不合社會規範的固執衝動，也是學校裡輔導室性平案件的常案，也是社會上性自主刑案的一部分。我曾認識一個雕刻高手的亞斯高中男生，把愛慕的女孩子嚇壞了，隔天女孩子的黑道老大爸爸直接殺到男生家，當著男生父母的面教訓男生，在父母心中烙下終身痛苦的印記。

「在他佔有我的那晚，他的爸爸媽媽其實在房間外。他是那麼目空一切、肆無忌憚。可是我沒有反抗、沒有叫喊，享受在強烈的粗暴裡。我其實是……是迎上去的。」怡君的聲音委婉：「我在想，他這樣的被社會孤立，我真的可以一輩子好好擁有他了。」

怡君臉上的浮腫還未全消，左眼依然撐不太開。她牽動著不平衡的臉部肌肉，淺淺笑道：「李醫師猜猜，三年以後，我會不會是天天逛微風廣場的富婆？」

怡君拒絕了我幫她照會精神科的建議。當天下午掙扎地辦理自動出院後，也沒再回我的門診追蹤。

怡君兩段驚世駭俗的戀愛故事，就在春去秋來，年復一年臨床沉重的事務中雲淡風輕而去。政黨輪替、經濟恐慌、日本海嘯核災、伊斯蘭國……小至國內縣內，大到亞洲世界。今天的新聞，掩過昨天的；來年的狂亂，抹去今年的紛擾。這段時間裡，我跟著台大的陳建全教授和邱瀚模教授學習消化道早期癌的黏膜下切除手術，連睡覺中都會比手畫腳。

六年後的今天，又開始一波縣政府的糞便幽門桿菌篩檢潮。各鄉衛生所檢體陽性的縣民，有自己來的、有晚輩騎車載來的，等在診間門口外。這種額外的臨床負擔，會擠壓我癌症重症病患的診治，我其實覺得甚有壓力。

「三十三號陳宏明、三十三號陳宏明、三十三號陳宏明……」美雪連喊了三遍，正要抱怨又一個討厭的遲到病人、準備按鈕叫下一號。診間門打開，一個白衫素淨，帶著墨鏡，右手用拐杖敲點地板的中年男人走進來，摸索到椅子坐定。男人身形中等，輪廓俊秀。在他右後方幫攙的中年女人一樣素淨的衫裙，綁著馬尾、未施脂粉。她的臉孔竟然這樣熟悉。

「啊！妳不是……怡君嗎？」多年不見，病床褟的兩面之緣依稀模糊。現在的臉龐無瘀無腫，還真讓我沒有十成的把握。

「李醫師好，美雪好！」怡君滿臉洋溢著幸福驕傲：「帶我先生來看我最信任的消化系醫師。」

「啊！真是好美麗的太太呀！」美雪驚道，好像揭開謎題一樣的興奮：「妳就是八、九年前一直戴口罩的朱小姐啊！妳不是和……」

「妳手上的衛生所照會單，喔！先生是來吃口服殺幽門桿菌藥和接受胃鏡篩檢嗎？」我趕緊打斷美雪的話，深怕一個尷尬，上演怡君屠殺美雪。

「第一次看到妳沒戴口罩，真美麗啊！好像王祖賢喔！」美雪還是興奮地吱吱喳喳。

「還有，他們職業工會的體檢報告，說宏明的尿酸值也有一點高，一併來複診一下。」怡君遞過來另一張早準備好的「宜蘭縣按摩業職業工會年度體檢單」，躬身和我討論的衣著身影，就是一般儉樸夫妻的模樣。

「嗯！還有，我掛三十七號，不知道能不能這時一起看。這是我的體檢報告，」怡君又從包包中摸出一張摺頁報告，抬頭寫著本縣很有名的盲人重建中心：「我好像有一點貧血，血紅素一〇・一，MCV 值才七十幾。不知道會不會缺鐵？」

「妳現在在盲人重建中心？」

「我出院後就辭掉慈善基金會的工作，斷了和從前的聯絡。」怡君眨眼跟我說。這個女孩真夠決絕。我當然知道「從前的聯絡」是指君彥一家人。

她驕傲地說：「正職。工作了六年，賺到一個帥帥的老公。」

我恭喜道：「大大喜事啊！要四十了，有沒有想趕快添一個寶寶熱鬧？」

女人在這方面永遠築著美夢：「當然有啊！我老公這麼帥，他的基因不能不發揚光大啊！」

一直靜靜不發一語的陳宏明，嘴角幸福地上揚，左手提起來反握住擱在他左肩的怡君的手：「真難為情！怡君老是這麼說，我這輩子還沒機會看過自己的臉哩。」一句話讓我了解他是先天型視盲。

「你真的好帥啊！跟港星梁家輝一樣喔。」美雪高高興興錦上添花：「還有，你老婆也真的天仙一樣喔！」沒考慮到宏明一定也沒看過梁家輝。

「我也沒有這個好命看到她。唉！她長醜長漂亮對我是一樣的，我真是對不起她的漂亮啊！」

美雪拉起宏明的左手放到怡君的臉鼻上：「你就不知道。你摸摸看你老婆這挺直的鼻子，我用作夢的才會有啊！」

宏明滿懷感激道：「結婚這三年來，她天天細心照顧我，這點我就知道。」

怡君打斷話頭：「我們今天從早就空著肚子準備，宏明的胃鏡和我的超音波可以直接排在下午嗎？」

「怎麼那麼性急，非要今日事今日畢？」美雪插科打諢：「多來幾次門診讓我看帥哥不行喔。」

「一輛破摩托車載著兩個人來回礁溪羅東，我怕宏明吃不消。」怡君夫妻的家庭經濟顯然差強人意。

我猶豫道：「明宏做胃鏡是有道理，可是妳的超音波……」醫師最怕開立的就是沒有明確適應症的高價檢查，怕被健保局加倍懲處。

怡君自己提出臨床適應症：「我有長期貧血啊！還有，李醫師下午看我的超音波就明白了。」她突然在我耳邊壓低嗓子：「還有，我招呼明宏做完胃鏡，自己做超音波前，能借李醫師二、三十分鐘嗎？」

我為難道：「嗯……等待檢查的病人一堆，我不知道有沒有空檔。」

「拜託嘛！我知道李醫師最好了。」怡君堅持。

上禮拜四門診裡半年回診一次的建斌，已然肩垮腹凸、鬚髮灰白。想到他失去了當年愛情中的煥發，道道地地成為一個街上眾人擦身而過的退縮悲觀的殘障人士，不禁同情起他來。

下午四點。

宏明的胃鏡裡，胃黏膜完全正常，也沒有長期幽門桿菌感染引起的萎縮性胃炎的表徵。倒是十二指腸的球部變形和偽憩室（pseudodiverticulum），證明了細菌用潰瘍肆虐了宿主多年。

「按照滅菌率最高的接續性療法（sequential therapy），我們第一個禮拜用兩種藥殺菌，第二個禮拜用三種藥殺菌。總共殺菌兩週。」我一邊開殺菌藥一邊做衛教：「如果幽門桿菌殺死，那麼因為細菌而增加的胃癌和潰瘍的機率，就會下降到基底值。」

宏明出胃鏡檢查室後，我換到隔壁的超音波室。怡君蓋著被，已經躺好在超音波檢查檯上等我。我坐定後，她自己掀開上衣，露出一個四十歲還沒妊娠紋的無瑕軀幹。

「李醫師能明白告訴我我還有幾年可以活嗎？我真的還來得及給明宏一個孩子嗎？」怡君的要求聲，細的跟蚊子一樣，深怕診間外的丈夫聽到。

可是這個問題卻比破空爆炸的雷電還要驚人。

「妳不是活的好好的？」我乍如雷擊，不可置信。

超音波探頭放到怡君的上腹，一個四公分多的胰臟腫瘤就在後復壁胰臟的中段。

它是那麼的實體，讓我不會去想良性的簡單水囊（simple cyst）、胰臟炎後的偽水囊（pseudocyst）。它甚至沒有癌前過渡性質的囊泡性腫瘤如 MCN 或 IPMN 的機會，它就是實體的胰臟癌的樣貌！

「太可怕了！發現多久了？」我不禁擔心。別說生孩子，怡君殘存的壽命連懷孕的期程都沒辦法完成。

「李醫師這驚訝的語氣，跟二十年前我媽媽過世前後，我人生第一次的健康檢查時的醫生一樣。」怡君平靜的說：「這二十年來的每一天，我都在等待死亡。」

「可是……」我驚疑未定。

「可是我沒死是嗎？」超音波室裡幽暗的燈光，讓怡君的話有一股陰涼感：「別說你驚訝，剛診斷那年的好幾家宣告我末期的醫學中心的教授們驚訝，我也一直想不通。」

「這麼詭異，難道漫漫數十年，妳沒想到做個切片的病理檢查？」病理總是下鎚良惡性的最高法院。

怡君的口氣堅定：「我堅持拒絕切片。」

「為什麼？那是簡單的小手術啊！」我總覺得用小手術換得生命的答案是划算

的。

又是一陣雷擊：「我媽媽就是死在醫生所說的簡單的小手術。」

「怎麼回事？」

「我在加護病房第三年的時候，爸爸生意賺了一筆錢，幫全家大大小小都買了一次高階體檢。我媽媽在體檢的時候，發現左心室有個黏液瘤。本來媽媽什麼症狀也沒有，天天跟著好朋友爬仁山苗圃、跳土風舞。可是醫師一直說放久不知道哪個時候會中風啦、說醫學發達的時代拿掉一顆良性腫瘤是簡單的小手術啦。你知道我們手術室外等了十一個小時，醫師出來告訴我們說傷口出血不止、關不起來，媽媽休克到CPR失敗時，我有多崩潰嗎？她一直那麼溺愛我。」

我理解道：「所以無論哪個醫學中心的教授建議妳切片，妳都因為陰影而拒絕？」

怡君點點頭：「醫生說的小小的手術，奪走了媽媽。」

我不禁憫然。親人被奪的烙印，影響了下一代的價值觀。

「隔了兩年，爸爸娶了一個我討厭得要命的新媽媽。我大聲罵爸爸，說媽媽活著的時候，爸爸說一輩子只有媽媽的話難道是謊話嗎？」

「妳爸爸生意繁忙，回家疲憊，總要有人照顧。」我打圓場：「別要求爸爸孤獨一生啊。」

怡君抬起下頷，倨傲道：「可是為什麼我阿公可以？」

「妳阿公……」我回憶起六年前她自殺後在病榻抱怨馮建斌時，那句「可是除了我阿公以外，天下哪個男人不風流？」的話。

「從我有記憶裡，阿公就是孤獨一人。阿嬤在媽媽五、六歲時就肺癌過世了，媽媽是阿公獨力撫養長大的。」

「喔！妳阿公真的是聖人。」我稱讚道。即使上個世紀，這樣保守的浪漫故事也已罕見。

「阿公是佃農的孩子，年輕時一窮二白。初中畢業後，在菁桐礦坑工作沒三年就得了肺結核。阿公說，也不知道阿嬤看上他哪一點，自己到礦工醫院給他送餐、悉心照顧阿公。阿公病好後感激得不得了，沒二十歲就自願入贅家境不錯的阿嬤朱家。」怡君開始回憶她心目中的情聖。

「阿公常常在媽媽面前哭著回憶阿嬤的好，說阿嬤是這輩子他唯一的女人。夫妻有小齟齬，就寢前就乖乖跟阿嬤賠罪。媽媽和阿嬤有爭執，阿公一定罵媽媽不孝、要媽媽道歉。我從在媽媽懷裡玩玩具時，就聽著媽媽稱讚他的爸爸，說女人生命中有一個死後都不逾越的男人，真是前世修來的福份。後來爸媽談戀愛結婚，媽媽跟爸爸拜託，說生男孩當然一定跟著汐止夫家姓闕，可是朱家的女人可不可以幸福兩代，生的女孩能有一個也跟媽媽姓朱。」

我終於了解：「原來這是妳也姓朱的由來。」

「媽說爸媽談戀愛的時候，爸爸答應媽媽如果她先過世，他會學丈人般信守一世愛情的承諾。媽媽每次跟我說到這裡，就甜甜地說自己活得好有價值。結果媽媽過世兩年，爸爸就再娶。想到地下的媽媽甜甜的笑容，我的心好痛。」

一句話一句話，一分鐘一分鐘，我突然漸漸撥開雲霧中的因果輪迴。

「所以那以後，妳尋尋覓覓，在找一個能讓自己死後確然不會跑掉、或者說在這個開放時代裡，沒有能力跑掉的老公？」

怡君緩緩點頭。

「我知道這個世界一天比一天開放，永遠不會再有像阿公一般至死不渝的忠貞情愛和海枯石爛的誓言，可是剛聽到電話那頭性格而有磁性的男生告訴我他下半身癱瘓時，不知道為什麼，我突然熱切地覺得可以像六十年前的阿嬤般擁有他、照顧他，而他會如阿公般感謝我報答我。當看到我輔導的亞斯小男生被歡樂世界摒棄在陰暗的角落，而他心中固執地只有我時，我又燃起一樣的期待，希望我死後他一直一直固執地說『我想念輔導員姊姊』。」

我開始有點不滿：「當這兩件幸福一旦在真實世界被證明不可能的時候，妳就比任何人都決絕地斬斷離開，一秒鐘不留戀？」

怡君桀敖不馴地說：「我用二十年的摸索讓自己明白，自己血液中幸福的定義是完全擁有、絕不分享，即使在自己死後。」

「我覺得妳好自私。」我義憤填膺起來：「妳自己覺得活不長命，卻要找一個人來在妳的身後孤獨地守貞？」

她嫣然一笑：「所以上天覺得我邪惡，處罰我活到現在，這三年照顧有一餐沒一餐的宏明。」

氣頭上的我，竟然也被她的黑色幽默釋然：「告訴我吧！怎麼認識宏明的。」

我在想，她找了一位盲人結婚，又可以築起伴侶為她守貞的夢想了。應該一如以往，又有滔天巨浪的情節吧。

「我終於了解平凡的幸福。在盲人重建院一年的『聖誕回家園』團聚餐裡，我遇到已經在外面按摩維生的宏明回來聚餐。他是一個被棄養的原住民小孩，從小跟著創辦的大善人姓。用餐的時候，我坐在他的旁邊。他是那麼的英俊，講話那麼的細緻優雅，那麼的善體人意。他眼睛看不見，竟然還要幫我夾菜。我突然覺得，脆弱的他如果有一天早我而去，我和他相處的小段時光也是永足珍貴。」

「李醫師在做超音波的時候，粗手粗腳的。」怡君怨懟的眼神裡閃著幸福的光輝：「宏明的手的觸覺很敏感，動作很細緻。我每天疲憊下班後，他按摩我的肌膚時，輕柔地像是溫暖的春風拂過草原般。他的手指尖能和我的每一根毛髮對話。每次我如沐春風，都覺得要幫他生一打小孩，要為他死。」

原來怡君從來沒愛過財富。他真的沒去爭取信義區的豪宅、沒去爭取一年五百萬的薪水、也沒有流連龐大的遺產。她用十幾年的滄桑生命，讓我相信她不是戀棧財富的女人。

我關心道：「你們的經濟還好嗎？」夫妻生活，麵包總是現實。

「視障按摩師的收入怎麼會多？他的收入完全敗給色情按摩小姐一百倍啊！」她邪邪笑道：「還要你們這些生理正常、賀爾蒙強烈的男性，能一百次按摩裡多給他們一次機會，不然我們怎麼敢生小孩。喔！對了李醫師，我到底是什麼病，能不能生小孩？」

照胰臟癌惡性的程度，現代科學根本無解。不論手術、化療或放射治療，能根治者寥寥無幾。那現在躺在檢查檯跟我說話的豈非聶小倩？

行醫多年，日日診治常見的疾病，對醫學院研習時罕見疾病的回憶，真有「用時方恨少」之嘆。我望著定格在超音波螢幕上的巨大腫瘤，百思不得其解。

「李醫師，我二十年前的胰臟癌，量起來三公分半，現在多大？」

「什麼？二十年前就幾乎現在大小？」腦袋上的電燈球彷彿瞬間開亮：「妳會不會是 SPN？」

她整衣起身：「什麼是 SPN？」

「SPN 是一種非常罕見的良性胰臟腫瘤，全名是實質性偽乳突狀腫瘤（Solid pseudopapillary neoplasm）。它發病的年齡很年輕，而且病患九成都是女性。它巨大惡性的外觀，包膜（capsule）裡常有嚇人的潰爛、出血、液化型態。不管是超音波影像或是電腦斷層影像，和惡性的胰臟癌幾乎沒辦法區分。如果沒有切片證明，得這種良性腫瘤的病人都活得長到自己覺得莫名其妙。」

怡君高興得大叫：「那我有救了，可以生小 baby 了！可是我怎麼能證明就是這種良性瘤？」

「妳還是不切片？」再次挑戰她的信念。

「不！」還是斬釘截鐵。

「嗯！二十年前二十年後，胰臟檢查最大的進步，是內視鏡超音波（EUS; endoscopic ultrasonography）。今天，妳終於可以不被打開肚子，就能在一般胃鏡般的檢查中，取到組織進一步化驗鑑別。」我進一步敘述邇來的突破：「這五年來，更大的進步是基因檢測。在二〇一五年裡，我們消化系界的聖經級期刊 Gastroenterology 上，就有研究團隊刊登出可以用不同的基因突變模組，鑑別妳的良性 SPN 和其他的癌前過渡性病灶如 IPMN、MCN 等。即使取得的病灶細胞再少，都可以靠這種方法得到最可靠的診斷。」

我寫了幾位國內操作內視鏡超音波（EUS）卓越的教授級醫師的名字給怡君，怡君高高興興收下。

我再度恭喜她：「如果能證明妳的腫瘤是 SPN，把它切除後，怡君就可以活得長長久久，也可以生一打小孩，公主和王子從此過著幸福快樂的生活了。」

怡君若有所思，突然皺著眉頭道：「糟糕！我本來以為我早早死去，宏明還有他的自由生命。這下子有變化了。」

我大惑不解，擔心這女娃兒又要決絕地甩掉這梯次的乖老公。

「我老公這麼帥，最近幾個客人都是師奶級的。我活長長久久，豈不是要一輩子擔心有人偷親我老公！」

Chapter

他媽的

桌上擺著精美的畫展邀請函：

心の詩　新秀女畫家周莉雲個展

封面一張懾人的抽象畫。一道光從畫右下角的門縫射向陰鬱的房間。房間內各種沉重的陰暗色塊，被這一道光抹亮，透出一層又一層的鬱暗層次。畫下方是來自全球知名畫家的讚賞，和台北最負盛名展場的展出時間。

莉雲阿姨的一生，竟然在她年過六十的時候，發出這樣燦爛的光芒。

天陰沉沉的下午四點半，走到了漁村後兩邊雜草的小路盡頭。從那一堆腐臭的垃圾堆後面，莉雲穿著微小的雜花格子衣服，和膝蓋有補釘的學校長褲，開始背對著天空，用一雙凍得發白的小手在微雨的寒風中抓著繩子攀下濕滑的懸崖壁。她書包裡背著的不是課本筆記簿，是爸爸吩咐的鋁盒晚餐，和一袋重重的魚餌。毛毛雨常讓她的濕冷的小腳板滑開塑膠拖鞋，在崖壁上踉踉蹌蹌。好不容易下了五十公尺的懸崖，踏到褐色海砂和卵石混雜的賊仔澳海灘。

一月底的寒風，和從懸崖上傾倒下海灘的垃圾的臭味，都讓她已經堵塞的鼻音喘息聲更濃重。兔脣手術只是遮住她露出來的嚇人齒齦，可是濃重的鼻音和鼻竇炎的鼻涕，從有記憶的第一天起，就月月年年地陪伴著她。

莉雲緩緩氣息，在海灘上順手撿起卵石堆中一顆亮亮的寶石，塞在書包裡。那是每次給站在四百公尺外猴猴鼻山山背後磯石上釣魚的爸爸送晚餐途中，唯一讓這個小女孩開心的事。經年累月倒下來的漁村垃圾裡，酒矸碎片啦、花瓶碎片啦、玻璃紅磚啦，都在浪花無盡的翻攪中，磨成一顆顆鮮豔閃亮的珠子，在海灘上閃爍。村子裡的大哥哥大姊姊都叫這兒玻璃海灘。在貧窮的民國五十年代裡，撿拾這種「寶石」到南安國小班上炫耀，成了村子裡孩子虛榮的遊戲。

過了玻璃海灘，又要攀過嶙峋起伏的礁石壁。這陡峭的石壁，手腳攀附的石縫沒有拖鞋的一半寬。每次海浪拍上來，書包的晃動常讓莉雲覺得就要墜落到海裡。貼著礁石的高高懸崖，上頭是軍隊的營房，也常傾倒垃圾廢土下海。有一次，一個從天飛降的大塑膠桶差點擊到莉雲的頭，嚇得她大哭。

在礁石壁和那座雄偉矗立的猴猴鼻山中間，是一個兩邊海夾著的沙灘。退潮的時候露出來，莉雲要趕快走過。漲潮的時候，灘兩側的海水漸漸淹沒沙灘，整個猴猴鼻山就變成了一個孤懸在台灣本島外、真真正正的海島了。莉雲那一次清早被釣魚回來的爸爸抽出腰間的皮帶，惡狠狠地抽了半個小時，痛到沒辦法上學，就是因為前一傍晚大潮，海水淹沒沙灘，莉雲望著海另一端的猴猴鼻山，哭著不敢涉海過去送飯，讓爸爸餓了一夜。

莉雲走到這個瘦瘦的沙灘，海水沒淹上來的時候，也總會回頭望望來時路，看看懷拱玻璃海灘兩側的懸崖和海中的礁島。莉雲喜歡看這山海交會的一幕，可是小小年紀還不會告訴自己這是絕世美景，是和義大利拿坡里海岸一樣迷人的絕世美景。

過來就是要循著長長的繩索，攀上這猴猴鼻山八十公尺高的岩壁。猴猴鼻山的山頭長草，可是下半的山腰光禿禿的。全身的重量，就藉著手掌中的繩索慢慢吊掛上去。光禿少縫的岩壁漸漸升高，莉雲偶爾會回頭看看越來越小的玻璃海灘和來時路美景，有的時候又會懼高地把頭臉貼在岩壁上。幾年裡就會有些冥紙撒在猴猴鼻山島下的沙灘，大概都是奠祭外地來的摔死釣客。猴猴鼻山背面向太平洋的礁石，是釣手愛好的地方。有的時候一個晚上的魚貨可以上百斤。背著沉重硬殼的四方形大魚箱上下這崖壁，用一個晚上和魚搏鬥後疲軟的手抓繩子爬懸崖根本是在鬼門關外徘徊，不小心或手臂力竭的，就摔死在沙灘上。

爬上猴猴鼻頂的草坡，迎面驀然從太平洋上掃過來強勁的東北季風，吹得兩頰亂拍，涕淚沾睫。莉雲本能地夾緊書包，躬身抓著低矮的風剪灌木，小心翼翼沿著稜線上的小徑到山背面向太平洋的另一面懸崖。崖下的礁石，除了爸爸、坤叔和發叔，還有幾個叫不出名字的釣魚客。

「爸～爸～便當來了～」莉雲邊攀石縫垂降邊用稚嫩的聲音大喊「爸～爸～」聲音掩沒在北風的呼呼聲和拍岸的驚濤聲中。

好不容易下到礁石，莉雲小心翼翼地避開衝高七呎、十呎高的浪牆，和尖銳的藤壺，走到爸爸身邊。

「現在釣了幾斤的黃雞和黑毛，等一下拿回家。隨便拿一條給阿公阿嬤，一條給隔壁春生，其他的叫妳媽發落……」周金標頭也不回，用手抵著彎成弧線的釣桿，邊注視浮標的起伏邊含著香菸回莉雲。

「可是便當快要冷了，要不要先吃？」夜幕半罩下來，除了釣客亮紅的救生衣和鮮豔的帽子、魚箱，整礁石上人的輪廓都變成黑灰色的。莉雲冷得邊發抖，也怕晚回去的時候摸全黑。她先打開裹著便當的布巾。

「哇！周桑的美麗女兒送標嫂的便當來了喔！」坤叔放下釣竿，拿自己準備的便當要一起吃：「順便叫發哥一起來吃吧！周桑命好，莉雲都會送熱便當來，我們只能吃冷的便當……」

漂亮這兩個字對兔脣的莉雲應該不是反諷，莉雲有清秀的面龐和黑亮的大眼睛。如果用圍巾把鼻子以下圍起來，每個不認識的人都會豎起拇指稱讚。

「啪！」一聲響，莉雲的臉頰立刻留下一個金標大大的紅手印。

「他媽的！我昨天晚上油煎的水針呢？」金標的高聲咒罵，竟然蓋過北風聲：「是不是妳給我偷吃掉了？」

「別又打小孩啦！」發哥一把把莉雲摟過去：「她這樣過山嶺過鹽水給妳包一個熱便當過來，我們還吃早上準備的冰冷便當啊！」

「昨天花了多少力氣才釣到幾尾水針，難道我不應該吃到嗎？秀枝難道不應該煎給我吃嗎？」金標發狂似地咆哮，冷不防把發哥懷裡的莉雲拖出來，又賞了兩個耳光：「只有菜頭和白切肉，這怎麼吃？」把便當裡的飯菜潑灑在礁石平台上，忿忿地吼：「我回去好好問，是不是秀枝把我偷吃光？」

莉雲擒著眼淚，把地上被海水漬鹹的飯菜一坨一粒地撿回便當盒。她沒有哭出一聲，也沒有用手去撫摸高高腫起來的臉頰，因為這只是千百次暴力中的一次。這樣的情景太常了，不必哭泣，也不必多解釋，只能把便當放在爸爸的魚箱包好，等他半夜自己去吃。

坤叔和發叔邊安撫金標邊擋著讓莉雲逃回去。這樣的情景太常了，不必義憤，也不必多勸說，只能悶聲把各自的冷便當吃完，等日出時金標自己回去睡覺。

莉雲背著更沉重的黃雞和黑毛，咬牙攀上猴猴鼻的草稜、下正在漲潮的海灘、攀過高低起伏的懸崖下礁石、回到玻璃海灘、再拉著繩索攀上懸崖。當沉沉的雲上最後一抹灰暈消褪成夜的全黑時，凍傷的小腳剛好踏上回福安新村的小路，莉雲背後的海景已成為不見五指的深黑。

莉雲很開心，邊吹著剛學會的口哨邊慶幸這次趕得回村裡，能在屋舍微明的燈光中摸回家。有幾次，天黑得快，她來不及回上瘦稜，整晚打哆嗦地蹲在爸爸身邊到天明，趕到學校時全身還都是未乾的鹽水。

怨不怨？莉雲一點也不怨！

因為皮肉的傷總會結疤，

因為媽媽比她還常這樣挨罵挨打，

因為黃雞薑絲湯的香味會在清晨飄到床榻，

更因為爸爸不會像學校的同學們那樣嘲笑兔脣的她。

大前天的自然課，班導師上到齧齒動物。老師正一一用掛圖介紹各種倉鼠、松鼠、天竺鼠、花栗鼠時，最後一排又高又胖，遠洋漁船船長的兒子伍志明突然大笑：「不用掛圖啊！我們班上就有一隻齧齒動物。」指著前排的莉雲說：「今天中午大家餵妳吃紅蘿蔔好了。」在哄堂大笑聲中，伍志明用手指把自己的上脣頂高，露出門牙的牙齦，用鼻音笑說：「我是周莉雲，我是周莉雲……」

那天放學，莉雲約伍志明到廁所前的洗手台談判。全班的同學鬧哄哄地圍著。

「什麼事啊？齧齒動物小姐……還是兔女郎？」志明嘻皮笑臉地問。

「你叫我什麼？」莉雲的臉脹紅了。

「不然妳不喜歡，我也可以叫妳過街老鼠啊！我家很多捕鼠器哩。還有，嘿嘿嘿！」志明把手指蜷起來，一雙手掌像貓爪一樣揮舞：「小心我屬貓喔……」

一句話還沒嘲笑完，志明手肘的關節突然被死命地反折，痛得彎下腰來，彎到整個大個子幾乎跪在泥土上。莉雲嬌小的身子站在他的前面，滿臉通紅。

「你叫我什麼？他媽的，再給我說一遍，再給我說一遍。」莉雲瘋了似地尖叫，把爸爸的口頭禪學得十足十。

「過街老……」志明痛得直冒汗，掙扎著想站起來。

莉雲也不知哪裡生出來的力氣，死勁地扳志明的關節往女廁的蹲式馬桶拖過去。志明一邊唉唉大叫，一邊膝蓋磨著廁所髒臭的濕地板被拖過去。全班同學跟著擠在廁所門口探。

莉雲揪著志明的領子，使足了吃奶的力氣把志明的頭壓進屎尿未清的馬桶，一直到志明哭出來求饒。

「他媽的，你再告訴我一遍我叫什麼名字！」莉雲的聲音都沙啞了。

「周、周、周莉雲。」志明滿臉屎尿地轉頭，低聲囁嚅。

在滿場寂靜中，莉雲放聲大哭，衝出同學的人牆飛奔回家。

隔天中午午飯前，彭老師鐵青著臉要全班留下，兩個人被叫到講台上來。志明額頭上還有被馬桶緣敲傷的紅腫，畏畏縮縮地不敢站在莉雲邊。莉雲倔強地咬著雙脣。

「志明這樣講話太傷人的自尊心，」當年還沒有霸凌這個辭眼，彭老師指著升旗台：「去罰站到下午上課。」

「莉雲……」

「老師妳罰我好了！他媽的，我兔脣的人有什麼好怕的！」莉雲當著她的面大吼。

「我知道妳受委屈很久，可是使用暴力就是不應該。也到升旗台去站吧！」彭老師盡力維持她的公平：「去升旗台前，兩個人互相鞠躬道歉。」

志明彎下腰來道歉時，莉雲淒厲地大哭：「從一年級到四年級，不只志明，那麼多同學笑我的兔脣、笑我的鼻子嘴巴、笑我的鼻音。一聲對不起就可以沒事，我他媽的怎麼不懂這種道理？」

下午放學前，彭老師把中午曬得全身臭汗的莉雲叫進辦公室。

「孩子！早上志明的爸爸就坐在這辦公桌等我，校長在旁邊……他爸爸這幾年當家長會長，真的捐給學校很多金錢物資。校長也不知道怎麼辦，要我給伍爸爸一個交代。」

「我爛命一條，他媽的叫他爸爸來宰我啊……」莉雲氣鼓鼓地回嘴。

彭老師指著公佈欄上莉雲的書法作品，嫣然一笑：「哪有一個年級裡第一名、又多才多藝的優等生滿嘴髒話的？妳演講比賽的時候會講『他媽的』三字經嗎？」

莉雲哼一口氣：「哼！我只對欺負我的人罵三字經！」

「我萬般幫妳擋了下來，也不是不辛苦……」彭老師婉言道：「可是妳總不能再讓我擋第二次。下一次就一定是妳的不對了。」

「……」莉雲遲疑著不願答應。

「妳過來，」彭老師把莉雲左摟過來，右手搭著麗雲的右手：「老天爺是很公平的，出生時每個人都握有他的好牌和壞牌。」

「我的牌特別壞！」莉雲感覺得到老師手上的溫度。

「我知道，妳的脣顎裂，妳爸爸的壞脾氣都讓妳很吃虧。可是妳知道妳的功課，妳學什麼會什麼的才藝有多少同學羨慕？妳的堅忍刻苦有多少老師稱讚？說不定會嘲笑妳的同學，其實內心深處面對妳很自卑呢！」

「……」

「擱著自己不好的牌，把自己的好牌打得更順手，人生就會勝利精彩。」彭老師對著漸漸氣消的莉雲說理：「可是動粗、說髒話就是自己再拿一堆壞牌去社會，它只會讓社會瞧不起，讓自己更失敗喔！」

「老師對妳很有信心，相信妳長大後會比別人強。妳可能會當律師、當記者、當醫師喔！妳自己也要有信心，不要再去在意自己的壞牌，好嗎？」

莉雲用迷惘代表同意：「律師……？」

「再講一次！打人，罵三字經只會讓自己這一生中拿到越來越多的壞牌！妳想想，在法庭上，妳穿著神聖的律師袍，面色威嚴捧著卷宗，突然指著法官拍桌大叫：『你他媽的』，不是很驚人嗎？」

「隔天上報，我就出名了！標題是『兔女郎律師大戰惡徒』。」莉雲迷惘的眼神多了幾分神往。

羅老師正襟危坐：「不管怎樣，下班前，老師希望妳能答應以後要言詞優雅……」

莉雲古靈精怪起來：「好！那我現在就背優雅的〈琵琶行〉和〈長恨歌〉給妳聽。」

「救命啊！」彭老師立馬破功求饒：「老師還要回家煮飯咧！」

「那還是三字經最短！我背給妳聽：他……」莉雲嫣然一笑，蹦蹦跳跳出辦公室。

彭老師望著莉雲漸遠的背影，眼框濕潤起來。來自竹東的小康公教家庭的她，從來沒有想到會遇到這樣一個不幸的童年。不論是在合唱課、在打躲避球時、還是莉雲在當小老師教同學算數時，電話一到老師辦公室，其他同事就會嘆著氣通知彭老師要莉雲回家。連班上同學都知道這一回家，隔天莉雲身上就到處是他爸爸皮帶或雞毛撢子的傷痕。

在那個傳統「天下無不是的父母」的教育觀念，沒有家暴專線113的年代，校長、老師和同學只能眼睜睜看著一個瘦小的女生孤零零回家面對父親的狂風暴雨。

彭老師對莉雲講的話有點過度樂觀。幾年後，莉雲滿腦律師夢，以優異的成績考上蘭陽女中。註冊的那天，周金標扣住莉雲的身分證和報到單，把莉雲歇斯底里的哀求聲拋在腦後去猴猴鼻島釣魚，到夜裡才把被海水噴濺得濕皺的報到單還給眼淚枯乾的莉雲。莉雲終究去念蘇澳水產學校，念了幾年她渾然不知所以的水產養殖。她娟秀的字、藝文的作品和演講的獎狀對海龍王一點作用都沒有。軟骨魚綱啦、輻鰭魚綱啦、頜針魚目啦、鱸形目啦這些字眼她在畢業當天下午全部扔回太平洋。

女孩子根本被拒絕上漁船，莉雲蘇水畢業後只能在龍德工業區做文書。受長官賞識勤奮精明之餘，她常常夢想著要為全世界免脣的朋友寫一些勵志的文章，可是投到報社後都因為沒有商業價值石沉大海。

命運眾神並沒有徹底踐踏她。邱比特竟然在初過二十的年紀射出了一支箭。

那是在家族端午的聚會上，姑媽的兒子、表哥賴騰光從桃園龜山中央警官學校裡放假過來。遠離莉雲模糊的滿身土粉流鼻涕玩布袋戲偶的印象，現在的騰光高帥煥發，筆直的警官打扮，沉穩的談吐，和幾句話尾點綴的幽默，真是迷死了在人生陰暗角落、從來不敢奢望戀愛的莉雲。兩人杯觥交錯，摩肩接踵間，莉雲都會心虛地用手把鼻下手術的疤掩住。

可是那下午的聊天真得是莉雲這生中最開心的。騰光跟他說了警官的嚴格紀律，迅雷小組、法醫偵探等等，都是莉雲這輩子沒聽過的威風世界。莉雲也跟騰光說豆腐岬海灣裡有童話世界般的熱帶魚和珊瑚，玻璃海灘的私密美景。

隔天長輩們還在補通宵打牌的眠，莉雲帶騰光到豆腐岬浮潛。在水中，兩人被一整群藍寶石般的霓紅雀鯛漩渦圍在一起，還有左一群右一群的豆娘魚和黃尾光鰓雀鯛。兩個人穿梭在一片片夢幻多采靈芝狀、樹枝狀的珊瑚中，隔著泳鏡在水裡興奮地指指點點。莉雲告訴騰光蝴蝶魚有哪幾種；錦魚和海豬魚、雀鯛和刺尾鯛怎麼分，還有可愛的小丑魚喜歡在海葵中成家產卵。

那一年夏天，騰光警官學校所有的周末假都在豆腐岬的海平面下和莉雲度過。莉雲心中有詭異的感恩：原來爸爸一年到頭要她去礁石台上等魚上鉤，後來逼著她放棄大學升學，難道都是為了這一季夏天和騰光相處時的知識做準備？陽光灑到海床的時候，會在海裡形成美麗的光束錐。透過這明滅閃爍的光束錐，她會在藍色的海水中偷偷欣賞騰光健美的胸肌。

「爸爸真是太高瞻遠矚了！」她在水裡頭又苦又甘。

記得很清楚，第一封信是騰光從警官學校寫給她的，她都不知道怎麼回。她邊哭邊回寫：「每次想到小時候哥哥還看過我沒開刀時的臉，就覺得很心虛自卑。」騰光隔兩天十萬火急的限時專送信回來：「所以現在的莉雲，在我心中一天比一天更美啊！」

怎堪命運作弄，這張相悅的情書竟然先遞到了金標的手上，他拆開信，和金標嫂努力拼湊了整句國字，然後告訴他的姊姊、騰光的媽媽。

家族的風雨橫掃，讓莉雲幾乎崩潰。她情願披星戴月幫爸爸送便當到猴猴鼻島，情願月月年年被同學戲弄霸凌，但怎消受親姑姑無盡的凌辱。

什麼「破相就是破家」啦、「癩蛤蟆竟然想吃我家騰光的天鵝肉」啦、「叫我夫家以後怎麼在後龍見人」啊、「搞什麼近親結婚，生小孩會沒屁眼」啦、「生小孩又遺傳免脣怎麼辦」啦……不是親自過後山來當著金標夫婦面詛咒，就是把莉雲叫過去後龍臭罵。每次看到女兒一大早搭公路局巴士到台北、再換海線鐵路到後龍來回，深夜回到蘇澳的女兒眼睛都哭得紅腫，金標嫂都苦勸莉雲要放下。

怎麼放下呢？人生不可能再有第二次機會，莉雲寧可把自己的臉頰伸出去讓姑媽姑丈甩個夠，用指甲深深插自己手背滲血，用劇痛來麻醉自己，但是不敢放棄這輩子唯一會愛她的騰光。她每天晚上睡覺前寫紙條告訴自己要微笑面對姑媽姑丈，要再忍過明天，明天晚上再想後天吧。

「冒險賭下去，我甘願！」是那時她在騰光懷裡常聽到的誓言。警官學校畢業騰光請了三天假，帶她去公證結婚那時，她感覺一切都過去，天終於要放晴了。用小倆口偷偷存下來的錢，再跟銀行、朋友東貸西借，竟然可以在騰光新申調過去的板橋單位附近付一間小公寓的頭期款。

那兩三年裡，賺來的錢，除了付房貸以外，每到周末，騰光莉雲就拿來回後龍婆家，莉雲希望用她的賢慧感動姑媽。莉雲勤奮地幫市場買菜、幫三餐烹煮、幫裡外打掃、幫洗晾衣服，幫到姑媽終於說「別再做粗重啦！妳的小腹凸起來了。想補些什麼？」

莉雲一邊抱著姑媽流淚，一邊告訴姑媽懷孕四、五個月裡日也焦慮、夜也惡夢。夢到孩子兔脣又在南安國小被志明霸凌，夢到孩子考到律師卻因為兔脣被取消資格，夢到孩子鼻子沒開刀在豆腐岬灌海水斷了呼吸。一次夢到幾個乩童起營火要燒掉詛咒纏身的孩子，噩夢驚醒抱著嘆氣的騰光大哭。姑媽邊聽邊駭然邊幫莉雲拭淚。

產前篩檢時醫師說明雖然父母脣顎裂則孩子得脣顎裂的機會會大一些，但是和遺傳沒大關聯。還說莉雲得兔脣可能是媽媽吸太多金標的二手菸，還有懷孕時因為家暴焦慮的心情。莉雲半信半疑，買了一堆莫札特和巴哈的音樂卡帶從早到晚放給娃兒聽，告訴自己要天天開心。

姑媽和夫妻倆龍山寺也拜、恩主公也拜、保安宮也拜，一直拜到莉雲生產前。當產痛結束，大汗淋漓的莉雲急急要助產士把女娃兒抱到胸前。看到寶貝美麗的嘴脣和人中，十個月來的惶恐終於換做喜悅的啜泣。

純華的名字，其實是莉雲希望女兒永遠「脣美如花」，永遠可以抬頭挺胸在同學、同事和男友面前。

彷彿要把這一輩子老天爺欠她的一次還給純華，純華高中以前的日子，每天都在莉雲的過度呵護中度過。純華可以在吃三十五元便當的媽媽身邊吃麥當勞漢堡；媽媽秋冬不歇地喝著水壺的白開水，在山葉鋼琴教室外看純華的背影一冊一冊從拜爾鋼琴教本，彈到巴哈的創意曲、法國組曲、一直到國中的十二平均律。

莉雲自己省儉著聽軍中電台、中廣警廣的免費音樂節目廣播，可是從沒斷買過純華老師推薦的階梯空中英語教材和昂貴的卡帶。她暗中許願，要讓美麗的純華多才多藝，博士畢業，驕傲地從眾多追求男生裡挑一個如意郎君。

她是這樣把三個人的家庭當作美滿天堂，沉浸在騰光不渝的誓言，把每一秒的眼光放在純華身上，竟忽略了十來年裡，騰光漸漸的遲歸、回家時偶爾眉間顯露的喜怒，和終於常常徹夜不歸。

莉雲永難忘記那一晚，騰光避著不敢回來，四五個胸臂刺青、手拿棒球棍的黑衣人闖進家裡要騰光出面還兩百五十萬的賭債的凶惡像。原來騰光中年警察單位裡穩定安適的法醫檢驗工作和幾乎沒發生過加班的閒暇，竟然讓他誤交損友，染上賭博的惡習。從骰子、麻將到四色牌，金額越賭越豪氣，債越欠越多。帶頭講話還理性的黑衣大哥說：「我們也不過混一口飯吃，上頭還有堂口。我老哥也不是沒勸過妳老公債欠多要收手喔！妳老公老是手一揮出，大喊『冒險賭下去，我甘願！』我們也擋不住咧！要我們跟您老公的上司報告一下嗎？」

莉雲摟著臉色蒼白的純華，聽得心碎欲死。原來婚前騰光保護她的誓言，竟然也用來賭博。原來她能得到這個老公，竟然是因為他的堅強賭性？

氣衝腦門，莉雲死命捶打摸黑回來的老公：「他媽的，我看錯我自己，竟然還肖想有一個完整的家？他媽的原來我免脣命這麼賤只配嫁給一個賭徒，就在等這天讓你自己來捏碎家？」那十幾年答應彭老師沒講的三字經衝口而出，連發地跟著拳頭衝向騰光的兩頰、腦門、胸膛：「我這十幾年一粒米、一張衛生紙地節省自虐，純華辛辛苦苦的努力，圖的是什麼？是離開風風雨雨的傷心地，讓孩子進上流社會，結果通通讓你賭掉？他媽的我們全家一起去死！」

乒乒乓乓鬧了一個晚上，太陽升起來的時候，夫妻筋疲力竭地躺在客廳的磨石子地板上，純華趴在媽媽胸口，臉上都是哭乾的淚水。

債台高築走投無路，夫妻只能賣掉一路增值的板橋公寓，莉雲帶著純華回宜蘭來讀初中。還賭債後積蓄羞澀，只剩付頭期款買了羅東一棟十來年的大廈公寓裡最小坪數的一間。就像卡帶倒帶，十幾年歲月努力付諸流水，重新面對沉重的銀行貸款。

唯一的欣慰，是二十幾年前她歇斯底里被爸爸擋住的宜蘭女中，純華幾年後一考就進去了。補償了夙願的心喜，和騰光生命起誓的戒賭，總算讓一夜白髮的莉雲有撐下去的勇氣。

這棟大樓管理委員會剛好出缺幹事時，平日禮貌好脾氣的莉雲一下就被住戶鄰居推薦出任。這棟大樓在羅東，是出了名的老師律師會計師大樓，住戶團結嚴謹，在莉雲的奔走下，在聖誕節還有社區的古典音樂會，尾迓和中元普渡還能社區聚餐，算是鄉下公寓的異數。莉雲認真每個角落的維修，折衝鄰居間的脾氣，提點花草樹木的美化，聯絡里長、警衛的庶務，做得是家家稱道，人人心服。雖然當年沒能當上律師，現在倒是把幾個律師住戶管得心悅誠服，每天出門要跟她請安。

我們在莉雲之後兩年也搬進這棟大樓公寓的頂樓，和她在羅東有了十年鄰居的因緣。當師傅還在叮叮咚咚裝修的時候，莉雲和藹的笑容就探過來。她邊在辦公室把我們加入住戶會員邊高興地和大麥、小米玩在一起，說純華長大上初中後，好久沒看到這麼可愛的女娃兒。緣分的事真是說不出道理，大麥小米也不認生，一下就和周阿姨玩在一起。放學後爸媽還沒下班時，周阿姨的辦公室就是她們寫功課玩鬧的地方。周阿姨不只公務，連下班休假的時候都會和昭儀喝茶聊天玩小孩。有一次我們夫妻因公短暫出國，牽著兩個女娃到莉雲家暫住的時候，發現三十幾坪的家纖塵不染，牆上掛的是國畫的月曆，客廳角落都是室內花草，鋼琴旁的譜架有蕭邦的馬厝卡、波蘭舞曲和夜曲，還有德布西的 Arabesque。我羨慕得要命，說我們家大麥彈鋼琴好像在電腦打字，不知道能否請純華姊姊指導。

我們回國後的第一星期天，莉雲伴著純華上樓來。一眼看到純華，我心中讚嘆莉雲原來應該那麼美麗。純華有著和媽媽一樣水汪汪的大眼睛和美麗的柳眉，微聳的鼻尖和豐厚的朱唇，整個臉就是女星的框架。我在想，如果莉雲沒有唇顎裂，那志明和班上的男同學，還有她這一生走來所有周圍的男生，應該各個急切地寫情書追求她。

純華坐定在鋼琴椅上，長髮飄揚，柔荑滑動，那頁大麥打得像鍵盤的死硬五線譜突然似珠玉般地婉轉流暢，一首簡單的練習曲瞬間落花繽紛。大麥和小米站在旁邊張大嘴巴說不出話。

莉雲在和我們夫妻討論以後純華高中要走律師或自然組的時候，我可以聽到純華要大麥把眼睛閉起來，用心告訴手指頭這個旋律的心情往哪裡走。

我對莉雲姊一生的感激是她對安安的細心慈祥。安安因為發展遲緩沒有一般孩子的討喜。我記得幾次爸爸來家住，我看到安安跑過去坐在沙發上看電視的爺爺想抱住爺爺的膝蓋，被爺爺用膝蓋撥開的心碎畫面，我每次都會回房間掉淚。住在樓下的莉雲姊，不是安安的媽媽、奶奶，卻是那樣熱心地陪安安騎腳踏車、練直排輪。莉雲姊說她一個脣顎裂人生就這麼晦暗，安安又發展遲緩又癲癇，她希望多給安安一點。腦癌手術後，昭儀帶安安去長庚醫院接受化療時，莉雲姊也會在我醫院加班時撥空照顧麥米兩娃。

安安過世出殯的那天，剛上大學的純華姊姊擔任小安安「畢業典禮」的司儀，雍容大方，幫了我們家很大的忙。莉雲在台下和我們一起拭淚。爸爸自恃自己是長輩本來不想來，來了以後全場沒發一言。

幾年後騰光從警察法醫單位退役，朋友介紹到竹東的一家工廠，繼續他所學的試劑檢驗專長。騰光用公職積蓄在竹北付了一間高層展望不錯的大樓公寓的頭期款。莉雲姊一則怕退役失去軍階騰光會憂鬱，二則怕沒了軍中嚴格的紀律騰光會發胖得三高症候群，又花了一大把錢買了兩輛我這輩子從不敢奢想的十萬元級公路單車，常老遠跑到竹北陪騰光騎長途。北橫巴陵、桃園埤塘、十七公里海岸、通霄苑裡都是常去的地方。其實，莉雲還有一個深深的恐懼：怕騰光獨處時禁不起誘惑又再賭博。純華考上台大的研究所後，莉雲也汲汲搬過去竹北。

那次我們夫妻希望去爾西爬北得拉曼山，莉雲邀我們前一晚先到她竹北家。竹北新發展的千戶大廈群真不是我這個羅東的鄉下佬能想像的龐大。

如他們羅東家的纖塵不染，一對藤椅和小茶几在展望絕佳的落地窗旁，莉雲說那是她經營夫妻浪漫氣氛的角落。可是真正吸睛的還是那兩輛高掛在客廳牆壁上的烤漆超跑級單車。我真的感覺得到莉雲得花錢觀和以前大大不同。

「不會算浪費啦！」莉雲小聲地對著節儉成性、瞪大眼睛的我說：「這些錢，如果能擋得騰光一個晚上賭博輸的錢，就算是大賺了。」

算算，政府年金改革前騰光的月退俸加上化工廠檢驗員的薪水共兩份，付完寶貝獨生女的學費，這樣花用我也不能說什麼。

隔天登山一路聊天，才知道莉雲已經是新竹某著名登山社的嚮導，常在周末帶一些郊山和中級山的隊伍；而且也在單車社團很活躍。北得拉曼山陡坡直上，有一定的難度。昭儀一路爬一路叫累，我們追到山頂時，莉雲已經吃完午餐在哼歌了。

「還不只登山和單車這兩樣哩！李醫師和昭儀猜我下個禮拜還要去開始學什麼？」莉雲坐在三角點旁，遞過來兩片柳丁。

「土風舞？太極拳？」我們當然先想公園裡的團體。

「那種大團體呃？當然不是。一群人裡面，學好學不好都沒人知道。」

「書法？」昭儀想到她娟秀的字。「國畫？」我想書畫一家吧！

「書法就讓昭儀這位功力深厚的專家來吧！我不行的。」

「鋼琴？」昭儀想起他們家客廳的鋼琴。

「國樂胡琴？」我想起他們家客廳的掛畫。

「現在再學，鋼琴要超過純華的功力太難了！」原來莉雲要學的是周圍的人沒學過的。

「嘿！我花了四萬塊，買了一組很高檔的二手爵士鼓。」莉雲出手的毫不手軟真是讓我們夫妻瞠目結舌。「社區大學的老師說我的節奏感是這十來年他看過最好的，我到他外面的職業 band 去配合，其他少年成員也驚嘆不已。」

「可是現在打爵士鼓，不要說兩手兩腳忙到打結，背譜啦、力氣啦，會不會都是挑戰？」昭儀以熟齡女性的角度關心。

「人家《海角七號》電影裡的 band，『國寶』茂伯也六十幾歲可以彈月琴配電吉他，我還算鮮肉哩！」莉雲搖頭晃腦雙手空擊虛鼓。「有一天我用爵士鼓打《思想枝》給你們這些恆春人、恆春媳婦聽！」

「莉雲姊投入什麼興趣，就會成為專家。真的是天才。」我真的感覺得到，莉雲姊在這知天命的歲數裡，要把上半生夢想的興趣學回來，也要證明自己的天分能力。

「可是你們住千戶大社區，會不會妳半夜一打起來，還沒賣門票……就有幾千人起床欣賞？」

「所以我現在還在規劃怎麼把家裡的隔音升級……」莉雲的豪情壯志真的衝貫雲霄。

老天爺似乎永遠要磨練莉雲。她竹北家的隔音不知道有沒有升級，可是夫妻的波瀾真得升級到離婚。有一年，莉雲躲躲藏藏孤身回到羅東，聯絡房仲公司要把羅東的房子賣掉。

「我真傻，為什麼會天真地相信賭徒的賭性會改變？為什麼天真地相信我身上的詛咒會消失？」她在昭儀電話的另一頭啜泣：「每天跟我浪漫喝茶，其實他的賭博從來就沒停過。」

「化工廠檢驗員不是很忙嗎？怎麼會？」昭儀也不敢置信。

「他剛到竹北那一家工廠時就開始認識新竹這一帶的賭場，我還沒搬去竹北時，他每天和賭友廝混到深夜。」

「難道又有人闖進家來討債？」

「他邊跟我喝熱茶，邊靜靜地跟我說欠人家四百萬，能不能把羅東的房子賣掉來抵債時，我真的覺得身體好冷，整個人好像掉進冰窟裡，頭凍得好僵好僵……」昭儀聽得出電話那一端的顫慄。

「我好恨！我這輩子做牛做馬、省米麵省針線十幾年，好不容易才沒有中斷付羅東的房貸。這一刻要我把房子賣出去換他不被人斷手斷腳？」昭儀連莉雲磨牙的聲音都聽得到。

「那妳的想法？」昭儀是女人，女人永遠比男人務實。

「先簽離婚協議書，我再賣房子幫他。」莉雲斬釘截鐵：「我真的看清楚了，我生命的後半，不，真的不到一半了！不能再被這個賭徒拖進地獄。我辛苦奔波賺好幾個月的錢，他幾分鐘就賭掉了。」

「可是妳說他是妳這輩子唯一能愛妳的人？」昭儀希望莉雲在恩怨的秤上用砝碼仔細度量。

「二十年前一次、二十年後一次，每次都讓我的生命歸零，一無所有。妳覺得我還他的愛情償還得還不夠嗎？」莉雲的悲苦讓昭儀啞口無言。

進入臉書的時代，半年後我們看到她在臉書上 po 去搭阿拉斯加豪華郵輪的照片，那是國內一家高端旅行社的董事長級超高價位行程。她穿著厚重的大衣，照片的背景，有的是郵輪上的豪華設施、有的是 Glacier Bay 冰河灣國家公園的冰和峭壁、有的是雪地溫泉、有 Denali 國家公園的環湖步道、有極光的照片等等。

我和昭儀相望駭然。即使工作超過三十年，我們夫妻仍然節儉以自助旅行為主，食則火爐自炊、行則疲勞自駕，從來不敢奢望這種徹頭徹尾酒池肉林、服務呼之則來的豪華享受。

我們好奇地聯絡她，想一探她人生中的極致享樂。她高高興興地和我們分享，說到每天一睜開眼就是一輩子第一次看到的壯闊奇景。兩周多的行程，在回到西雅圖、接近尾聲的時候，她在 Messenger 上寫道：「這些令我屏氣凝神，終身難忘的壯觀風景，應該是我人生第一次、唯一一次，也是最後一次的奢華享受。……對騰光，我這一輩子心軟。雖然離婚了，脫開沉重的賭債枷鎖高飛，可是真的不知道騰光這輩子還會不會第三次拿賭債來糾纏我？……與其再第三次把我青春變白頭的努力丟進賭窟的水溝，不如趕快把賣屋還債的結餘款在這次遊輪之旅一次花光。爾今爾後，我一無所有，賺小薪水吃滷肉飯，可是一定沒有賭債的恐懼。」

她回台灣後斷了音訊，很長一段時間我們聯絡不上她。後來她主動捎來音訊，說到她一直想探詢她這悲苦一生的曲折原委，到苗栗獅頭山的一個尼姑庵長住下來。她雖然沒有剃度，但是暮鼓晨鐘、打掃吃齋，從早到晚跟著住持念經打坐，心情很是平靜。因為師父說多塵染多孽業，這一陣子幾乎沒用臉書和外界聯絡。

「『無苦集滅道；無智亦無得。以無所得故，菩提薩埵。』『依般若波羅蜜多故，心無罣礙；無罣礙故，無有恐怖，遠離顛倒夢想，究竟涅槃。』」這兩句是幾封信裡最常提到的心境。

「唉！人生走到這一步，莉雲總是有個自我探討、自我昇華的修練。」昭儀嘆道：「可是佛門嚴謹，不知道一群人禪修靜謐時，她會不會偶爾又摺三字經出來？這可鐵定要嚇到住持。」

「她佛性生了，那三個字前面應該會加『南無』吧！」我胡亂猜。

「雖然坎坷的人生，讓她想參禪了悟，可是我總想她對人生探索的熱情，像火一般炙熱，恬淡斷念的佛門對莉雲恐怕只是人生的一段。」昭儀思忖著。

女人的直覺果然敏銳。十一月東北季風的陰雨下午，我還在幫病人做肝癌射頻燒灼手術，昭儀還在安安慢飛天使家庭關懷協會和家長懇談，電話突然進來。她說她騎單車出事了，在南澳高速滑下東澳的蘇花公路彎道上剎車不住，整個身體擦傷出血。

「要不要去載妳？還是我問惟陽醫院有沒有空檔？」昭儀著急地問。

「幸好有過路的發財小貨車把我撿起來。跟妳要一下羅東的地址，司機好心說要送我過去。」

我手術完回到家時，玄關擺著一輛前輪歪七扭八的烤漆單車。莉雲剛洗完澡，裹著昭儀的毛衣，在喝昭儀煮的薑湯。昭儀幫她擦紅藥水、用ＯＫ繃貼兩個膝蓋快見髕骨的傷口。

「整個右手掌手指都沒知覺了。」莉雲還痛得發抖，右臉頰也都是擦傷滲血。

「怎麼那麼嚴重？」

「剛開始不知道下坡那麼長那麼陡，等到意識到我的速度都比小轎車還快的時候踩煞車已經來不及了。車頭一偏，整個人差點被拋出懸崖落海。」莉雲心有餘悸：「幸好右肩撞到懸崖邊的水泥塊，不然我以為這輩子的痛苦就要全部結束了。」

昭儀奇道：「怎麼一個人環島？總該跟著隊伍才安全啊？」

「怎麼沒有？說好要互相支援的，也說會特別照料我。哪知道從竹北出發，連鵝鑾鼻都還沒到，另外兩個年輕男孩子就罵我速度太慢，拖慢整個隊伍。我一路忍著說好話，到 7-11 或全家都請他們飲料。哪知到池上民宿隔早他們就說要我自己完成環島。」

「我想他們倆一定是討厭我這個兔脣老太婆。另一個大學的女孩子騎得比我還慢，還不時抱怨這裡痠那裡痛，他們兩個男生還爭著幫載行李幫遞運動飲料。」

「那妳會修車嗎？會自己換煞車皮嗎？」我總是覺得不會基本維修很凶險。

「扳手、氣筒、煞車皮他們都帶走了啊。」

我們偷偷打電話聯絡騰光，他隔天一大早就在門口按鈴，想來應該是今天四、五點就出發飛車過來。吃過早點後，騰光扶莉雲到駕駛座旁，把那輛超跑級公路單車的屍體拆解了放到後行李廂。

「回竹北還是回獅頭山？」望著離開的車影，我們夫妻不禁互問。

那一次大挫折以後，莉雲似乎了解到要倒轉時光，勉強和不是自己年紀的年輕人成為興趣同溫層是困難的，沒再聽說她添補單車。她也把爵士鼓賣掉，拿來參加一個藝術心理治療的油畫班。油畫班的孫老師其實是心理諮商師的背景，到歐洲留學藝術，主修讓病人藉著畫畫宣洩潛意識的痛苦，並表現出可分析的精神治療脈絡。諮商老師要她不必打素描基礎，不必訴諸光影色彩分析或構圖原理，只要喚出真我原我，用潛意識指揮畫筆的方向。

因為油畫班朋友的介紹，她同時加入一個心理諮商的義工服務團體。一位基督教友義工學長鼓勵她試著訪談監獄受刑人，寫信鼓勵他們。剛開始，莉雲有些羞澀無措，不知道身材嬌小、來自漁村的她能給這些刺龍刺鳳的黑社會大哥們什麼聽得進耳的話。聽學長說，很多志工一開始滿腔熱忱，要不是勸偷竊犯搶犯：「可以好好讀書啊！唸個高職就有一技之長！」勸詐欺犯：「為什麼要騙人家財產，可以自己努力工作賺啊！」勸煙毒犯：「你知道為什麼你會這樣形銷骨毀？因為你沉迷毒品。」甚至有基督徒的志工對殺人犯說：「你只要信了主，一切都沒問題了。」這樣跟受刑人訪談、寫信，要不是受刑人當面大罵不要假道學糾糾纏，就是信件石沉大海。沒兩次，志工的熱情澆熄就退出了。

有一次，一位很有經驗的游老師來社裡頭演講，她深受感動。游老師說到：「雖然入監服務是和魔鬼搶救靈魂，但是不能用道德八股切入。」「人生勝利組正面積極、熱情的談話，甚至母愛的諄諄訓誨，對於收容人而言，有時候反而成為另一種打擊！」「要讓受刑人在你的言語中聽到他的『立足之地』，而不是自慚形穢。傾聽同理他的價值和情緒，輔導教化才有繼續的可能。」那一堂課，游老師的字字句句深刺進她的心裡。想到她學生時期的叛逆，用暴力對付霸凌她的同學，難道她心中不也是有魔鬼？訓導主任的諄諄訓誨，是否反而讓她自慚形穢？彭老師摟她在懷，真的讓她感受到有「立足之地」的溫暖。

她從煙毒犯開始切入，嘗試只聽他們聊天、關懷他們的挫折，而不說道理。她發現這些孩子的脆弱她竟然都經歷過，憤懣的心她也都有過。只不過他們逃進煙毒的角落裡，她逃進的是主流認可的單車和爵士鼓罷了。她和他們分享自己把志明的頭塞進馬桶裡的爽快，頂撞老師的激越情緒，無緣無故被爸爸棍棒痛打的無奈，每每反而聽到孩子們安慰阿姨的真誠。每次從監獄回來，心情激盪在今昔、人我、大悲大喜、光明黑暗之間，常不由自主地大筆狂揮，木屑沙粉和著顏料亂潑到畫布上，舞著顏料未乾的畫筆當爵士鼓棒在畫布上敲擊內心吶喊的節奏。

莉雲告訴義工社團的學長：「我一邊讀聖經哥林多前書第一章第27到29節『神卻揀選了世上愚拙的，叫有智慧的羞愧。又揀選了世上軟弱的，叫那強壯的羞愧。神也揀選了世上卑賤的、被人厭惡的、以及那無有的，為要廢掉那有的。使一切有血氣的，在神面前一個也不能自誇。』一邊淚流滾滾想著從前自卑叛逆的自己，和現在的受刑人。我發願要把聖經這幾句話用我的經驗和迷途的人分享。」

「周阿姨」、「周姊」的名字漸漸在受刑人的口中傳開。

有一個四十歲滿身針孔的煙毒犯親自寫信給莉雲：「監獄進進出出，鄰居東嫌西趕，從來沒有人想了解我只是想麻痺失業被家人瞧不起的難過。聽到周姊這輩子和唇顎裂的奮鬥，我才了解自己的傷其實很小。我用竹籤排出宮殿車船的興趣，和元宵做花燈的功力，連典獄長都很佩服，我出獄可以教妳嗎？……」

有一個大學生在訪談的時候偷偷問：「可以叫妳周媽媽嗎？我的媽媽已經四、五年不願意見我了。我好想叫妳媽媽，天天讓妳痛罵嘮叨。嗯……用『他媽的』痛罵！」

莉雲這樣越幫越多受刑人，也擴展到了搶劫、殺人犯等重刑犯。她邊和他們討論人生也邊寫信。漸漸地，她覺得她好像是和自己深層委屈憤懣的靈魂對話、寫信。有一晚，她又翻閱著哥林多前書，想要寫給一個搶劫犯：「你們所遇見的試探，無非是人所能受的。神是信實的，必不叫你們受試探過於所能受的。在受試探的時候，總要給你們開一條出路，叫你們能忍受得住。」左思右想，淚如雨下。那晚，她放下畫筆，拿起手機聯絡許久沒聯絡的騰光。

九月初她慎而重之地打電話給昭儀，說中秋那晚要在羅東運動公園的草坪上和我們一起賞月。那晚我們帶著月餅和柚子去大草坪上時，秋夜微涼的風很是舒適，迎上來的還有不期而遇的騰光和莉雲的姑媽。原來騰光那麼像他媽媽。莉雲牽著我們夫妻的手，大家一起坐在騰光事前鋪好的野餐毯上。

「昭儀惟陽，你們是我們夫妻再一次結婚，我最先想告知的朋友。是什麼勇氣，讓我再次接受騰光？我一直在想，我這一生自卑於唇顎裂，是騰光第一個給我生命價值肯定的。我真的一輩子感激他對我的肯定，和被霸凌時如避風港的幸福感。他這樣給了我珍貴的幸福感，在他迷惘於賭博的時候，我是不是也該成為他自新時的避風港？那晚他聽到我蘇花公路受傷，放下一切一早飛奔過來我真的很感動。回程路上他邊啜泣地告訴我沒有我在的這兩年，像是一個失了媽媽懷抱的迷路孩子，天天沒有安全感。他告訴我，這兩年他把自己關在各地的警光會館，摒絕了所有的邀賭，一直祈求我的原諒和復合。」

「真誠的恭喜，有圓滿的結果。」我們夫妻合十謝天。

「我提出了兩個條件。第一，雖然一切從簡，但是婆婆、我的姑媽一定要重新見證我們的婚姻，了解四十年後的今天我們夫妻是平等的，是騰光真正需要我，不是我癩蝦蟆要吃天鵝肉。」

「我真心高興，莉雲還願意照顧我的兒子。」姑媽微笑頷首。

「第二，雖然我也沒有信基督教，但我要求我們要在我基督教友的教堂請牧師證婚，讓大家祝福。我要告訴他，我們這輩子再不是叛逆不被祝福，是神和眾人見證，天使灑花祝福。」

騰光說道：「那天牧師引馬太福音第七章告訴我倆：『你們祈求，就給你們；尋找，就尋見；叩門，就給你們開門。因為凡祈求的，就得著；尋找的，就尋見；叩門的，就給他開門。』我倆領受，真得幸福滿溢。」

師生畫展的前兩個月，孫老師約見了這個入門才一年的淺齡弟子。

「說真的，雖然要求學生以心帶筆，可是我自己仍然沒辦法完全突破學院窠臼。我不時會想到怎麼套用旁人表達抽象的成功經驗，會想到怎麼精準運用媒材，畫出來的東西拘拘謹謹，過度的學術結構蒙蔽了真我的表現。更不用說大部分學生都還在形而下地畫實物。可是妳是我從歐洲回來六、七年裡第一個看到完全放開束縛，野獸般奔馳在畫布上的學生。妳亂筆畫抹黑暗的層次，彷彿要把整個世界拉進魔界的漩渦，刮刀層疊顏料的厚重，讓整張畫裡憂鬱的重量重到揚不起一絲灰塵。妳大筆潑甩出來的血紅激流讓人感受到末日屠戮的窒息感。這一切一切的境界我承認我都達不到。妳畫出了這麼衝突狂亂的境界，到底是什麼藏在妳理性的皮相後面呢？」

莉雲靜默地不能回答。

那次的畫展，莉雲的作品被擺在最明顯的位置。全國各地著名的大師眼光全部集中在她的作品，學術佳評如潮水。醒目的「油畫版的趙無極」標題為她的抽象作品定了巔峰的高位，專業的藝術期刊報導，甚至引來了國外的買家。

這次「心の詩　新秀女畫家周莉雲個展」是國內知名畫廊為莉雲辦個展時給的主題。昭儀和我收到邀請卡後過來參觀，對每一幅畫下標的天高價格咋舌不已。

騰光穿煥新的西裝，伴著穿潑墨旗袍的莉雲過來打招呼。

「哇！莉雲妳這隨便賣出一、兩幅畫就發了。」我輕聲恭喜，分享她的喜悅：「第一個願望是什麼啊？再買一輛超跑級的單車？還是裝潢一間 Pro 級的隔音室打爵士樂？唉呀！沒想到先把羅東的舊房子買回來！」

「嗯……如果真有那一筆錢，我要捐給顱顏基金會。」沉思後，莉雲說。

家暴
賭債

Chapter

身上有一億，沒辦法念阿彌陀佛

登山界有所謂的四大障礙，包括連走十一天、補給困難的南三段，包括地形險峻，常傳山難的馬博橫斷，包括冷門難纏的干卓萬群峰，還有就是這次沒能成團的奇萊東稜。任你爬盡了玉山、雪山、大霸尖山等聞名遐邇的高山；任你爬過代表死亡的黑色奇萊、死亡稜線，代表山高路遠的南二段。沒爬過「四大障礙」這四條路線的山客，在岳界就是被當幼稚園生般地抬不起頭來。這也就是兩個禮拜前，因為預期風雨的因素取消奇萊東稜後，我心情嚴重失落的原因。

謝謝老婆大人排除萬難，陪著心情低盪在谷底的老公，在這個中橫公路杳無人蹤的周三開車，要從奇萊東稜的下山處「岳王亭」，慢慢逛到大禹嶺，看看松雪樓處東稜線的起點。

讚嘆盡九曲洞、燕子口的瑰麗，仰望畢錐麓斷崖的雄壯，沉浸過文山溫泉的氤氳，其實之後的整條中橫東段可以說就是沿著奇萊東稜對山的山壁蜿蜒。車子一路向上，奇萊東稜崎嶇的輪廓就從樹梢中漸漸開展出來，展現在我這個失之交臂的山客前撫慰著失落的心。

磐石山、太魯閣大山、立霧主山、帕托魯山等四座百岳展開在公路的對面，像是掛在高低起伏的架子上的一大塊帳幕。我一邊握著方向盤，一邊默想我第幾天登上這座峰、第幾天過那個斷崖，還有第幾天要在如海的箭竹林裡戴著粗布手套游乾泳。

覽畢磐石山，通過大禹嶺隧道，就正式進入西部的大甲溪流域。

陶淵明的《桃花源記》裡面敘述著晉太原中武陵人緣溪行得一山，舍船從口入。行數十步，豁然開朗。描述桃花源村中人先世避秦時亂來此絕境，遂與外人間隔。「不知有漢，無論魏、晉」！這樣恍若隔世的描述，完全適合橫過大禹嶺隧道的心境。從東邊霏霏的五月梅雨，轉換到西邊台中的晴天；從太魯閣族居處的中央山脈，轉到泰雅族馳騁的雪山山脈。從滿世界的大理石印象，轉到變質岩為主的梨山路上；這一切的重大轉變彷彿就一個隧道的距離。如果冬天天上有一滴雨水墜落到大禹嶺隧道上的稜線碎濺，那有一半水會流入碧綠溪流匯向台灣海峽向南流到南海、香港；另一半會沿著華綠溪或慈恩溪流向太平洋隨著黑潮流向日本和北太平洋。我每次從一端進入隧道的時候，都會抱著虔敬的心，去迎接隧道彼端的另一個世界。那另一端的世界，彷彿連空氣的成分都是不一樣的！

車過大禹嶺，果然豔陽普照。在幾乎沒有觀光客的路上，我們夫妻恣意地慢駛，享受桃花源裡的一草一木，一谿一溝。

突然間，一條迷你的鐵軌從崖壁的樹縫間穿出來，從幾乎垂直的七十五度斜角延伸到柏油馬路上。一個約兩米半長的迷你車廂就掛在鐵軌的末端。

昭儀疑道：「這是什麼？給觀光客坐恐怕太危險了。」說是車廂，其實真的太簡陋，不過是個鐵板，在前後端各立個六十公分左右高的鐵欄桿檔板，鐵欄桿外掛著廢輪胎，車頭還掛著一個黃色的馬達。

「看這輪胎，應該是載重物上下時防撞用的。」我仔細端詳。

「重物？這裡應該沒有煤礦啊？」不管是煤礦還是大理石礦，昭儀都沒讀過。

「傳說中的白洋金礦是在八通關山附近，離這裡還有好幾個山頭呀？」我也納悶。

「啊！是了！應該是載運高山水果的吧！」昭儀恍然大悟。

「不對呀！這兒離梨山也還有一小段距離，這四周也沒看到任何果園喔。」我從樹縫間上望，整一段鐵軌旁的喬木、灌木雜林把鐵道圍成一個迷你的綠色隧道，隧道高度僅容得人蹲坐在單軌車上。隧道在視野的盡頭轉彎消失，兩側真的沒有蘋果梨子。

就在我們兩個人一邊猜測，一邊在單軌車旁好奇照相之際，一輛德國 BMW 的高級轎車倏地停過來，靠在單軌車的另一側。一位穿著灰藍帶土塵汗衫、套著雨鞋、五十開外的中年壯漢下車來。他滿臉粗糙的橫肉，中廣的肚子把汗衫撐成相疊的游泳圈般，邊開後車廂邊端詳我們倆。

「你們哪裡來？有什麼貴事？」一開口就有檳榔味，聽得出有強烈的防備心。

「羅東來呀。」我微笑躬身道：「為了在非假日的時候有品質地看看山看看樹，沒想到在這裡看到不懂的事情。不知道這鐵軌是運人、運礦還是運水果哩。」

BMW 哥轉身把車後廂一麻袋一麻袋味道奇特的肥料、馬達鋤草機，和幾桶汽油一一搬上單軌車：「唉喔！你們對我開的 BMW 高級轎車沒有好奇，反而對我生財的貨車好奇。」

「有喔！我確實在好奇，BMW 七字頭的轎車可以有這麼多載貨功能！」我打趣道。

後排車門一開，兩隻台灣中型土狗躍下車來，在我們腳邊左聞右聞後，一溜煙跳上單軌車。

「那麼好奇，要不要上去看看？」BMW 哥邊嚼著檳榔，邊把轎車後座的鐮刀、電鋸和鋤頭一併扔上單軌車。

昭儀和我面面相覷，不知道這位陌生的壯漢是善是惡。

「欸！這個好玩，上去看看有沒有桃花源中的桃花源。」我心癢建議。

「可是你剛剛也沒稱讚人家，還挖苦人家的高級轎車……」昭儀永遠是我無釐頭冒險的剎車。

「別東想西想，光天化日下的。」繼續無釐頭。

「你沒看看人家本來沒亮傢伙，你挖苦完他的車子，就鐮刀、電鋸都掏出來了。」

「嗯……呃……我們家兩個女娃是都還要繳學費。咱們死了，她們就要去街頭賣藝……」

BMW哥馬達線一拉，「嘭」一聲，整個馬達微冒著白煙抖動起來。

「你們到底要不要上去，我要走了。」BMW哥在馬達聲中大喝。

「要！」兩人齊聲，搶上單軌車。

「抓好欄桿，不然等一下通通滾下斜壁。」B哥的聲音混著檳榔汁，仍然具有威嚴。昭儀和B哥身體倚在下方的欄桿，我堅持要把在前端欄桿，B哥就要我站在成堆的麻袋上。

單軌車一發動就是垂直上吊，三個人在車子裡好像被浮力提上去般。所有的人啊、貨啊、黑狗啊，通通往下墜。我突然腳下懸空，和下滑的麻袋分開，趕緊兩手抱住鐵欄桿，尷尬至極。往下一看，乖乖不得了，柏油馬路、我們的破 CR-V 車和高級 BMW 車都逐漸變小消失。高樹叢漸漸地被矮樹叢取代，再變成草坡。

我們高興地大叫，這種幾近垂直上騰的經驗真的堪比搭氣球升天。B哥看到我們的興奮，嚴肅的表情稍稍緩了下來。

拉呀拉，不知上升了多少海拔，慢慢地進入了飄過來的雲層，三人在霧中互看，彼此都模糊了。

一絲奇妙的感覺突然闖入腦中。當年華山派掌門令狐沖和愛侶任盈盈、大魔頭任我行，要上黑木崖挑戰武林第一高手東方不敗時，不也是搭著竹簍被提上一層一層的崖壁，經過層層的雲霧？山上如果不是桃花源而是魔教總壇，那站在我身旁的B哥，不就是殺人不眨眼的東方不敗，還有他的電鋸？

破雲層而上，大地豁然明朗，緩緩移過眼前的竟然是一片美麗靜謐的茶園斜坡。一條一條茶樹的翠綠，平行蜿蜒在褐黃的土坡中。

昭儀邊讚美邊照相中，我越來越擔心了。看看沒有表情的B哥，回憶起令狐沖夫婦進入魔教總壇前，也經過一座美麗的花園，竟然不由得打了個哆嗦。

軌道由陡斜、緩斜而漸平，單軌車終於在一座綠色的鐵皮屋前停下。這裡的溫度，竟然已經比山下馬路冷了好幾度。

B哥關了馬達，示意要我們進鐵皮屋裡。屋子大約二十坪，其實算是個倉庫。中段約四坪大的客廳空間，擺了一套古老的明式矮大理石桌椅，從斑駁缺角的樣子看，應該是平地人家淘汰後B哥運上來生活用。桌上擺了一套瓷器茶具，客廳面對著門口的茶園風光，背倚的夾板牆上堆了一組卡拉OK用的舊音響，音響上掛了一張銅版紙的彌勒佛像，兩邊各是上鎖的房間。

我實在是希望能到美麗的茶園走走，可是還是在B哥的示意下坐定在大理石椅上。

B哥轉身邊問我們要不要喝茶，其實手上已經開始邊打開茶桶，用削斜的竹匙挑茶葉出來。

「呃！謝謝不必啦，我們只是坐坐單軌車好玩，這就慢慢走路下去啦。」昭儀客氣道。

「這裡可沒有路，」B哥一樣面無表情：「到這間屋子，上下就只有這單軌車當工具。」

我心頭突然一震。我們一腳闖進魔教總壇，B哥看起來又這樣孔武有力。最慘的是，若沒發動馬達，我們已經下不去了！

B哥從上鎖的房間把一桶瓦斯滾出來，邊喃喃自語：「山上瓦斯珍貴，沒大事我都要鎖起來……」

「不麻煩，不麻煩！」我害怕起來，雙手直搖：「我們就在外面的茶園逛逛拍拍照就好。」

「什麼？拍照？」B哥邊架好瓦斯爐燒水，雙眉一揚：「有什麼好拍的？這裡不准拍照。」

我心裡在哀號，原來這裡是秘密基地。倉庫裡鎖的不知道是毒品，賭博用具還是衝鋒槍。

夫妻倆就在大理石椅裡擠在一起，看著B哥把瓦斯管套上瓦斯爐、燒開水、再把沸騰的熱水倒進茶壺、蓋上壺蓋。

「你們做哪一行啊？」B哥邊審問邊熱茶，調火焰、溫壺燙杯，兩隻粗肥的手展斂翻飛甚是流暢。

不知道他用電鋸是不是也這麼流暢？

我清清喉嚨中卡住的痰：「我在羅東的機構當……小職員。」

B哥哼了一聲：「你們這種公務人員最好了。福利好，不用拼，退休金十八趴，還可以隨時翹班。」滿臉的瞧不起：「我們這種辛苦賺吃的，繳一堆稅養你們，還常被你們刁難。」

我心裡在吶喊：「唉喔，真是哪壺不開題哪壺。」

「喔喔！是這樣的，我太太在辦一個機構，在服務小孩子的。」講私人企業，希望B哥能有共鳴。

「唉……我沒有孩子。」B哥吐出一口長氣，嚴肅的眼神突然變得沮喪：「我離婚了二十幾年。四個女兒跟媽媽，剛開始時除了嬰兒的照片，法官根本不讓我看她們。」

唉喔！怎麼這麼慘，我又提錯第二壺。

我搔頭搔腦，含混講了幾句安慰的話。想來再講話總是錯，還是悶聲動手最實在。提起他剛倒沸水進去的茶壺，就要倒到他面前的磁杯。

「怎麼那麼笨……」B哥大聲斥喝，搶過我手中的茶壺，把茶先倒進一個大的磁杯：「要先把壺裡的茶倒進這個『茶海』裡，再從茶海分開倒進各個杯子知不知道。」

完蛋了！我又提錯第三壺，一個紮紮實實的茶壺！

他粗肥的手再度翻飛，迅捷地把茶壺的水倒進茶海裡，再分別倒進我們面前的小杯子。每一道入杯的水柱都一般大小，沒有一滴水花濺出。

「這種騰挪的速度，當真如練了『葵花寶典』後快似鬼魅。」我小聲在昭儀耳邊讚嘆。

「可是我看他還是滿臉鬍渣呀。」昭儀也咬耳根子懷疑。

「喝吧！」B哥把我身前盛了六分滿的茶杯堵到我的嘴邊：「這可是最好的大禹嶺茶。外面絕對喝不到。」

這一剎那，我們突然明白了，我和昭儀有默契地交換了眼神。

原來B哥是強迫推銷茶葉的惡棍。

這幾年裡，常常手機接到陌生電話，電話的一端說是什麼茶業推廣協會，有坪林的啦、有鹿谷的啦。美女嬌滴滴的聲音客氣地問你要不要買茶葉，等你聊了一陣子，開口問價錢，登時傻了。一斤都要八千一萬的，這時根本買也不是，拒絕也不是。

大陸旅行團也常帶去茶館喝茶。在典雅悠揚的國樂中，從浙江茶一路品嘗到雲南普洱。花了大把鈔票買回家後，沒有美女仙樂，赫然發現茶的味道還輸大賣場裡買的茶包。

更早還聽說在南投嘉義半山腰的風景區，常有年輕女子在路邊招手，說沒錢回農莊裡。觀光客一個善心搭載，她們就引觀光客到人煙罕至的樹林屋子裡，強迫推銷茶葉。觀光客叫天天不應，只好掏錢買貴得離譜的茶業後落荒而逃。

B哥把我們帶上黑木崖，原來圖的就是要賣貴茶。

「你們看，我清明節左右摘的春茶，全部都是一心一葉或一心二葉，沒有下等的三葉、四葉的。」他用左手撥弄著杯中泡開的茶葉向我們解釋。

「喔喔！我從小不會喝茶。」昭儀欠身道。

「你看，這一心二葉的大小不同。葉有大有小才是真有機。」他也不管昭儀懂不懂，繼續自誇道：「如果二葉都是大葉，代表有用催芽劑。我這幾年來，為了對得起良心的純有機，每年收入要少一百萬。」

昭儀仍然一臉無辜。

「那先生來吧！」B哥還是面無表情：「我的茶可都是有機種植的，它們可都是喝豆漿長大的喔。」

「豆漿？」我大吃一驚，這成本也未免太高。

「今天你搭單軌車上來時，腳底下踏的幾包麻袋，裡面裝的都是我彰化社頭老家朋友釀完豆漿，瀝剩下來的豆粕。我只用這個餵它們，沒有任何其他肥料。」

「我是有喝茶。」我小心翼翼地應答，希望達到拒絕的目的：「可是我只會喝一公噸一千元的粗茶。」每次上診時，護理師學妹都會為我準備一大壺、約七百毫升的茶。我都在和病人面談中，毫無意識地喝完、再添、再喝完。應付這種解渴式的牛飲，當然用最便宜的茶包即可。二十幾年喝下來，覺得茶也就不過是如此提神解渴罷了。

「給李先生試試，你一定會覺得不一樣的啦！你看看這茶呈金黃色的色澤，是最高級的品項啊。」拿著茶杯的手依然堵在我的雙唇前：「我聽彌勒佛的旨意上山來種的。彌勒佛掛保證的啦！」

「喔！還有我們怕睡不著……」昭儀插進來，夫妻聯手，苦苦抵抗。

「你們在起番顛，才下午三點半，擔心什麼失眠。」

「是這樣的，其實我有逆流性食道炎，每次喝茶都會加重病情，胸口灼熱，甚至半夜咳嗽。」我用疾病來當擋箭牌：「所以還是別喝的好。」

「你騙我！你剛剛不是才說你常常喝一公噸一千元的粗茶？」B哥立刻戳破我拙劣的謊言。

我只覺得天旋地轉。東方不敗不只武功高強，心思又這麼細膩。我們夫妻倆今天小命要休於此山。如果真得抗拒到底，會不會被剁了當人肉肥料種下一批茶？

時間凝住的幾秒鐘，好像是幾小時般的漫長。

突然茶香漸漸離開我，B哥堵在我脣前的手慢慢放下。

「你說你胸口灼熱，半夜咳嗽？怎麼我也有這種症頭？」B哥遲疑道。

「那就是逆流性食道炎的標準症狀呀。」

「我這八、九年來，常常覺得胸口灼熱的難過。尤其是吃完甜食、喝完隔夜濃茶就特別明顯。還有，山上早餐常吃吐司麵包或饅頭、喝稀飯時都會更覺得難過。」

「對呀！那就是標準的症狀喔。」

「我到梨山的衛生所，每次姜醫師都會開胃乳片給我。可是症狀不一定壓得下來。還有，你講的咳嗽，就是半夜睡到一半，突然一口酸上來喉嚨，嗆得我一直咳不停，有時候喉嚨都燒得沙啞了。」

西方的文獻，常常強調高脂肪食品引發胃酸逆流。可是高醣類的食物引發胃酸逆流，在東方民族反而非常重要。台灣很少人吃沙拉或奶油引發胃酸，可是吃各種甜食，吃過年發粿或饅頭引發的胃酸逆流反而比比皆是。

「瞬間大量吸收醣類容易引起胃酸逆流。」我忘了要隱藏自己醫師的身分，開始分析道：「同樣一把米，煮成米飯吃，沒聽過人說會引起胃酸逆流；可是如果煮成稀飯喝，就一大堆人抱怨胃酸。」

「還有，胃酸衝到喉頭這麼高，不只會引起咳嗽，有時還會很像哮喘。更厲害的，還會引起牙蛀蝕。」我從食道症狀分析到食道外症狀。

「難怪，我從小到大沒蛀過半隻牙，這十年來卻常鬧牙痛。」B哥若有所悟：「怪了！你一個社會蠹蟲的公務員怎麼懂那麼多？」

「好說！好說！我喜歡吸收保健知識。」終於提對一壺茶。

「欸！公務員，那我要吃什麼藥才能壓住症狀？」

「現在在藥房就可以買到特效藥，叫質子幫浦阻斷劑（Proton-pump inhibitor）。大部分人只要早飯前吃一顆就見效。如果你的半夜症狀最困擾，這顆藥可以在睡前吃。」

「那姜醫師為什麼沒開給我？」

「因為健保局規定病人必須接受胃鏡檢查，且胃鏡上必須有相關逆流性食道炎的相片證據，這樣健保局才給付這種特效藥。不然民眾就必須自費購買。」

「人家說公務員為了考高考、普考，都很會讀書。李先生還真的知道很多。」B哥終於對我講出正面的一句話：「不過姜醫師也真奇怪。我蕭興祥五千萬都能虧，這一點錢沒讓我自己出。」

「五千萬？」我張大嘴巴嚇一跳。

「哼哼！不是現在的五千萬，還是民國七十幾年的五千萬。」B哥得意起來：「我那時在員林開的卡拉OK店，連建築帶裝潢，就那個數字，你們吃公家飯的，一輩子都別夢想。沒想到被公關經理，唉，我那時的女朋友坑掉。」

「那……可惜。」

「唉！我人生的大失敗。」B哥的口氣沉頓下來：「老婆看到我們倆打拚的江山一夕間化為烏有，氣得和我離婚，帶著四個女兒走。」

「喔！原來你在中部當大老闆，有輝煌的人生。」

「我還因為票據的問題，做過一段短暫的牢。」B哥這時的臉，開始有了豐富的表情：「出得牢獄，對著面前的社會，才發現自己竟然一無所有。沒了財產、沒了老婆、沒了孩子，也沒了江湖上的信用，人生歸了零。」

「社頭不是都在做襪子、毛巾或成衣。可以東山再起啊？」昭儀一時好心，忘了身處險境，開始幫東方不敗規劃東山再起。

「『東山』再起？我還真想過賣『東山』鴨頭哩！」東方不敗對「東」字果然情有獨鍾：「其實我做了半年的豆漿包子早點。哈哈！收攤以後才聽死黨跟我說豆漿的味道實在也太不怎麼樣了。」

「民國七十幾年，中部橫貫公路還通著。一些國小國中的同學都跟著名間、竹山的朋友上山當茶農。他們跟著茶作的季節變化，全省打游擊式的種茶、育茶、採茶，好像四時都有地忙賺。那年清明時分，我問完彌勒佛的意見後，也就跟著他們上梨山來。」東方不敗終於把話題遷到梨山。

「我跟著一群人，被堆在一輛布帆仔載卡多貨車載到梨山的產銷供應站來。下車後，羅姓工頭一邊核對個人的身分證，一邊簡單的問經驗。好不容易等到我。」東方不敗吞了一下口水，乾咳了一聲，好像要把當年的挫折悲苦再嚥下去：「兩個坐在長板桌後面的工頭一起大笑起來。說他們從來沒收過穿西裝皮鞋、打領帶的採茶工人。」

B哥環繞四周，每個曬得黝黑的壯漢都是穿著汗衫、戴著斗笠、套著高筒雨鞋。他那種山下企業應徵的正式西服倒真的成了笑話。整個下車的人群圍著一起大笑，有的過來摸摸他的皮鞋說這是高級的阿瘦皮鞋；有的過來拉拉他的領帶，說這輩子沒看過金色的領帶夾。還有一個說他只看過送葬隊裡吹鼓吹的同學穿西裝。B哥窘得不知如何是好，根本不知道梨山上怎麼去覓一套工作服。還好其中一個工頭把他收工後要換的汗衫短褲借給他，總算赴得了上工。

他領了竹簍子、手套和採茶剪，跟在上福壽山的一個小組裡，又搭了一陣子車才到雲霧裡的茶園。

其實訕笑他的戴姓客家工頭對他這個新人很好，整天陪在他身旁，知無不言地告訴他茶的學問。告訴他單芯或一芯一葉是高級茶，一芯多葉只能當下等茶。告訴他帶著水氣上山的海風，在一兩千公尺的山坡凝水濕潤茶樹，所以高山茶才能有精品。告訴他客家人世居山麓，所以在朦朧的山霧中裡，孕育出幾乎等同於客家文化的煉樟腦和種茶。告訴他陽光過曝的茶葉，會苦澀令人失眠。告訴他採茶最高等的方法是手捻，為了量產不得已才用採茶剪，機械收割是暴殄天物。

人生從零開始的B哥，躬身努力地學習，近乎貪婪地記誦每一句戴哥的話，拼命地重複手捻茶葉的功夫。一直到手腳痠麻，腰痠背痛地結束第一天的工作。

下工時，大家回到產銷中心，他拖著疲憊汗臭的身子，站在羅哥的面前。羅哥把一千元挪到他的桌前。

「那時我眼淚奪眶而出，說我願意好好學，請不要第一天就炒我魷魚。」說著說著，B哥的眼睛紅了起來。想著山下他算給卡拉OK小妹一個月一萬五千元工資，看著面前兩倍的日薪，晴天霹靂的以為當天就要失業。

羅哥戴哥又大笑了，拍拍他的肩膀告訴他這就是他一天的薪水，大伙兒一般都是山下勞力工作的兩倍。戴哥遞給他一張髒污的抹布，說這是他那年第一次遞面巾給一個哭哭啼啼的大男人，鼓勵他好好打拚就是。

那以後的兩三個月的採茶季節裡，他就跟著戴哥一班兄弟從鹿谷、杉林溪做到阿里山的瑞里太和、從隙頂石棹作到梨山、大禹嶺，再從梨山跑到北橫的巴陵、三光。布帆仔車裡席坐鐵皮地板、背枕L型鐵架，一眾弟兄罵三字經講黃色笑話，在塵土的產業道路上搖晃出兄弟的感情，也搖出B哥脊椎骨的傷害。椎間板脫出加上彎腰採茶、負茶簍的沉重，B哥很快就感到疼痛從右臀延伸到右腳板。可是，沒了經營卡拉OK時夜以繼日的烈酒澆灌和聲色犬馬的荒唐，力氣精神倒是一日比一日鑠鑠。

「哈！這叫內力增長，外功頓挫！」我笑道：「歷代武林中，還是有這樣的絕頂高手呀。」

「喔？有這樣的高手？」B哥神往道：「不知是哪個幫派的堂主？」

「對呀！宋朝大理天龍國廢君段延慶手腳俱殘，仍成一代高手；清朝狄雲雙肩被鎖琵琶骨，殘廢後得神照功，稱霸武林……」

「老公，你發什麼金庸瘋。」昭儀大急，扯著我的衣袖細聲：「人家以為四海、竹聯，你在神遊天龍八部、連城訣。我們還要不要下山。」

B哥倒是不以為忤，問道：「公務員說這不是骨刺，是椎間板脫出？」

「根據你的描述，應該是你在第五腰椎和第一薦椎之間的椎間板往後突出，壓到右邊第五腰神經。」我又忘了掩飾醫師的身分：「這種問題最忌諱身體前傾，整條脊椎骨呈C字型時負重。」

B哥越聽越高興，細細問我如何保養脊椎骨之餘，舉起拇指大力稱讚：「人家說公務員是我們納稅人的蛀蟲，各個手無縛雞之力，只會一天到晚嘴砲亂射。沒想到嘴巴裡也會吐出象牙！」說完，大力拍了我的背膀。

「好說好說。」我苦笑道。原來今天我變成了公務人員的辯護代表。

就這樣，年復一年地春去秋來、秋盡冬深、雪霽花開。一輛搖晃的布帆仔車，一幫採茶弟兄，穿梭纏繞在中央山脈的山麓間，各自為自己能傾訴的、不能盡言的夢想而風霜攢錢。

約莫九二一地震前兩、三年，B哥又隨著採茶大隊回到梨山。就在料峭的梅雨中，認識了老張。那晚大家在老張的店裡，凍得瑟縮發抖圍在火爐邊喝他的苦輪胎火鍋湯。苦輪胎真是苦瓜的好幾倍苦，可是喝來硬是讓粗工硬活的弟兄們躁氣降退，回味不已。老張打烊後，他留下來多喝幾碗。他一邊開始婉拒老張邀酒，一邊聽他酒後真言一晚。原來他從退輔會承租來的山坡地，因為政府漸漸主張水土保持而荒耕。想到在大陸的妻子改嫁、子嗣改宗後的生活圓滿，一直嗟嘆自己連個身邊陪著耕種奉養的晚輩都沒有。B哥想到自己的四個女兒也盡歸前妻繼夫，孑然一身，同是天涯淪落人。

「多少弟兄天黑後邀喝酒我都把持住了。」B哥感嘆道：「那晚我向彌勒佛請假，是我出獄後十幾年來，唯一破戒陪老頭子喝了半打五加皮的一次。」

想到自己不過四十開外，人生雖然惶惶歸零過一次，畢竟算是又勉強站穩了腳步；老張卻已年逾古稀，燭光黯滅前還能有什麼？那之後，別說福壽山、大禹嶺、華綠溪一帶的農事，就是夏秋間的山下空檔，他也會上山來陪老張，偶爾幫撐著老張顫巍巍的身體逛逛他荒廢的果園。

我隱約領悟到絲絲縷縷的關聯，大聲道：「那塊果園，難道就是我們腳下的這塊茶園？」

「不錯！九二一大地震後，下谷關東勢的貨運變難，老張徹底死了再拿鋤頭的心念。我答應老頭子百年後帶他的骨灰回湖南老家那晚，他激動地問我願不願意當他的乾兒子。我想想他都風吹就倒，真沒幾年了，圓他一個心願也算是這個無奈時代中的一件功德，不料他竟然告訴我那是報答我千里揹回骨灰的報酬。」

「因為榮民第二代可以繼承耕作權呀！」幾年前台聯立委帶頭掀起的戰士授田證等相關政治風暴新聞，讓我印象深刻。

「沒錯！我一愣一愣地，不過同病相憐答應他個心願，原來他給我的報償這麼有心。」B哥感嘆道：「後來我才慢慢知道，很多山下果菜盤商來承租耕種，有些權利金一年要上百萬。」

「我帶著他的骨灰、文件和要捐給村裡宗祠學校的錢回湘潭老家，處理了快要兩個月。回到山上，看著這塊老張一生的回憶，突然想到我奔波多年學來的種茶技術。……那時才知道什麼叫友情。」B哥眼中泛光：「戴哥和我們布帆仔幫的兄弟用整整兩個月的時間，怪手機具齊來、整塊山地整梯挖溝，搭鐵皮屋，翻土施底肥。」

「雖然老頭子生前就鋪好單軌車，但是這塊果園離下面公路那麼遠，沒塵沒煙，我賭一口氣拚看看種有機茶。」B哥沉浸在滿是友誼的回憶裡：「戴哥雖然不同意日後的枝枝節節，兄弟們還是幫把果園的殘枝雜草碾碎，加雲母粉、磷粉作底肥。在十二月的寒冬裡引種嫁接扦插，深埋各種基肥。有機肥不比化學肥，一袋一袋血粉、魚粉、豆科綠肥又大包又笨重，弟兄們邊吊掛上來邊咒罵。事情告一段落，大家都少賺了外面好幾個月的薪水。」

我終於知道日月神教總壇的淵源，還有一幫重江湖情誼的神教幫眾。真的差點脫口喊出：「文成武德，一統江湖。」

昭儀也終於卸下心防，嘴角露出一抹微笑。她拿起面前的那杯茶就要入口。

B哥突然又使翻雲攀花手，迅捷地奪過昭儀手中的磁杯，把茶倒灑在地上。順手也把他手中我這杯茶盡倒在我腳邊。

我們被這蠻橫的動作嚇了一跳。難道這就是傳說中鬼魅般的葵花寶典神功。

當年東方不敗誅殺老臣上官熊之前，娓娓數說了兩人共同美好的回憶。在上官熊還沉浸在友情美好的故事時，瞬間用一根繡花針擊斃上官熊。B哥聊了那麼多回憶，在我們夫妻還沉浸在美好的故事時，會不會也瞬間擊斃我們？

B哥喝道：「都要聊一個鐘頭了。茶都冰涼了，它的香味進不了你們的鼻腔啦。」

又取了些些茶葉，重新烹煮。

「前一兩年裡，茶園裡沒有收成。我到處張羅錢，借到草屯從前的妻舅家，消息就這樣到了女兒那裡。四個女兒相約到這兒看我。她們幾個在山下滿身名牌包，出門歐洲車接送。剛到茶園裡，看到我滿身塵土的汗衫，和兩手的繭，心軟抱著我哭了出來。都說要我下山，要一起奉養我。」

B哥重新把烹好的熱茶又倒進茶海裡，再倒到我倆的杯裡：「我告訴她們，是彌勒佛要我上山來的，我就要待在山上，幹到有成績。」

我們兩雙手捧著瓷杯揉搓，一邊讓手取暖一邊不知道B哥還要怎麼下令。

「我不會什麼高尚浪漫的茶道，什麼一邊喝茶還要一邊聽國樂的。你們兩個聽好。」B哥的命令真得下來了，教主的口氣中真的威嚴十足：「把茶含在嘴巴裡漱一漱，然後讓茶香跑進你們的鼻子。」

真有這麼隨便？我算是多嘴的醫師，每天上門診時，嘴砲一發一發放，泡久變苦的濃茶無意識地一杯一杯灌，罄杯再續。這樣的牛飲，當然不需要什麼好氣氛。可是每次看古裝劇，就覺得喝茶是很複雜難懂的雅事。要不是旁邊有美女穿薄紗彈古箏，要不就得擺一盤局勢難解的圍棋。更有仙氣的，喝到一半還要七步成詩或者頌唱佛偈。至於把茶當牙膏或李施德林漱口水般用力漱口，我真還是半信半疑。

「蕭大哥，我粗人一個……不！是粗公務員一個，只會喝一公噸一千元的茶啦。喝這種一兩一千元的茶，真是糟蹋了它。」我誠懇：「我真真正正不會茶道。不要挖苦公務員漱口啦。」

「不然你們也可以把茶含在嘴哩，嘴巴噘起來吸氣，好像要吸麵條一樣。」

B哥這種蠻荒式品茶法簡直和武俠小說上的差太多了，我和昭儀對望一眼。夫妻心領神會，又開始懷疑這一個鐘頭的故事是他要強迫推銷茶葉設的局。我們下定決心，給他來個抵死不從。

「你們沒問我用什麼當追肥。」B哥圖窮匕見，繼續努力鋪陳：「出獄後，本來做過燒餅油條豆漿。店子收了，倒是養成自己磨豆漿喝的習慣。想想，積了那麼多豆粕，我乾脆請茶樹也跟它主人一起高級享受一下。不料這幾年大受好評，年年山下傳來捷報，連大陸觀光客都指名要我的牌子的『喝豆漿的茶葉』。」推銷的口吻越來越直白：「嘿嘿嘿！我看你們公務員沒什麼本領，心情好才告訴你們。這可是業務機密啊。快喝！」

我和昭儀哭喪著臉，腦袋裡千轉萬轉，轉不出一個能用的妙計。

「上得山來，彌勒佛就託夢給我，有機會東山再起，一定要腳踏實地做良心事業，要做有機就要對得起『有機』這兩個字，對得起天地。」B哥看到我們猶豫的表情，繼續誇口：「我除了殺蟲劑以外真的都沒有用半滴農藥。農藥也都合格，在很短的期間內分解光光，收成時一點都沒有殘留。快喝！」最後兩個字，已經聲色俱厲了。

萬般無奈，我只好乖乖喝下去，噘著嘴巴吸氣。邊吸氣邊想想抵抗的策略。側著眼看昭儀，也跟著噘著嘴吸氣。

突然之間，一道無比清恬的香氣沿著口咽，緩緩流進鼻腔，再緩緩凝聚，升騰到前額竇。整個面部好似被一道溫潤無比的內力環繞住，鼻腔先開，眼球再亮，終至整個大腦額葉、顳葉而至枕葉全然貫通明徹。

「哇！好香呀。」昭儀竟也在一旁感動道：「這輩子沒有過環繞在這樣芬芳中的感覺啊！」

我閉上眼睛，完全沉浸在這種天國中的氤氳之氣，無隻字片語能啟。

自小家中省儉，往來親友也都篤實之家，從來沒有過品嘗的浪漫興趣。我常自嘲不管是咖啡、酒還是茶，我這輩子都分不清論兩賣的和論噸賣的。門診櫃子裡擺的各種病人送的茶罐，上面不管寫的是冬山茶、坪林包種茶，還是天仁茗茶、立頓紅茶，我一概牛飲而不留印象。可是這幾秒鐘，卻是人生第一次在一絲一縷幽幽然，卻又汩汩然毫無間斷的淡淡清香中昇華。

西方有部著名的小說《乞丐王子》，敘述一個成長在黑暗齷齪角落的小乞丐，因為換穿衣著的誤會而冠冕加身。小乞丐一輩子沒有享受過商賈料理、沒有享受過小康溫飽，甚至沒有享受過粗茶淡飯，一夕間面對皇室等級的錦衣珍饈，驚惶得手足無措。我似乎在這一霎那間像是小乞丐主人翁，對著無倫的高貴無措。

過了半分鐘，B哥的命令又在耳邊響起，彷彿在時空瞬凝的宇宙中射入耳朵：「這個時候，再輕輕打開嘴巴反覆呼點氣、吸點氣。」

昭儀和我神清氣爽，通體舒暢之際，自然而然地照著B哥指示。這當口，猶如武學大師的指引下，弟子跟著吐納內力，氣導穴海。

突然間，本來清虛無比的口腔緩緩泛出另一股甘味。這道甘味，由淡雅而濃烈，終至浩然磅。

「沛乎塞蒼冥，」我胸中沛然，睜開雙眼，突然不自覺地吟出：「凜烈萬古存！」彷彿面對東方不敗大魔頭下一秒的狙殺，可以死而無憾矣。

「公務員在說什麼，我怎麼聽不懂？」B哥看到我睜開的雙眼光芒，喜道：「這叫作回甘，是茶中極品才有的功力。不料我還沒解釋你們好像就感覺到了。」

我們倆依然沉浸在這甘氣中酥軟無語。這種香氣，時而似香，時而似甘，時而有美女娟秀之韻，時而有文士雅致之範，又竟爾分秒鐘遍灑豪邁之概。

昭儀和我對望，總覺此時無憾無求，幾分鐘前的顧忌被拋到九霄雲外。彼此眼光懷懶要求對方去負責此刻的凶險場面，卻有覺得哪裡不妥。

我們突然一齊開口：「蕭大哥這茶一斤多少錢？我們一次可以買幾斤？」

幾秒鐘內，東方不敗瞪著上黑木崖來的兩個江湖小丑，右掌漸漸高舉，突然放聲長嘯：「哈哈哈！你當我這茶能賣你們嗎？」右掌用力拍著我的左肩。我要沉肩閃躲已然萬萬不能。

「我這茶，兩年前就賣掉了。」B哥大笑：「哪還有你們買的份？」

「那你幹嘛跟我們解釋這麼多，還辛苦帶我們上來？」從購買的熱切，掉到被拒絕的谷底，我不自覺地大聲抗議：「一定要買。」

「是啊，我們一直以為你要推銷茶葉給我們啊。」昭儀也頗為失望。

「我看你們鬼鬼祟祟在我的單軌車旁，以為是和我簽訂契作合約的深圳科技公司老闆派來明查暗訪的。」B哥回道：「我就想，你們既然要偷偷視察，我乾脆不點破，帶你們上來看個夠。你們下山好滿意回去交差。」

「所以你剛開始的眼神有點防衛心啊！」我終於回想起兩個鐘頭前B哥在馬路上剛下車的眼神。

「不料我越和你們聊，越覺得你們倆不過是普通的死老百姓公務員，根本不是間諜的料。」B哥輕鬆笑道：「還會跟我講逆流性食道炎的保健知識。我為胃酸所苦，感謝你的忠告，乾脆就順勢請你們一次。」

「哦！」我們終於知道這中間的轉折。

「只是本來這第一泡，存的心是要向廣東禰老闆的專員交代。想你們這麼有心，還跟我討論我的椎間板脫出，我就把帶著疑慮心泡的茶倒掉，重煮一泡，表達我不同的心意。」

原來在我們不知不覺中，東方不敗施展翻雲攀花手，泡茶倒茶、從我們手中搶走磁杯等等，都隨著他深藏不露的心思演變。能成為武林第一大魔頭，果然不是浪得虛名。

「其實這幾年，大陸出來的買家，層次越來越高。不只品茶的功力強，出手更是又快又狠。」B哥兩手擱回他微張的雙膝，大器盤坐：「他們認定台灣茶的品質又高又穩定，硬是有辦法從對岸打聽到山上來。和我喝完幾杯茶，逛完附近茶園，立刻掏出鈔票跟我簽了約，把我的全部收成包下來三年。我這幾年，根本連產銷都不用擔心。」

「那你又怎麼有茶葉可以請我們？」昭儀是個一板一眼的人。

「偷偷抽一些茶葉出來自己享受也還好啦！」B哥笑道：「我真正擔心的是押錯寶看走眼。要是你們真的是禰老闆派來的，剛才探著說要買走他的貨，我竟然敢答應，搞不好下個月我就被槍殺了吧。」

我笑著恍然大悟：「難怪我一說要買，你就用『大嵩陽手』一掌擊在我的左肩。」

B哥疑道：「什麼是『大嵩陽手』？」

昭儀道：「老公你又亂蓋了，小心蕭老闆一掌擊在你的天靈蓋上。」

「其實，我這幾年來，深深覺得，實實在在的良心事業最長久。不只『有機』這件事要對得起顧客，也要隨時幫幫別人，就像當年布帆仔車幫弟兄幫我那樣的真誠才是。要多體諒，夫妻彼此要原諒對方的缺點，家庭才會長久。」

「你的人生體悟真的很深刻呀。」昭儀保守愛家，很感慨地說：「我總希望世間人都能領悟體諒、放下的真諦。」

「人要有歸零的機遇，糟得一窮二白，人生重新來過才能體悟。」B哥常常嘆了一口氣：「身上老是有一億，是沒辦法念阿彌陀佛的。」

「嗯！有一億是沒辦法念阿彌陀佛的。」我深有同感。

「這幾年，我不只陸陸續續把債還完，還有不錯的生活。偶爾回去幫幫布帆仔車幫的弟兄，去年卻聽說羅哥死了。」

「喔？怎麼回事？」

「羅哥祖傳茶業，一輩子當老闆的命。幾年前借人錢，借錢的人到期還不了，他硬氣索討。人家艱苦人走投無路，一時失手殺了羅哥。」

「嗯！有一億是沒辦法念阿彌陀佛的。」昭儀也細細咀嚼這番良言。

「上山工作的，哪個不是艱苦人。」B哥指著環繞的卡拉OK音響，還有倉庫內的烤肉架等等休閒用品：「工人休息時，讓他們唱歌歡樂，把這裡當家，也是我苦過來後發的心願。除了不准他們賭博外，我盡量滿足他們的要求。」

磁碗空虛，B哥再為我們溫茶續杯：「好的高山茶不傷胃，可以多泡。就是冷喝，口味也不遜。」

我們求之不得，再度貪婪地享受醉人的鼻香與齒甘。

「好的茶，不只可以品味，還可以品色。單單欣賞它在杯裡清澈的金黃之美，就是另一種享受。」

「對了！你常常提到彌勒佛。」

「那是我們村子廟裡的神明，在我最落拓的時候好幾次給我指示明路。我這輩子越來越信仰祂。」B哥虔誠道：「村子裡一大堆年輕人信西洋來的神，我都不為所動。」

「可是你又說念阿彌陀佛。」

「有什麼不對嗎？」

天色漸漸昏暗，整山上的雲天變成暗暗的灰藍色。滿天燕子飛舞，還有幾隻飛進門來。看得出B哥吃素和善待鳥獸的生活習性。

「第一，彌勒佛是未來佛，阿彌陀佛是西方佛。兩者是相對的。」我說明道：「其實，兩派在中土原來相當。但是唐朝以後，社會的動盪和基層的革命，常常是藉彌勒佛的來世概念而揭竿起。所以自朱明以降，皇室一波一波地打壓彌勒思想。到近幾百年來，就屬阿彌陀佛的思想為主流了。相對地，彌勒信仰在朝鮮半島佛教中，仍然保持著主流地位。」

「公務員又這麼懂了？」B哥顯然覺得聊天的主場優勢易手。

「好說好說。」我仔細分析：「彌勒佛也是西洋神呀。」

「你亂亂說，祂明明是台灣廟裡的在地神。」換他抗議了。

「彌勒佛（Mitra 或 Mithra）發源於波斯。彌勒信仰一路向西傳到羅馬帝國，再藉羅馬帝國軍隊強勢播遷的力量，最北到達德國和蘇格蘭。現今蘇格蘭長城出土的文物清清楚楚證明。」

「彌勒佛的生日十二月二十五日，和許多印歐民族的神祉相同。如希臘神話中的 Dionysus 和 Attis，埃及神話中至高日神 Horus。有些宗教考古學家甚至認為耶穌的生日是假借彌勒佛而來的。」

「那……那……祂又怎麼到台灣來的？」

「彌勒佛的本意是印歐語系的真誠、信守或契約。祂傳到印度後，也成為佛教的神祉。漸漸地，質變成為未來佛，傳入中土。中土中，最大的彌勒像就是四川的樂山大佛。這些神的形象，都不是胖嘟嘟露肚子的。」

「那我拜的『胖嘟嘟露肚子的』彌勒佛又是怎麼回事？」

「五代後梁時期，一位胖高僧契此和尚在圓寂前暗示自己是彌勒佛。此後，在江浙地區開始出現以他為原型的笑笑大肚佛，傳遍全中國。祂的形象傳到日本後又起了變化，變成小小的七福神之一。」

「你到底是真的公務員，還是神棍？還是醫師？」B哥開始懷疑起來。

「那你到底是真的推銷茶，還是不賣茶？」我反問。

「我為什麼要告訴你？」B哥氣呼呼。

「那我又為什麼要告訴你？」我也從鼻孔呼口氣。

「哈！哈！哈！」我們三個人相視大笑，疑慮盡釋。

B哥和我們步出鐵皮屋總壇，在已經昏暗的天色中最後環視這片老張留下來的茶園。細雨方霽燕滿天，鐵皮屋簷下滿是燕子巢和啾啾的幼鳥叫聲。昭儀還和四隻探頭出巢的黃口小鳥合照了一張。

B哥發動馬達，在嗆人的油煙中三人齊躍上單軌車，緩緩吊掛下雲層。單軌車剎車，B哥送我們到我們的破 CR-V 車旁。

「請問蕭大哥有沒有名片惠賜一張。我們山下好聯絡，或者哪一天我們有機會再拜訪？」昭儀還是很希望有機會跟他買茶葉。

「不給！短暫的緣分永留心中。今天你們下山，日後也就忘了這個樹洞吧！」B哥詭異地笑道：「我還是沒把握你們不是禰老闆派來查的！」

後記：

出了樹洞後，黑木崖上的景物好似武陵桃花源般地消失在我們的記憶中。十幾年裡，我們數度嘗試尋訪未果。

這幾天上網亂訪，竟然發現大陸福建有茶農宣傳用豆粕種植優等茶。是東方不敗西遷魔教開創新局？還是葵花寶典落入莆田南少林，在彼岸開枝散葉？不得而知。爰提筆誌之。

Biron monorail car！

日月神教

Chapter

千年冰雪奇緣

埋在大興安嶺內的西伯利亞赤松和樺樹林交雜的無盡樹海裡，這條蜿蜒的兩線羊腸公路寂寥得令人顫慄。已經三天了，翻過這坡金黃的樹海，又上下另一坡樹海。出了山陽面的密林，又進入山陰面的疏林。林間九曲十八彎的緩緩河流，造就這和整個台灣一般大的寒帶濕地。巴士的引擎聲，散在浩瀚樹海裡，像是靜音誤差範圍內的蚊嗡，絲毫沒有影響到整個世界的安寧。

整個歐亞針葉林帶樹海世界裡，偶爾能證明文明的存在的，是相隔百里的無人伐木火車站停著幾節軍綠色的高大車廂，和從平交道看過去，一筆直畫到天際線的長重鐵軌。

「興安」兩個字，在滿州話裡是「酷寒之地」的意思。這幾天經過的許多路段，已經是億萬年的凍土層。脆弱的路基底下，不知道是否處處埋藏著巨大的長毛象骸骨。

我倚在車窗邊，邊對著窗外美景讚嘆邊尋隙按相機快門。不同於台灣熱帶雨林的蓊鬱陰森，陽光總透得進大興安嶺的寒溫型明亮針葉林，為我們這群要到大陸最北極點漠河村的熱帶客驅散點寒意。

今天一清早，道別了站在民宿門口笑容可掬的胖胖俄羅斯族老闆娘，和她身邊圍著蕾絲邊圍裙、眼海湛藍的天仙女兒。大夥兒一整天顛簸的巴士路程，目的地是中國寒都漠河。

為什麼要老遠到漠河來？我對極光是沒半點興趣，倒對遠從貝加爾湖遷移過來、牧養馴鹿的生女真鄂溫克族有興趣。可是，在火箭飛躍般建設的大陸裡，難道還看得到這些族人的原始？

車進漠河鎮上的剎那，真讓人有一種地理倒錯的感覺。扣除街上黑頭髮黃皮膚的人、和中俄雙文併陳的招牌，這個鎮彷彿是歐洲波羅的海畔的聖彼得堡切了一塊移過來般。街上全然沒有一般的現代玻璃帷幕大樓，也沒有飛簷走壁的古典中式磚瓦建築。一幢接著一幢的是文藝復興、巴洛克和新古典的歐洲古典建築。天際線上，處處點綴著北歐尖錐屋頂、巴洛克圓頂（Dome）和東正教式的冰淇淋頂。一群旅人下了巴士紛紛驚喜地按快門。

最猛的是一座淺綠色龐大新古典式建築。如果是在台灣，它應該是歷史博物館之類的吧！從五樓頂高高垂掛下來的紅布幔上，竟印著「恭賀本校共十四名學生考上一線高校」。

還有什麼雪撬、長著大角的馴鹿？還有什麼錐狀帳篷中的持槍獵戶？

這樣極北的邊陲城市，有著這麼摩登的硬體建築和升學競爭壓力，我那追尋西伯利亞貝加爾湖遷徙而來的古老養鹿民族的荒謬熱情，瞬間降到冰點。帶著失望沮喪的心情，離群漫步在東西向的大街振興街上，拾階走上山崗上的西山公園。

鋪滿混凝土的公園上，三三兩兩穿著摩登的鎮民享受著極北寒帶九月中的仲秋暖陽。有推著嬰兒車的、有成隊成團跳扇子舞的。站在這制高點俯瞰整個漠河鎮，幾具大型旋轉吊架在城的天際線上轉動，要建造更多的歐式大廈。

我嘆口氣。大陸如火如荼的現代化浪潮，一波一波掩蓋過羸弱的舊朝之美和少數民族文化。許多導遊口中說得口沫橫飛的古蹟、風俗和食衣住行器具，根本只能在民族博物館看到，早不復存在現實的飛躍社會裡。這公園廣場上的幾座原比例仿銅的清朝鄂溫克人使鹿雕像不過又是一個可笑亦復可悲的諷刺吧。

我把鏡頭中的焦點，再次轉向橙黃的白樺葉林和棕黃的西伯利亞赤松林裡。

一對姊弟，剛躍下馴鹿雪撬的雕像，邊吱吱喳喳地爭著姊姊手上的一片白色手機，飛奔向公園邊緣的老舊磚房。我的眼光順著他們飛奔的身影，聚到這金葉紛飛樺樹林中罕見的一蔟老舊矮紅磚房。

一九六九年珍寶島事件中俄交戰前後，大陸沿黑龍江岸城鎮屯駐了一批軍民，這式的紅磚房多是當時期的產物。五十年下來頹圮破舊不堪，全大陸拆到幾乎絕跡。這幾間山丘上殘存的磚房，應該是拜建商懶得投資山坡地之賜才留下來的吧。樺樹林裡，依稀還可以看到一匹孤零零被栓在板車旁的馱馬，大腿上有一塊脫了毛的瘡口，邊用尾巴驅趕蚊蠅邊啃吃焦黃的牧草。幾間磚房旁，住戶用寬度參差不齊的松板，零亂拼湊成籬笆圍作簡陋的院子。院子都堆滿雜亂的樹幹或廢磚垃圾。想是瓦頂早被隆冬厚雪壓垮，瓦片屋頂也都換作鐵皮。

兩姊弟閃身進去的鐵皮門旁，用藍色油漆歪斜地寫著「樺樹皮藝術品」。我好奇地推開鐵皮門，迎面黝黑客廳的桌板上堆積著一張張貼著樺木皮的半成品畫作。地上散著髒污的報紙、黏膠、畫筆和各式雕刻刀工具。桌上地上乾黑的飯粒菜渣看起來黏在地上好幾個禮拜了。

粉漆牆上掛著幾幅國畫般的風景，若用西畫規格，都有兩三百號之譜。在昏暗的光線中，破沙發上的那幅像是范寬的〈谿山行旅圖〉，靠門的這幅像郭熙的〈早春圖〉。奇特的是，皴筆間的層次出奇地厚實，比我畫油畫時用刮刀層層疊疊堆的顏料還要雕鏤。山巖崢嶸，水岸崎嶇，直非水墨所能表現。在髒亂的小廳裡陳列著這幾幅功力深湛、光芒四射的藝術品，我越看越是疑猜。

「你們再搶就收起來了！」客廳側暗處兩米甬道外的後院傳來幾聲中年婦女的咒罵聲：「不過是個手機……」

「我正在玩遊戲，姊姊就搶過去。」小男生嚎啕大哭。

「可是圖門已經玩整個下午了……」一個女孩的聲音倔強辯駁。

「鄔乞娜，妳可是姊姊。」

走廊後傳出一聲清脆的巴掌聲，和木板被重物壓斷的劈啪聲。

這下變成男女兩個童聲部的合聲哭調了。

我高聲喊道：「請問有人在嗎？」邊敲著鐵皮門。要在這當兒拜訪人家當真有點尷尬。

閃身出來的中年婦女速度實在和她胖大的身子不相襯。她有著愛斯基摩人所有的特徵——扁餅臉，單眼皮，滄桑的亂髮和被朔風括紅的雙頰。寬鬆花裙上圍著的圍巾上還沾著和地上米粒一般的殘餚。右手端著半碗的飯菜。

「請問這些國畫……」我有點遲疑。

「國畫？這可是樺樹皮拼貼的藝術品，」她的聲音著實宏亮：「您是哪一位介紹來著的。要批去哈爾濱，還是去符拉迪沃斯托克（Владивосток; *Vladivostok*）賣？」

「喔！」我眼睛貼在玻璃櫃上，跟著仔細端詳，終於恍然大悟。原來這麼深刻的山水紋理，根本不是毛筆毫尖所能營造，而是樺木皮立體斷面。馬牙皴的岸渚是樹皮的鱗狀裂，枯木是縱裂、流水是橫裂，而奇峰巨巖是斷枝後樹幹上的疙瘩。

「真是匠心獨具呀！」大陸近年來藝術解放，波瀾壯闊。許多年輕一輩藝術家的靈感在蘇富比拍賣場上發光散熱。「這種的拼貼藝術又呈現了古典國畫的真髓，又有十足的現代立體感……」

「尊敬的先生，這種樹皮畫在我們族裡傳了千年了。」胖媽媽嘴角忍著笑，知道了我顯然不是游走中俄邊界上的「倒爺」，對我的口氣倒轉成像是對待上海或香港來的富賈般：「請問要買幾幅回公司？」

她在滿是刀痕的桌板下抽出一張名片遞過來，上面印著「樺樹皮藝術品經銷」，漢名趙紅的後面，括弧寫著雅溫。

「幾千年？你們和樺樹的淵源這般深？」

雅溫豐短的食指指向我頭上。我一抬頭，竟然發現天花板上橫著一艘五尺來長的黝黑木船。

「我們還用樺樹造船哩！原來您不是生意人。」雅溫的語氣突然婉約起來：「我搭著這艘船，和祖父母在林子裡的濕地穿梭，已經是三十幾年前的事了。嗨！圖門和烏乞娜連屁股都沒坐上去過。」

兩個孩子止了哭聲，過來依偎在媽媽的腰際。圖門緊緊地揪了一團媽媽的圍裙握在小小的拳頭中，兩雙眼睛骨碌碌地看著生人。

「妳們和大自然那麼親近……」我油然生起親切的感覺：「林子就像妳們的家般。」

外門一輛小貨車，舊引擎的咆哮聲由遠而近，停在門口後嘎然而止。一個左脇拄著拐杖的男人跟著瀰漫的機油味進屋子裡來。

「先生您好！上海來北京來？」比起雅溫的宏亮嗓門，這個頭髮稀疏，四肢細瘦，可是腹部明顯突出的男人的聲音，算是氣若游絲。

「敝姓李，從台灣來旅行，逛到這裡來。」

「喔！打這老遠來。歡迎啊！」男人矯正眼鏡下的眼光從生意變成好奇。他從胸口掏出一張名片，上面還是印著「樺樹皮藝術品」，可是「廠長 何希濤」就只用漢名。

我總覺得何希濤不怎麼健康，皮膚蒼白裡還帶著黃色，額角和雙手前臂佈著些不規則的瘀青。加上他藏青色的汙濁工作服上的油漬木屑，我會覺得這個工廠應該只是七、八個人的小規模工廠。

「我這輩子第一次接觸樺樹皮工藝，佩服得五體投地。我想，古代的山水大家范寬和郭熙看他們的水墨大畫被原長原寬變化地這麼神妙，一定很高興！」

「李先生是行家，連我臨摹的宋朝國畫都了解那麼透徹。」何希濤的開心顯然不是做作：「藝術界的朋友說，台灣的文人常透著一股優雅的民國氣質，和大陸這二十年來人人向錢拼命的市儈差別很大。今天終於看到台灣人了。」

「你們的師傅真是了不起，要完成這原幅大小的拼貼，花的功夫恐怕比北宋的原作者更多。」

「敝工廠的師傅只有一個啦！」雅溫笑指著何希濤：「就是我老公啊！廠長兼師傅兼銷售經理。我吶，是會計兼出納再兼財務。」

「失敬失敬，原來何先生就是藝術家。」我客套一下。

「不敢不敢，傳承祖先的工藝而已。」他也客套一下。

雅溫噘嘴道：「可沒那麼簡單，我老公從我們沒上學前就一直瘋狂的玩樺樹皮，二、三十年下來，已經是這種技藝的國寶了。」

「小時候？原來你們是青梅竹馬！」

「我們兩個都是鄂溫克人，從年輕時就想著族裡的語言、文化都要消失了，能再傳到下一代總是我們的使命。所以誠心地結婚了。」何希濤道：「同樣是瀕危少數民族，赫哲族其實也有年輕人遵照古法，試著用黑龍江的大鰉魚做魚皮衣。」謙遜地回答我這個不是商家的遊人。

「希濤的奶奶是薩滿，一家幾代在族裡都很受尊重，所以他一直有比其他年輕子弟更多的傳承使命感。」夫妻兩個互相幫腔：「除了雕貼樺樹皮，希濤就愛和族裡老人家談古，查閱有關鄂溫克族的歷史資料。現在城市裡的文史學者要來探訪鄂溫克族的文化，都會被介紹來希濤這兒。」雅溫真的以希濤為榮。

哈哈！原來我這麼幸運，就這麼從西山公園被鄔乞娜和圖門的爭吵引過來，誤打誤撞地摸索到差一點要放棄的目的。雖然沒有雪撬，沒有美國電影裡印地安人的打獵帳篷，但是卻能面對活生生的鄂溫克靈魂。

「拚看看吧！也不知道還能拚文化拚幾年。」雅溫以老公為榮的語氣中，我感覺得到何希濤眼中隱隱的無奈和掙扎。

依孩子的歲數，何希濤應該是四十以內。可是孱弱的身形，讓人感到有年過半百，巔峰已逝的蕭索。

「怎麼說呢？」

「我的視力越來越差，根本沒有適合的眼鏡矯正，現在拼貼樺木皮只能靠年輕發病前的熟練。兩腿的關節又痠痛撐不住，越來越沒辦法整天在樺樹林裡剝樹皮。」

日落一分，寒凍一分。夫妻倆看到我微微顫抖的雙唇，邀我到大廳後的廚房，就著火爐，在陰暗的燈光旁配著酸白菜邊吃晚飯邊聊。廚具鍋碗散一地上，連市場買回來的蔬菜，和油膩的泥土地也只有一張舊報紙之隔。兩個孩子坐在矮凳子上，靜靜圍在媽媽身旁輪流讓媽媽餵飯，兩雙眼睛一直警覺地瞪著陌生人。

這破營房裡的廚房，泥漆都掉到見磚了，可是四周牆上掛著五、六對麋鹿的扇形大犄角。角落還有一件花色燦爛的連身衣裙，和一個尺徑的皮鼓。

小時候到打獵的大姑丈家，就會看到客廳大牆上掛著一小對山羊的犄角，每一支約莫十五公分。犄角被珍而重之地墊在紐西蘭羊毛皮毯上，還用金色的絲帶修飾出它的珍稀奢華。每次姑丈心情好時，就會一邊含著雪茄一邊告訴我們小毛頭獵山羊的驚險和這對犄角的珍貴。後來在台北誠品總店的一樓，看到一對掛在紀念品店牆上的完整公鹿角，一問之下竟然十六萬元，伸伸舌頭不敢再奢望。

可是何希濤家掛的麋鹿角每副都有誠品總店的五倍大，而且有麋鹿角特有的迷人弧蹼，擺成一對時特別有立體對稱之美。這樣算起來，這間房子裡的麋鹿角豈不是要上數百萬元。

「這是你們打獵來的嗎？賣起來恐怕要非常昂貴。」

「這不賣的，這些都曾是我們兩家的家人。」聽得出雅溫的語氣有點恚怒。

「家人？」我不懂。

從何希濤的身形氣力，我是認定他應該有酒精性肝硬化的。些微的貧血加上黃疸，瘦削的四肢是肝硬化性肌少症（Sarcopenia），腹脹想當然爾是腹水。教科書上有關典型肝硬化的「蜘蛛人」外觀描述，指的就是這種四肢細瘦，腹部腫大的外觀。我還聽過這樣的病人自嘲自己的外型是「四支牙籤插在一塊番薯上」。這種典型外觀，何希濤顯然符合。

至於他的跛行，那該是酒精性髖關節壞死（Avascular necrosis of femoral head）吧。大凡藝術家都有特殊的癮，有菸的、有酒的、有浪漫愛情的，靠著這些癮大發創作靈感。雅溫的身材實在很難讓男性浪漫起來，房間裡的煙味是爐火裡的松柴。我當然肯定眼前這位藝術家的靈感來自乙醇。北國苦寒冰封之地，俄國人用四、五十度的伏特加驅寒，大興安嶺近西伯利亞，自然少不了烈酒相伴。

可是火爐邊竟然半瓶酒影都沒有，難道樺樹皮畫賣得差？

「從小跟著奶奶在無盡的森林裡放牧麋鹿的時候，就覺得是我們依賴牠們，不是牠們依賴我們。」雅溫用茶漬深染的肝磚色陶壺幫我續了幾杯茶。

「對長輩們呢？騎牠們翻山越嶺，靠牠們運木材家當，賣牠們的鹿茸賺錢；在小一輩心目中，牠們的身子就像是長輩的懷抱。我們小娃兒騎上鑽下、抱著牠們的身子取溫，把玩掛在牠們脖子上的大銅鈴。」希濤幫腔。

一件件的親切往事被細數著：「冬天裡玩雪橇，在湖上滑冰，牠們陪伴的時光比大人還多。夏天裡長輩去林間採木耳、藍莓的時候，也是牠們在營地邊啃吃苔蘚邊守衛著我們這群小毛頭。到了夜裡頭，老老少少最愛營地點燃營火驅趕蚊子時，人群也湊過來、麋鹿群也湊過來，熱鬧烘烘大團圓的感覺。」

雅溫臉上泛著溫馨，一邊指指點點牆上的鹿茸一邊回憶：「圖門兩年前回奶奶在敖魯古雅林子的營地，還騎在牆正中這隻老爺子的背上不肯下來。你說牠們是家人不是？」

雅溫的描述，讓我的腦海中浮現探索（Discovery）頻道上加拿大北荒雪地裡的景象。

何希濤也笑著回憶：「我小時候喝的麋鹿奶水，可比喝媽媽的奶水要多啊！」

我在社區大學開的旅行課程裡，敘述過青藏高原上藏人在食衣住行上對犛牛的依賴，和秘魯安地斯高原上印地安人食衣住行對羊駝的依賴。我常說，在這兩個寒冷高原上，人類是獸類的寄生蟲。難道在西伯利亞，鄂溫克人也算是寄生麋鹿？

「所以你們吃麋鹿的肉嗎？」我好奇道。

「古代曾吃過。可是在我們薩滿教裡，麋鹿是祭祀時人和神溝通的媒介。希濤奶奶可是族裡敬重的薩滿巫師，我們怎麼敢吃？」雅溫微慍的語氣，我知道我又問錯話了。

「可是我一路上張望，整個興安嶺沒看到什麼麋鹿群啊？」

何希濤扒完碗裡最後幾粒米飯，從藏青色夾克的胸前口袋裡掏出兩罐藥物，再從每罐各取出一顆，和水吞下：「到了我們這一代，我們真的沒能力再照顧好牠們了。」

我吃了一驚。那藥物有我沒見過的簡體字中文商品名，可是學名卻是我熟悉的Carbamazepine和Lamictal。它們不是保肝藥，而是臨床常用的抗癲癇藥。併用到兩種藥，顯然前幾年何希濤有多次的復發。我終於可以理解，他額角和身上的瘀青，應該是癲癇發作時失神跌撞的傷害，加上肝硬化患者凝血功能差的結果。

「怎麼說？」我按捺住臨床的疑惑，先關心麋鹿的命運。

「你們漢人一批一批來北大荒開墾，為了種經濟價值高的藍莓外銷，砍掉我們麋鹿活動的森林，讓牠們吃的苔蘚再長不起來。」火爐裡霹靂趴啦的燒炭聲中，雅溫無奈地抱怨。

希濤補充了超過一世紀來麋鹿家人一次一次遇到的困頓：「清朝以來，關內來這裡的淘金浪人就常偷盜我們的麋鹿。」

「蔣介石給過我們獵槍，毛澤東上台也給過我們獵槍。可是這幾年政府一個命令突然都給沒收了去。沒了獵槍，麋鹿們都要受到熊、狼群或盜獵人的攻擊啊。我們落得只能買你們漢人過春節用的炮竹來趕熊、趕狼，幾乎護不了馴鹿們。」無奈的口氣，含著對漢人的怨懟：「幾十年前，疥癬像瘟疫一般瀰漫，牠們得病脫毛時，又恰好碰上幾場白害凍死一大部分。」

「白害？」

「我們鄂溫克人稱隆冬大雪叫白害。」雅溫解釋道。

「不只我們親近的麋鹿家人，就連我們偉大的民族自己，也恐怕要在這一代消失。」何希濤緩慢虛弱的聲音，好像在為「消失」這兩個字做註解。

偉大？鄂溫克族從沒有進入我初中高中的主流東亞史裡面啊。我露出無法理解的表情。

「不說我們是滿清正統的鑲黃旗，還有同屬我們生女真的完顏阿骨打打敗大遼國、打進了你們漢人世界的北方大地，建立了前清金朝。」何希濤顯然習慣了訪客不可置信的眼神，熟練地敘述女真人的光輝歷史。

在大陸這個以「中華民族」為宗、控制言論的國家裡，何希濤會用這種口氣高談闊論，也說明了他的傲氣，也說明了他對我的信任。

「我們的疆域，南從中國東北、北到北極海。東從庫頁島，西到勒那河、葉尼塞河。從東北虎到北極熊的世界裡都有我們的足跡。即使到今天，我們還留在北極圈和西伯利亞的族人，可比南下到中國東北溫暖地方的還多幾十倍啊。」他的解說也像是覆誦多次，流利到好像要背下來了的樣子。

「所以，你們的歷史裡『蘇武牧羊北海邊』的故事，漢朝蘇武就是到我們鄂溫克人家裡的貝加爾湖邊上牧的羊，算是我們的客人啊！」他說這句話的時候，口氣從客居的少數民族的委屈，突然變成主人翁的氣概。

「連現在歐洲的烏克蘭都有少數我們族人的登錄，我們的文化更遠達北歐斯堪地那維亞半島啊！」侃侃而談的驕傲，簡直是風生水起。

何希濤的每一句話都像經過史學家的考證，卻每一句都超脫我的理解。

「北歐？」我大呼起來。

「北歐的薩米人，滑我們的雪橇、住我們的棱羅子、在雪地裡放牧同一屬種的西伯利亞森林麋鹿、信我們的薩滿教、還跳著我奶奶跳的跳大神舞。食衣住行徹頭徹尾是我們的翻版。不會有人相信世界上有這麼巧合周密的文化趨同吧！他們的祖先一定是我們鄂溫克人遷徙到歐洲的一支。」

聽著何希濤的狂論，看看依在他身旁打瞌睡的鄔乞娜，我一剎那理解起來。

演過電影《征服情海》、《芝加哥》和《冷山》的好來塢演技派女星芮妮齊維格（Renée Kathleen Zellweger）曾獲得奧斯卡最佳女配角。她帶有薩米人血統，有著和北歐高鼻深目的維京人截然不同的臉孔。仔細瞧瞧，除了黑髮金髮之別，鄔乞娜的臉龐竟然恰恰就是幼年版的芮妮齊維格！

聖誕老公公駕著麋鹿雪撬的身影突然嵌進我的思緒。

即使聖誕節是歐洲基督教白人世界裡最重要的節日，北歐芬蘭仍然一直宣稱聖誕老公公是歐洲主流世界依芬蘭土著薩米人所創造的形象。

「所以聖誕老公公應該和何希濤、雅溫一樣是鄂溫克人？」我用一種與事實極端扭曲的問法挑戰何希濤的信念。

「當然！聖誕老公公絕對是我們鄂溫克族人。」何希濤斬釘截鐵，沒猶豫半秒鐘。鄂溫克民族的榮光一道強過一道，接下去的榮光更有照耀普世的絢爛氣勢：「而且在盛清之時，我們也去過你們台灣啊！」

從西伯利亞寒帶到達熱帶的台灣？我顯然徹底被何希濤極度膨脹的民族尊嚴打敗了。

金庸的小說《鹿鼎記》裡，玩世不恭的主角韋小寶也到過西伯利亞，可是他和台灣的關係僅止於參加鄭成功部將陳永華（陳近南）在台灣創立的天地會。韋小寶的形跡尚未跨過台灣海峽，已經讓普世讀者目眩神馳，那鄂溫克族豈不是更勝一籌。

雅溫邊撫摸著懷中兩個孩子的頭髮邊說明：「何希濤查了好多文獻，證明我們族裡的海蘭察大將軍不只幫乾隆皇帝平定新疆準噶爾部，到尼泊爾打敗英國殖民勢力，還到台灣平定林爽文之亂。」

我腦海被混亂的歷史線索打了好幾個結。海蘭察大將軍在乾隆年間平林爽文亂時，打到南投和我的故鄉恆春（瑯嶠）是我早知道的，不料他竟和眼前西伯利亞的鄂溫克族淵源那麼深。

「希濤唯一傷腦筋的，是每次有訪客質問現代許多薩米人是金髮深目時，他都無法圓說。」雅溫顯然常常陪在希濤旁，見識他的宏論和外人的疑辯。

「那我今天就來對了，剛好給賢伉儷釋疑。」這下終於覺得自己可以對鄂溫克民族有點貢獻。

我笑著解釋道：「同一個古民族，會因為在不同地理區域和不同血統混雜而終究歧異。突厥人在東方哈薩克長得像鄰居的蒙古人，可是在土耳其就有許多高鼻深目。同樣屬於南島語系，馬達加斯加人已經很像黑人了，可是菲律賓人和台灣的阿美族人都皮膚白皙。在台灣開世界史地課程的那段時間，我也要常面對一樣的發問啊！」

我舉了一個這二十年來民族學上的重大發現：「北歐波羅的海三小國之一的立陶宛，人們都長得金髮白膚，可是文化語言一直和周邊歐洲民族格格不入。他們在獨立之後，努力追查自己民族的根源。竟然發現他們的文化、語言和傳統神話信仰，竟都和萬里之外的古印度相符。你可看看兩邊現在的長相，也已經是天差地遠了呀！」

希濤高興得不得了：「聽李先生一席話，我一輩子想不透的難題解了，今天的生命可有了價值。李先生的文史涵養，可是我面對的訪問學者裡排前的。」

「不敢不敢！」我一邊謙虛，心裡總要得意一下。

雅溫滿面泛笑，特別再為我倒滿一杯熱茶。

「那麼偉大的民族，落到現在成了要被政府保護的少數民族，我真的了解賢伉儷的憂心。」在幽暗的屋角裡聽漫長的歷史，我開始有了同理心。

希濤忿忿不平道：「保護？別摧殘就不錯了！」

他開始羅縷詳述叔伯輩的抱怨：「大躍進時提倡砍伐樹木，當年是我們鄂溫克人為你們漢人在幽密的林子裡帶路、找水源、建車站。現在倒好，把我們族人攆過來趕過去，這區不許獵，那區不准牧，又被奪走了獵槍。被奪走了生活的工具和空間，我們一年一年失去生命的尊嚴。很多長輩晚輩就只能藉酗酒過日子，混吃等死。上個月雅溫的表姊醉死在額木爾河裡，大家只在岸邊找到一件外套和幾支酒瓶。我的堂哥七年前酒駕機車車禍，臉毀了一半，到現在都還在輪椅上。唉！他少年時可是我們這輩玩伴裡，騎蒙古馬驃得最俊的少女偶像啊。」

他這番話，完全和印地安人的委屈相符。印地安人當初幫助歐洲人在美洲新世界拓荒開墾，可是白人報答他們的方式是掠奪了百分之九十九以上的土地資源後，像稀有動物般把他們圈在各地小小的保護區。我們台灣的原住民，高比例的酗酒何嘗不是相同的原因。

「可是你們對中華民族的貢獻那麼大，難道政府真的沒有在哪些地方多使一些氣力？」我常聽大陸的政府宣傳照顧少數民族，也常看到各地風俗影片裡頭大量完整的民族建築。

希濤大笑起來：「中央真的美其名要保護我們生女真少數民族啊！官員們學芬蘭政府可學得透徹，在我們常放牧活動的敖魯古雅地區蓋了許多芬蘭政府蓋給北歐薩米人的水泥住宅給我們，想讓我們放棄游牧、固定下來。」大陸政府也真猛，竟然想到把北歐的一套完全「山寨」過來。

「政府真的沒半點考慮到保有我們傳統生活的配套措施。我們族名『鄂溫克』就是『住在大山中的民族』的意思啊！政府認為只要把整個水泥房外釘滿樺樹木條，漆上深咖啡木頭色，我們就會歡天喜地住進去。可是他們根本沒考慮到鄂溫克人不是住在水泥房的民族，長輩們喜歡睡躺的，是森林裡鬆軟的土地。」希濤的笑意帶著嘲諷的口氣：「幾年下來，那個薩米村還是沒幾個我們族人願意住進去。」

希濤這「山寨」故事我是理解的。幾十年前，台灣政府幫蘭嶼的達悟族人蓋了許多水泥房，以為他們就會從半土坑的茅屋裡遷出來，從此住得體面些。不料在冷氣不普及的時代裡，傳統半土坑的茅屋可比水泥房通風多了。達悟族人住沒幾天，熱得紛紛逃回清涼的茅屋吹海風。世界各國沙文主義優越感的強勢主流政府，常會事倍功半地亂搞這種沒考慮到傳統生活智慧的無釐頭政策。

「您這百年的生命裡，真的需要好好運用您的歷史理論和文化熱情，好好為鄂溫克族完成傳承和發揚的使命啊！」我心有戚戚。

何希濤眉間萬般索然的憂鬱突然又加了千斤重，整個場面彷彿凝結在我這句話的驚嘆號。我突然間覺得是不是又說錯話了？

雅溫長長嘆了一口氣，起身解開腰間沾滿飯粒的圍裙，招呼哈欠連連的鄔乞娜和圖門回臥室。

「李先生，我和你談得開心，就不繞彎兒了。哈爾濱醫學院的教授說我很難活過四十歲。也就是我再沒幾年能活了。」

我驚訝中，顧不得掩飾自己的醫師身分：「就我看，您不就是肝硬化？日後不要再酗酒，如果有B型、C型病毒性肝炎就好好吃藥治療就成啦。」

「李先生是醫師？這麼厲害，看得出我像是有肝硬化！」我顯然是何希濤聽眾裡第一個提出診斷的。

「不錯！我是肝膽腸胃科的醫師。」

「可你錯了！我沒有B型或C型肝炎。雖然很多我的族人酗酒，可是我一生滴酒不沾。」他抗議的語氣，像是考問醫學生的教授的語氣。

這可把我考倒了。在台灣，肝硬化九成以上原因不脫病毒性肝炎或酒精性傷害。其他少數自體免疫性肝炎。歐美人士因肥胖嚴重脂肪肝所造成的肝硬化，在瘦削的何希濤身上是不需要考慮的。

我仔細推敲他身邊的拐杖，視力不良用矯正眼鏡、和晚飯後下肚的抗癲癇藥，頭皮下的處理晶片瞬間啟動所有的鑑別診斷臨床路徑，答案劈里啪啦在腦袋裡翻動。

何希濤也真是要考校我。兩三、分鐘裡把頭撐在飯桌上不說話，靜靜地放任陷入長考的我在他的面前撫頷蹙眉。

我抬起頭：「莫非你得到的是罕見的高雪氏病（Gaucher disease）？」

「嗨！李醫師高明，這麼罕見的疾病，我幾乎蹉跎十年，繞遍東北所有大醫院，才被哈爾濱醫院的教授診斷出來。」他的質問口氣化為讚嘆。

僥倖！

我在台大第四年住院醫師，也就是第一年消化系研究員的歲月裡，被教授指派到病理科研究一位稀有的確診高雪氏病患者的病理切片。患者因為第一對染色體的基因突變，某些生化代謝的產物（glucocerebroside）堆積在身上各器官，病理上的特色是巨噬細胞因為代謝產物的堆積，細胞質看起來會像是揉皺的衛生紙。往日顯微鏡前的用功，幫了我這分鐘的忙。

我要何希濤把衣服拉起，露出高凸的腹部。躬身向前把右手貼在他的左上腹和左腰間游移，用左手指敲擊。

「果真……從觸診的鈍音區評估，希濤兄的脾臟真的有一般人的八倍、十倍大，遠大於一般肝硬化所導致的脾腫體積。……嗯，肝臟的鈍音區也增大。」我邊望聞問切，邊作推論：「所以你的身體瘦弱，有一部分原因應該是胃被腫大的肝脾臟壓扁，造成胃空間變小，所以易飽和食慾小。」

希濤連連點頭，臉神告訴我我的推論和哈爾濱醫學院的一樣。

「嗯嗯！肚皮胸口都沒有浮現靜脈，」我一邊觸診，仍然一邊推敲：「顯然只是脾腫大，並沒有嚴重肝硬化造成門靜脈高壓的證據。」

「所以我不會死於吐血不止！」希濤語氣平和，一副不意外的眼神。

自古華夏世界裡，大部分吐血而死的歷史人物都是死於肝硬化所引起的門脈高壓。門靜脈裡壓力過高的血液，會轉而積壓到食道下端的靜脈，就是臨床上的食道靜脈屈張，或者俗稱食道靜脈瘤。隨便一有個風吹草動，像是咳嗽增加腹壓啦、或是尖銳的魚刺肉骨刺過啦，靜脈瘤就會破裂噴血。整個人瞬間吐血至於休克，死亡率非常高。

三國演義裡周瑜鬥孔明，氣得吐血而亡，其實是酒精性肝硬化。岳飛被秦檜關在風波亭吐血而亡，其實是C型肝炎併發肝硬化。對於肝硬化吐血，社會上知之者眾。不料希濤竟然能鞭辟入裡地鑑別高雪氏病和肝硬化兩者肝臟的不同，從而為自己預言，真得是犀利之極。

罹患這種病的人，因為腦神經、骨頭、肝脾甚至肺部都被代謝產物沉積而破壞，平均壽命四十歲以下是可以理解。我也可以理解為什麼何希濤在藝術上選擇剝樹皮和黏貼的創作而不是運筆。因為高雪氏病引起的眼部肌肉失調（ocular muscle apraxia）和四肢肌肉震顫，必須從事性質粗放、可修飾誤失的創作，例如重剁一片或重貼一片樹皮之類的。無緣那種一筆立就，無從刪改的細膩水墨創作。

「可是這種病猶太人比較多啊？」我回憶年輕時的研習，自言自語道。對於罕病發生在不應該發生的族裔，隨時保持疑惑是應有的態度。

「我知道！為了這個怪病，我上網查了不少文獻，所以醫學院教授說的什麼壞命運我都了然於胸。」何希濤乖乖讓我做理學檢查中，仍然不脫他窮究的本性。

進入二十一世紀的前半葉，一來教育水準普及，二來網路資料查索容易，各種知識都不再能被傳統專業保守自私地把持。在台北等都會區的門診裡，有些病人一進診間就開始引經據典，可以用醫學詞彙和醫師從細胞學、生理學、到診斷工具的比較、不同治療的預後等等……作深度討論。即使是我所在的羅東小鎮，這樣「高階討論」的比例也一年一年增加。許多未及進修、故步自封的老醫師，常被病人「電爆」到慚愧討饒有之，惱羞成怒有之。

病人能夠在接受診察治療的期間，平行地了解自身的疾病，我深信總是一樁美事。除了是病人的基本人權外，也利於病人自我的人生規劃。這現象全球皆然，大陸自不例外。我面前的何希濤顯然更是此中的佼佼者。

我提議道：「既然希濤兄了解了那麼多醫學知識，沒想過用酵素補充療法嗎？就是注射一種人工合成酵素的針劑，補充身上先天缺乏的酵素，這樣可以延緩各種併發症的惡化。」

近年大陸經濟蓬勃發展，有錢人越來越多。在許多世界大藥廠眼中，諸般昂貴藥品的暴利市場，不再是台灣而是大陸。很多高貴藥材或先進儀器醫材，台灣還在苦苦盼望時，大陸老早就進口了。論文上的昂貴藥物，我當然會推想已經進入大陸。

「李醫師說的是，可是大陸到二〇〇九年才進口這個藥的時候，我都已經發病十幾年了。而且它天價的貴，我就是賺十輩子錢也治不了一輩子病啊。」

「不能申請一些學術研究的名額啦、專案名額嗎？」我想到一些台灣經濟能力不好的病人偶爾能把握的辦法。

「我確實在哈爾濱醫學院用名額接受過幾針。」他說明往日為自己生命的掙扎：「漠河到哈爾濱要上千公里，就是沒日沒夜地開車也要一整天。夫妻兩人接力開輛破車，來回交通中也要吃口飯、打個盹。加上在人山人海的醫院裡掛長號、排長隊看診、等長隊領藥注射。一個星期要報銷掉四天，全家人仰馬翻地，就為了打那一針。」

希濤側頭含情地望著房間裡的女人和孩子：「不說貨車的前座窄小，雅溫要在連轉身都困難的座位上左支右絀地教養兩個頑皮的小毛頭。我們辛辛苦苦貼樺樹皮畫賺的生活費，還都在高速公路的加油站和收費站上，一站一站無奈地遞出去。」

我總是為無價的生命請求多一些轉圜：「為了健康，哪怕乾脆搬到房價貴一點的哈爾濱也值得啊！」

「這道理我懂啊。可是沒料到救命針一打下去沒半個鐘頭，就發生嚴重的過敏，全身起了一塊一塊奇癢難當的蕁痲疹；還因為氣管水腫阻塞，幾乎喘不過氣來。連著三、四次注射都是一樣的下場。」希濤搖頭嘆氣：「那救命針的治療對我簡直比送命還痛苦，連主任教授都只好放棄治療，要我回來漠河聽天命、數日子。」

學理上，沒了這酵素補充治療，就是等著各器官系統慢慢變壞，直到發生致命的併發症。我遲疑良久，只好提出一個不知道會不會太刺傷的疑問：「那你能坦然嗎？會怨恨老天爺嗎？」

何希濤幽幽地說：「其實，就是因為這個病，我反倒更加相信我們鄂溫克族綿亙萬里的偉大。」

我搔頭不能理解，這傢伙怎麼連生個罕見疾病都可以聯繫上民族尊嚴？仁人志士的視死「如歸」，是因為有解救千萬人於倒懸的價值。這傢伙還更進一步視死「猶榮」，可是竟只為了一個模糊抽象的民族概念！

「其實猶太人得到的高雪氏病以第一型為主。哈爾濱和上海、開封一樣，因為歷史的淵源，有許多前朝來經商的猶太人的子孫。哈爾濱教授說他手頭上的幾個病人也都是第一型。」何希濤真有他的，連高雪氏病更深刻的分類都知之甚詳：「可是我因為癲癇發作好幾年了，眼球的肌肉又有問題，臨床表現應該是第三型。」

「反而北歐北部有個叫 Norrbotten 的地區，才是第三型高雪氏病全球發病率最高的地區。」何希濤的聲調高亢起來：「那裡可也是薩米人高度聚居的地方啊。」

「所以希濤兄以得到薩米人的疾病為榮？」

「想到先祖跨越冰天雪地，在歐亞大陸的另外一個極端落地生根，兩邊子孫的基因千年萬里來相逢，我的心胸就豪邁壯闊起來。」

這一刻，我真的被眼前這位憂族憂民的藝術家折服了。為了推廣大鄂溫克主義，竟然以自身致死的遺傳疾病為榮。

「聽我奶奶說，她的奶奶也像我一樣，年輕時就半年、三個月地抽筋發作，不省人事過好幾次。哈爾濱醫學院教授說這是很重要的線索。」

高雪氏病的基因病變是屬於體染色體隱性（Autosomal recessive）遺傳，所以一來沒有特別的男女分配，二來隔個好幾代才出現一個病案，並不會代代罹病。何希濤的回憶顯然是合理，可是他下一個因果邏輯就大大超乎常理。

「我相信我們家世代擔任高尚的巫師薩滿，應該也和我的病相關。」

我的耳朵差點掉下來，怎麼要得到癲癇或高雪氏病才能當上祭師？這太詭異了。

「在薩滿儀式裡，大家認為通神的先知是靠著激越、狂喜、混亂和昏迷的狀態來和天神溝通。所以癲癇的人在醒來後，族人就以為他和天上神靈溝通上了。我們鄂溫克話裡，『薩滿』的意思其實就是神通者。」在昏暗的燈光裡，希濤娓娓道來的中世紀暗黑故事讓我的脊椎感到一股涼意：「我已經仔細查過，不管是我們生女真的歷史裡，或是歐洲薩米人的歷史裡，許多祭師顯然都和我一般有癲癇的症狀。」

從科學昌明的二十一世紀回看，巫師、狂亂、神秘這幾種概念真的隱隱相符。我不由得點點頭。

「初中那年第一次在學校裡癲癇發作，整個人失去知覺，醒來頭痛欲裂、全身痠痛，滿口是舌頭咬傷出的血。之後每隔幾個月就要大發作一次，醫師調藥也調整了很多次，加了種類、加了劑量。那以後，學校裡的漢人同學開始對我敬而遠之，說我有魔鬼附身。開家長會的時候，同學的爸爸媽媽都會和老師竊竊私語，對著我指指點點，還建議可不可以逼我轉班。可是來探視的薩滿奶奶，疼惜的柔和眼光中，看得出驕傲的光彩。」

我開始不服氣了。在我的史地旅行課程教材中，我明列了全世界包括愛斯基摩人、雲貴高原的原住民、印地安人的本源信仰，還有日本的神道教（Shinto）以及西藏的原始黑教苯教，都是薩滿教（Shamanism），相同地信仰萬物有靈。大聲抗議何希濤怎地自私地把「薩滿」兩字據為鄂溫克族所有。

希濤一邊用篤定的語氣說明：「有一個史學家徐夢莘，生在九百年前宋朝的欽徽靖康亂世，在他的史學鉅著《三朝北盟匯編》裡，訂了很多後世沿用的北方民族名字。像『蒙古』這兩字就是他定下的。他也在描述我們鄂溫克信仰時用了『珊蠻』兩字……」一邊在凹凸不平的木板飯桌上寫了這兩個簡體字。

「後來揮軍佔領整個西伯利亞的俄國，他們的史學者輾轉把我們這兩個字介紹到西歐。以後全世界在描述宗教中沒有人的形象的主神，而以萬物有靈、祭司巫師向上溝通的宗教，都借用我們鄂溫克話的這兩個字，英文拼音就是Shaman。」跟著在飯桌上寫下拉丁拼音。

我這一分鐘，完全折服於眼前這位孜孜汲汲自身民族歷史定位的絕症患者。在遙遠邊陲城市的廢棄角落裡，他不只用功臨床知識，史學的知識更是浩瀚無際，足以和任何民族學者抗衡。

「既然你了解那麼透徹，你知道鄔乞娜和圖門的身體裡，也有一半高雪氏病的基因嗎？」我相信他一定懂得這簡單的遺傳道理：「會擔心嗎？還有其他族人會接續您的信念和傳承志業嗎？」

我會這樣問是很有感慨的。在台灣的原住民文化一樣受到強勢主流漢文化的淹沒。醫院診間裡，久住平地的來診原住民青年，能懂得的泰雅語和傳統文化往往比我還少，更遑論傳承文化如鄂溫克族的樺樹雕或赫哲族的魚皮衣。

「兩年前，我在網路上找到有一群北京清華大學的學生，他們要揪團到北歐北部踩線。我網路上和他們這些富裕的公子哥兒們討論拜託了許久，說得他們也開始好奇薩米人起來。我那五年賣畫的積蓄，就花在跟他們去北歐的薩米原住民區，也包括Norrbotton。真的很感謝這些年輕人的熱心，一個星期裡一句一句地幫我用英語溝通翻譯。」

希濤微弱的聲音瞬間燦爛：「當我看到他們的薩滿祭司穿著和奶奶非常相近的彩色衣著，打著和我們一樣的皮鼓，跳著和奶奶一樣的跳大神舞，」何希濤指著掛在牆角落的奶奶的祭司綵衣和跳神大鼓，泛著淚光：「當我也看到他們和我們一樣用木棍搭起高高的角錐，再在角錐外覆上樺樹皮或獸皮，做成我奶奶住的梭羅子。他們告訴我他們的帳篷叫作 Lavvu，整個念起來就是我們鄂溫克話的『羅』，我告訴他們我們的梭羅子的重音是『羅』。」

他越說越激動：「我們一邊彼此分享和家裡麋鹿的共同生活，一邊一起流淚被漢人和北歐主流社會壓抑。他們說到北歐跳大神的鼓曾被挪威政府強制沒收，政府還強迫他們改信基督教，旁邊翻譯的大學生孩子們和他們的鄰居也被我們弄得掉眼淚。」

「那晚上，我別了北京的朋友們，和一個剛認識、年紀和我差不多的薩米男生並肩睡在保留區的梭羅子帳篷裡。我們好像被隔開五千年才相逢的兄弟一樣，比手畫腳聊都聊不完。我比著手勢告訴他，我小時常從頭頂上梭羅子帳篷的小小天窗口，望著一閃一爍的星星，和偶爾闖進來的月亮。他竟然告訴我，那也是他最美麗的回憶。」

「李醫師問我還有其他族人會接續我的信念和志業嗎？」希濤回到我的問題：

「這一代裡，沒了大夥兒深林中的營火，沒了營火旁打皮鼓、跳大神的薩滿長老，沒了酒酣耳熱時身旁擁擠麋鹿犄角相撞的聲音，大家的凝聚力都散了。我們的民族認同和薩滿信仰終究會被漢文化語言或北歐的主流文化消滅，就像我們的麋鹿會被現代的農牧業消滅。同時，高雪氏病可能會肆虐相隔萬里的兩地子孫。認真面對這時空環境的殘酷，我不會有不切實際的綺麗幻想。」

滾燙的茶水在談話中冷凝欲凍，他亦如醫師敘述病人死因般地冷冰：「我可能因為血小板低下死於出血不止，可能死於癲癇後的吸入性肺炎，可能因長年貧血死於心臟衰竭，可能因為白血球低抵抗力差死於感染敗血症，我也可能死於雪地中的骨折，因無援而凍斃。最終，我還可能死於繼發性的血癌或各種癌症。以後幾年裡，橫在我眼前的是多到數不清的各種鬼門關，我的民族志業終將歸於虛無。」

像是在拼貼樺樹皮畫般，他理智而無溫度地拼貼出他的無畏：「我名字裡的『希』字，是奶奶按著我們鄂溫克語的太陽神『希溫博如坎』的第一個字給取的。就著當下，我會拼死命賺錢給一家人幸福；也會在他們適當的年齡裡，告訴鄔乞娜和圖門他們的血液和基因。但是我也會告訴老婆孩子們，我們薩滿子孫，病死後回歸大地、回歸樺樹林、回歸麋鹿啃食的青苔、回歸我們抬頭看到的日月星辰，那是多麼自然、光榮的事。」

最後一刻，那浪漫詩歌般的描述，如一幅憂鬱厚重的油畫映入我的腦海：「有一天，鄔乞娜和圖門抬頭望向梭羅子帳頂的天窗，看到太陽神『希溫博如坎』把溫暖的光射到他們的臉上時，知道他們的爸爸在天上照看著他們。」

雅溫在隔壁臥室斷續哼著安眠歌哄孩子入睡中，我靜靜地陪著眼前的民族巨人，一起感受他的失落和悲壯。

那晚聊到十一點，深夜冰凍，何希濤擔心我這個亞熱帶來的客人會受凍不住，堅持用他那運木材的老舊貨車載我回旅店。雅溫睡眼惺忪出來道別。

臨行時，他要我挑一幅樺樹皮的畫回台灣。

「我說真的，這每一幅不只都是藝術珍品，也都是鄂溫克族的代表。不觸你的霉頭，但三十年後，他們也都是紀念一個偉大民族的公共財，我斷沒有私藏的立場。」

打開大門板，灌進來的刺骨寒風，還和著黑暗樺樹林裡馱馬的嘶鳴聲。

貨車迂迴穿過幾處雜林，還經過一個非常簡陋窄小的藍色泥水房子，外牆上懸的匾寫著「中國北極清真寺」。之後展開在眼前的，又是繁華燈火點綴的新式巴洛克建築、文藝復興建築和新古典建築。

在旅店門口下車後，我隔著貨車窗子和何希濤緊握手掌良久。複雜的心情，不知道是因為醫師無能解決罕見的疾病？佩服一個延續千年志業的決心？珍惜一門工藝的歸於埋沒？還是慨嘆一個跨洲大民族的風中將逝？

上頂樓房間沐浴後，捧著熱香片茶坐望大大的落地窗外的歸時路。望著望著眼眶不由得濕了。何希濤家已經完全隱沒在闃黑中，說不定明早太陽升起後我就永遠找不著了。

再怎麼在歷史上光輝稱霸的民族，都可能消逝在歷史的長河中。契丹遼國當年威赫歐亞，至今中歐以東至全俄國，巴爾幹半島諸國和阿拉伯世界都稱中華世界為契丹（俄文 Kitai，英文 Cathay）。可是不堪元帝國驅趕征戰歐亞大陸，一個世紀後煙消雲散，竟難查考。鄂溫克人的族群定位，真的很難再撐幾十年。

人類歷史上再怎麼曾經相偎相依的浪漫動物，在近代農牧或工業的競爭下，都可能被逐出主流，甚至絕種。呼倫貝爾草原的蒙古馬襄助元朝建立曠世大帝國，征服全球文明，比拉雪撬的麋鹿更耀眼萬倍。可是從第一次世界大戰機關槍發明後就完全在戰場上銷聲匿跡。蒙古馬改變了世界，現今世界卻拋棄了牠。

會不會，在某個世紀裡，華夏民族在地球上被擦乾抹淨？在某個網路紀元，所有宗教臣服於谷歌大神而退出文明舞台？在某個時空裡，為了疫情隔離，所有人周圍的寵物走獸全部改為機械式？

這就都不是何希濤和我要擔心的事了！

契丹帝國

Chapter

國內外學界嚴重的撻伐

我實在不知道搭一趟地鐵，幫助路人一下，會引起國內外學界這麼嚴重的撻伐！

五月十六號清晨五點四十五，厚重的烏雲和料峭的霏雨中，我步出華盛頓的杜勒斯（Dulles）國際機場外，獨自找到環機場公路旁的車站。

後頭跟過來的三個同機的日本學者，五十公尺外就聽得到標準日本人群聚時的吱喳喳聲。

飛機艙中就看到他們鼻下人中各自留的小髭。離兩次世界大戰七、八十年了，年輕學者這種蓄髭法，讓我聯想的不是希特勒，倒像茅山道士。肩上各自背了黑色的長筒，想來那長筒中裝的應該不是七星劍或拂塵，當是要在美國消化醫學會（American Gastroenterlogy Association）本週消化醫學週（Digestive Disease Week）盛會中張貼的海報吧。

在昏暗的晨光中，5A號站牌邊早站個孤伶伶的金髮倩影。我在靠近的一步一步裡，看到了好萊塢名片《美國甜心》（American Sweethearts）中的美女凱薩琳・麗塔・瓊斯（Catherine Zeta Jones）。不同的是，比起真的麗塔・瓊斯，她飄逸長髮的褐色要更淡而帶金色。她腳邊四角磨損的皮行李箱也肯定不是好萊塢億萬巨星的行頭。

還有，她一樣微翹性感的唇中，顯然吐不出英語。我拖著行李箱靠近站牌時，她就開始蹙著眉頭對我比手畫腳指著車牌柱中段的行車時刻表。

我湊近一看，唉唉不得了：「My goodness, the first bus comes one hour later.」原來第一班車要六點半才有。又風又雨一個鐘頭，我醫學會議不用去，乾脆直接被送到急診處治療失溫。

「Más de una hora para el primera autobús!」一模一樣的自言自語，麗塔．瓊斯終於讓我知道她的西班牙母語了。「Ha esperando aquí desde las 1: 00!」可憐的漂亮寶貝，從半夜一點等到現在天光。

「残念で……」後頭跟到的日本醫師吩吩搖頭跺腳，大嘆遺憾，又吱吱喳喳討論有沒有什麼辦法。

「...A dónde vas?」麗塔．瓊斯囁嚅許久，幾陣刺骨冷風後，半點沒信心地朝向落單的我開口，問我要去哪裡。二十小時飛行還沒刮鬍子，我現在看起來一定很匪類。

「Voy a...participar en una」這下換我囁嚅了，腦袋裡超過十年沒用的西華大辭典，好像蛀到沒剩百個字：「...conferencia médica」，這句「我要去參加醫學會議」

的話，磨蹭了要半分鐘才擠出來。

「什麼？您真的會西班牙語……」麗塔．瓊斯喜出望外，眉間嘴角的春意好像要把寒雨都蒸掉。

「沒有、沒有，我只會一兩句……」這下惹禍上身啦！耳朵聽還勉強可以，但要開口應答可是半分鐘就要辭窮穿幫。我左顧右盼，希望一個能有個墨西哥人冒出來解圍。

「我老公說下了機場隨處都可以找到講西班牙語的人，要我不必害怕，原來是真的……」她高興地揮舞他老公給他的華府捷運卡 SmartCard，環顧我們：「他還說只要頭髮黑的就可能是墨西哥人。」

「呃！原來我們四個都是老墨阿米哥（Amigo）！」我心裡咒罵他那迷糊老公，再勉強擠出幾句：「那妳老公呢？」

「他說醫院忙，他最後兩天再來開醫學會議。」我覺得她的金髮是被她的春意揚起的：「他要我先來享受藥商幫他訂的 Crown plaza 大旅館的設施！」

「哇哩勒！妳要長得像……大嬸婆，我就……贊成妳老公。」我大感不可思議：「妳長的這麼漂亮，妳老公這麼強大，算到會有四個……墨西哥人會保護妳？」

她的回答更是天兵：「是呀！我也覺得我們秘魯的女生長得比老墨女生正！」斜著頭捲秀髮的姿態果然風情萬種。

「欸！妳罵到我們老墨……的娘啦！」我叉腰笑罵道。嘿嘿，不講不順，鬥起嘴來生繡的西班牙語倒真的越潤越滑。

那個行李箱上印著 Professor Watanabe，應是三人中最長的日本人頭探過來：「連個計程車都沒有，妳們討論出辦法？」

我半英半日，略述一番。

「啊哈！我們對秘魯有好感！我們日本人藤森（Alberto Fujimori）當過妳們總統。」三個日本人同時熱絡過來。「秘魯美女是要保護的！用武士道！」「用忍術！」最年輕的寺本（Teramoto）揮舞海報筒，大叫：「用劍道！」

「什麼！他們是日本人，不是墨西哥人？」大美女睜著大眼睛：「那先生你……」

「我從哥倫比亞來，我背後的綠背包可不是忍者龜殼……」我笑道：「是……古柯鹼！」

五點四十五，終究沒有半個阿米哥冒出來，一輛橘色的社區公車981號冒出來！

「想早點到第一個捷運站Wiehle-Reston East站的人上車吧！」裡面的白人司機開車門對我們大喊：「從那站搭銀線（Silver line）入城，換到哪裡都方便！」

「上來吧！進了巴士就不會冷得發抖了。」三位天皇子民一擁而上後，我伸手要幫先生娘提行李。

「不，你是毒梟……嗎？」美姑娘滿臉狐疑，兩手壓住行李箱。

「沒啦！我姓李，來自台灣，是妳先生的同業。」我笑著道歉：「全世界都看不到阿米哥，我只好幫我的同業照看他美嬌娘。」

武士道教授、忍者龜和劍道大師擠到車後座，吱吱喳喳聲中，我依稀聽得出來渡邊教授是肝炎免疫學者，研究B型肝炎免疫耐受期（Immune tolerance phase）的成因；忍者龜宇佐美（Osami）專長食道隧道手術（STER: Submucosal tunneling endoscopic resection），劍道寺本則專長內視鏡超音波導引下的順向膽道引流術（EUS-guided Rendezvous antegrade biliary drainage）。

麗塔・瓊斯小心翼翼地依在我身旁。從半夜一點撐到現在，看得出她漸漸要闔上的眼皮。可是她使勁撐著，希望用時間，重新培養對這個唯一會幾句西班牙語，卻又不知道是不是毒梟的人的信任感。

我微感歉然，默默幫她頂住車疾駛中前後晃動的行李箱。

「你說你是我先生的同業？」麗塔．瓊斯自己打破沉默：「難道也是心臟科醫師？」

我好奇起來：「什麼？妳先生不是消化系醫師？那他來這消化醫學週做啥？」醫學向來涇渭分明，隔科如隔山。

「他太胖了，又有糖尿病，又有血脂肪高，血壓高，還有膝關節磨損。」麗塔．瓊斯嘆道：「什麼諾美婷、羅氏鮮啦減肥藥都沒效。」

「這跟消化系醫學會又有啥關係？」我更迷糊了：「沒想到開刀嗎？」

「我老公死不敢開刀，怕併發症。」

「近幾年的標準手術 Sleeve gastrectomy，整體而言算安全有效啊！」

「他就是有個同事來美國開，沒多久縫合緣滲透感染，差點死掉。這幾年來不是腹脹就是嘔吐，生不如死。」

「他網路上找到這學會的後兩天有內視鏡微創減肥手術的最新論述，就巴巴地要從南美洲飛過來聽。」

「這樣飛越赤道聽個兩天演講，成本未免太大……」

「跟他合作做冠狀動脈支架（coronary stent）的器械公司因為也賣食道支架和膽管支架，和消化醫學界熟識，就用學術名義招待他來這兒。」原來醫材廠商支援醫師開國際醫學會這檔事，在南美洲有流行。

司機突然駛下高速公路，急右轉進一個社區站牌。一個緊急煞車，麗塔．瓊斯連人帶行李擠向我。喔！原來美魔女的行李箱比她還有份量！

「大和三雄」和我紛紛站起來探問司機是否到捷運站了。劍道寺本和他比手畫腳支支吾吾好一陣子。我看了實在不忍，一邊告訴寺本還有三站，一邊安撫七竅生煙的白人司機。

「這下搞清楚了嗎？你們幾個來開會的！」司機沒好氣地問：「還有什麼問題？」

「有！」我舉手。

「說！什麼問題？」

「你為什麼不是阿米哥！」

「你這是什麼問題？」司機的另外兩竅也開始生煙了。

「那……，到捷運站 Wiehle-Reston East 站前會有阿米哥嗎！」

「你這又是什麼問題？」司機真的生氣了，「碰！」一聲關上車門，社區公車衝出車站，這下換我跌進美魔女懷中。

我也沒好氣撐坐起來，大聲跟渡邊教授說：「我真佩服你們日本人呀！」

「好說好說！」渡邊教授連坐著也可以彎腰欠身回禮到快九十度：「怎麼說呢？」

「你們日本人百年來英語流利到這個地步，卻仍然可以在國際科學界和消化系內視鏡學界領先，西方都跟不上。」

「不敢不敢，」又是彎腰謙恭到快九十度：「你們支那人可以在半個鐘頭內倒進金髮美女懷中，在風流界領先，才讓我們日本學界跟不上。」唉喲！教授大人智珠在握，這句回話的酸度我也跟不上。

「Doctor Lee...」麗塔．瓊斯聲音很小，邊整理胸口被我弄亂的衣衫：「我叫 Eduarda，E-d-u-a-r-d-a，西班牙文的意義是榮耀的守護者。」

「喔！謝謝妳告訴我妳的名字。」我可以感受到她語氣中的信賴感了。

「是的，這說來話長。我雖然不會英語，可是可以講很少的德語。」

「Entschuldigung bitte！」我用德語向她道歉剛才的失衡：「Sorry für meine Nachlässigkeit。」

「啊！李醫師也會德語？」Eduarda 的信任加上了熱切。

「不、不、不，也只有一點旅行會話而已。」我真的被考較怕了，趕快轉移話題回她的老公大人：「可是目前內視鏡操作的減肥法都還沒得到美國 FDA 的認證呀！」。

「其實我是智利人，我老公才是秘魯人。」

「我老公真的胖怕了，整天怕腦中風或心臟病死掉，說什麼實驗他都願意嘗試。」Eduarda 的聲音更小得像蚊子：「還有，他也怕我跟別人跑了！」

社區巴士終於到了捷運首站。眾人魚貫經過司機下車，白人司機才小聲對我說：「我們經過的這區是白人社區，地段比城裡還貴。獨棟別墅都蓋在森林裡。別說少阿米哥，幾乎看不到黑人。」偷偷對我眨了眨右眼：「嗯嗯，倒看到過幾個中國人和印度人。」

過到高速公路對面捷運站的人行天橋約莫有兩層樓高度。我沿途不死心地四處張望有沒有看似西語裔長相的，哪怕是老墨阿米哥、古巴臉、印地安臉。希望讓Eduarda放心痛快地說話問問題。

忍者龜宇佐美貼心地過來問要不要他們三個輪流幫Eduarda把沉重的行李扛上去，她笑著向他們九十度鞠躬：「有難うございます（謝謝）。」婉拒。

三人一陣鼓掌起來，紛紛高興Eduarda會講日語。

望著三個人的背影，Eduarda細聲地對我說：「不必再找會講西班牙話的人了！李醫師能幫我提一下行李嗎？」

我接過行李後，她當著我的面先咬著髮箍，把一頭秀髮紮了個馬尾，再用髮箍束起來。我望著她微微低頷梳理時長長睫毛的顫動，和雪白初露的性感腮頸，都要痴了：「難怪……」

「難怪什麼？」她長睫下的深邃眼眸看著我。

「難怪妳那麼美麗，」我恭維道：「智利美女全球聞名。環球小姐選拔常年被智利小姐包辦呀！」

「李醫師您說笑了。」Eduarda此時的羞赧直如少女懷春般：「我妹妹才更美哩！她真的參加過選美呢。」

過了天橋，站在月台上等車的時候，三位日本學者過來和她搭訕，她都只是微笑。她從提包裡掏出一份顯然是網路上列印下來的捷運圖，旁邊密密麻麻地寫滿了字和箭頭。

「我老公說我的 Crown Plaza Hotel 在 Crystal city 站下車，但是要先搭銀線車到 Rosslyn 站換藍線。能告訴我怎麼換車嗎？」

「啊呀剛好，我的旅館就在 Rosslyn，我至少可以在 Rosslyn 地鐵站下車後再幫妳指路。」我接過地圖邊看邊問：「不是會日語嗎？怎麼沒回應三位學者？」

「秘魯的日本移民真的好多，但除了那句謝謝，我一句都不會啊。」她頭靠過來我耳側，邊注視地圖邊喃喃自語：「我老公在秘魯的心臟界做的不錯。冠狀動脈支架醫材商幫他訂的這家旅館不錯，他說旅館有泳池，有一張帝王大床……」

「那一定是高級區了喔！」我回答道：「可是我只五分之二的價就在 Rosslyn 訂到 Family suite 有餐廳、廚房、有客廳，還有兩張大床。」

捷運列車緩緩駛進車站。

我把 Eduarda 送上第三節車廂。對日本學者海報內容的好奇讓我跟著他們擠進第四節車廂，坐在宇佐美身旁。

「渡邊先生對B型肝炎帶原者為何在少年時期會有病毒和病人宿主間的和平共存階段（immune tolerance phase）不知有何高見？」列車啟動後，我虛心請教隔著走道的教授。

「從共存階段轉到青年期開始肝炎大發作（Immune clearance phase）、，是什麼因素改變了我們身體的免疫系統軍隊，讓它們對病毒由友善共存變為敵視攻擊，實在是科學界多年的謎團呀！」渡邊教授捻著人中的小髭：「可是貴國台大臨床醫學研究所的王弘毅副教授今年二〇一五年二月發表在頂級科學期刊 PNAS（Proceedings of National Academy of Science of United States）的文章真是折服我呀！他說明了共存階段是由人類的先天免疫（innate immunity）主導，乃 Toll-like receptor 4 對腸道細菌 lipopolysaccharide 的刺激引起一連串反應，最終造成 IL-10 這個免疫抑制素的主導局面。相對地，肝炎大發作（Immune clearance phase）時，腸道細菌的 CpG-oligo DNA 成分導致殺手T細胞（cytotoxic T cell）主導的滅病毒戰爭。你們台灣學者真是令人敬佩！」

我又道：「宇佐美的 STER 技術，能處理食道的黏膜下腫瘤，卻不怕食道壁破裂，用內視鏡造福這些腫瘤病患免於開胸手術，我也是很佩服。」

忍者龜在教授主任面前不敢太得意，但嘴角終究揚了起來。

我轉頭向後排的劍道高手道：「寺本兄的內視鏡超音波導引下的順向膽道引流術更是新技術，不知道讓多少不能接受胃造口術或 ERCP 的病人得以進食或引流膽汁，雙雙延續生命。」我謙虛道：「有機會要向三位多多學習呀！」

寺本眼神直視，手臂指向我身後，冷冷地說：「我們三個才真正要向您的謙虛多多學習呀！」人中下的小髭動也不動。

我一回身，看到了 Eduarda 隔著兩個車廂間的玻璃門窗，急切地向我招手，示意要我過去。

「唉！在美國的地鐵，非遇『特殊狀況』，隨意穿越兩車廂間的門是違法的呀！」我看著 Eduarda 聳聳肩。

「這種快速豔遇，已經是我們科學界難逢的『特殊狀況』了，李醫師快穿越吧！」渡邊教授果然有長官的寬容大度！

Eduarda 把佔在靠走道座位上的行李箱放到走道上，示意要我坐在她旁邊。

「我剛才以為李醫師會坐過來這兒。」她的口氣有點怨懟。

「抱歉抱歉，他們三位的專業我都很有興趣……」我也有點窘迫：「還想知道些內視鏡減肥手術嗎？」

「能多說些嗎？我們夫妻真的想多知道些。」她的語氣，懇求中帶著撒嬌。

「妳們夫妻？」我遲疑道：「難道……」

她分了我一顆口香糖，兩個人都倒向椅背：「是的，Meyerhof又抽菸又酗酒又肥胖，糖尿病又好幾年。李醫師你應該知道他會……」

我有點尷尬猜測：「impotencia？」菸、酒、肥胖和糖尿病四者都是男性雄風的殺手。

「是呀！」她靦腆中帶著微笑：「每次他在病房裡看到不知情的病人當他的面對著我吹口哨、唱情歌時，他都會發狂。」

「所以妳是？」

「他心臟病房的副護理長。」

「等等，妳老公叫Meyerhof？是德國人？」

「算是吧，一個半世紀前！一八四八年日耳曼內亂後，他們祖先就隨難民潮舉家搬到秘魯墾荒。為了領到墾地，他們放棄路德新教信仰，改信天主教。」她補充道：「大部分南美洲的德國移民都是那一個半世紀前逃來的，所以秘魯不是只有你們知道的日本移民社會。德系後裔百年來文化傳承、社區通婚和尊崇祖國。」

「可是德國人優越感很強，他怎能和妳這智利講西班牙話的人結婚？」我猜測：「一定是妳太漂亮，他為浪漫愛情放棄傳統？」

「嗯……」Eduarda 沉默了約莫半分鐘，終於啟齒：「Meyerhof 並沒有違背傳統。」

「呃！這是什麼意思？」遇到邏輯上的衝突，我一時啞然。

「李醫師，我真的……很信任你，」她的聲音越來越小，為了讓我聽到，嘴脣快湊到我的耳際：「我也是德國人，真名叫 Edelgard，E-d-e-l-g-a-r-d！意思和 Eduarda 一般，也是榮耀的守護者。可是這名字只家裡頭用。」

「德國人是世界上優秀的民族呀！」我大惑不解，也把嘴脣靠近她的鬢間：「為什麼必須要隱姓埋名？」

「我曾祖父是……二次大戰結束後……逃過來智利南部的。被以色列情報單位……追殺好多年……」Eduarda 這時候講西班牙話的速度比我還慢。

「啊！妳的曾祖父是納粹？戰後逃避紐倫堡大審，拿著阿根廷總統浮濫鬻賣的空白護照到拉丁美洲？」二戰後的歷史浮上我的腦海。

「是的，他是納粹黨衛軍（Schutzstaffel）的成員，聽說以色列的獵殺計劃（Nazi hunter），躲躲藏藏在 Puerto Montt 幾十年，一直到老死。我的祖父和父親跟著顛沛流離，不只出生就用西班牙名字，爸爸也儘量不教我德語。」

「祖父常告誡我們，有些人混進德裔社區十來年，默默調查。大家都當他好朋友了，突然發難獵殺八、九十歲的老長輩。他也教導我們路上看到不是黑頭髮，非印地安裔土著的人士先都要有警戒之心，可能是來調查的以色列人。」

雖然已是七、八十年前的事，但猶太人和納粹黨的累世之仇，並沒因光陰的飛逝而雲淡風輕。我只能浩嘆：「所以妳看到我們黑頭髮反而有安全感，是世代以降的切膚之痛？」

Edelgard，不，應該是 Edelgard，點點頭：「雖然獵殺計畫在二十一世紀幾乎終止了，但 Meyerhof 理解岳父的過度擔心，偶爾都還會提醒我。」

「智利和秘魯遙隔數千公里，妳是怎麼和尊夫婿認識的。」

「我們在智利南部隱姓埋名，哥哥、堂哥們大多去做登山嚮導，又危險收入又微薄。日子好苦。」

「呃！我十來年前想到安地斯山脈區的松塔（Torres del Paine）國家公園和 Fitz Roy 國家公園爬山，網路上查到的嚮導一大堆都是德系名字，就是你們族人？」

「嗯！」Edelgard 笑道：「聽說台灣是個有錢的國家？」

「這有什麼關係了？」

「如果李醫師當時過來，我應該正在讀高中。」她笑得很甜：「比現在更漂亮喔！」

換了顆口香糖，Edelgard 斂衽正色道：「國際上，納粹黨員並沒有逃到秘魯的記錄，所以 Meyerhof 的家族過得坦蕩公開而受人尊重。在那次拉丁美洲濱太平洋德裔青年營認識 Meyerhof 後，我就決定大學護理系畢業後到 Meyerhof 當時實習的醫院工作。唉！雖然知道年齡有一段差距，但是我真的希望抬頭挺胸做人！」

「哪知我飛到秘魯，去和剛升任主治醫師的他談戀愛後，他熬夜工作，暴飲暴食，越來越胖。新婚之夜，他竟然哭著告訴我，他這幾年洗澡時，也很久沒看到他自己的那話兒了。」Edelgard 把我的左手拉到她懷中，把「Impotencia」這個西班牙字深深在我手心中寫了一遍：「到現在他還沒讓我……」

車身在飛馳中晃動，Edelgard 窗外換著一幕幕高級別墅的林子。

「所以你們夫妻對他減肥有著控制糖尿病和回春的期待？」我突然對我的減肥衛教充滿使命感。

Edelgard 用靜默代表承認。

「有一種在胃內放水球的辦法，讓胃內剩下能裝食物的空間變小，希望藉此減少進食量。」我開始說明。

「我先生老早就試過了，說他餓沒幾個禮拜，就改吃液體的零食，像果醬啦、奶昔啦、瑞士巧克力火鍋啦！熱量跟本沒少。」

我頷首道：「嗯！你們早就明白這方法無效了。」

我再用紙筆畫出上消化道解剖構造，續道：「還有一種方法，是在胃盡頭的幽門開始，放一條塑膠套管跨到小腸。這讓食物過胃後，不接觸十二指腸區，因此不引發十二指腸附近數種和吸收、肥胖相關的內分泌反應。」

車過 East Falls Church 站後，倏地由高架進入地下隧道，我們面前也開始換了許多墨西哥裔和非裔面孔的乘客，「初步臨床反應還可以……呃！我們剩四站就到 Rosslyn 了……可是這玩意兒常套不牢幽門。套環脫落的下場不是引起腸子阻塞，就是引起腸穿孔，恐怕要謹慎評估風險……」

「李醫師剛提到我們智利的 Torres del Paine 國家公園。」Edelgard 突然插話進來：「你已經去過嗎？還想再去嗎？」

我嘆口氣道：「我這一生中沒看過那般瑰麗奇特的山景。若能到那兒爬山，才不枉我一生啊！」

Edelgard 詭異的眼神好像開始無形地環繞、撥弄我的脖子：「你如果下次一個人來智利，我一個人帶你去那兒看山好不好？」

「剩沒三站要下車了，我趕快告訴妳吧！」我克制住胸口的起伏：「還有人藉著特殊的雙腔胃鏡（double-channel gastroscope），用縫槍（Apollo OverStitch suture device）把胃腔縫成外科減肥手術（Sleeve gastrostomy）後般的小胃腔。這也可以達到外科減肥手術的效果。不過這是特技表演。要熟稔這種縫槍要很長的學習曲線（Learning curve）……」

「你們台灣的首都是不是叫作 Singapore？聽說那兒每個人都很有錢……」

車掌廣播聲中，車慢慢停靠在 Rosslyn 站的月臺。氣濁而昏暗的月臺上，滿滿候車的人說明了這兒已離市中心只一河之距。和自助旅行手冊上的描述一樣，六成的黑人，其餘的四成為各色人等。人上人下，摩肩接踵。

我們才把行李放在月臺上，車門立刻關上，火車緩緩駛離月臺。Edelgard 低頭翻找提包裡的地圖時，我看到了後一車廂裡的三位日本學者。宇佐美對我伸出大姆指，嘴型告訴我他在喊「がんばって」加油。寺本伸的不是姆指，是中指，吐舌對我做了個難看的鬼臉。渡邊教授很熱心，左右手的各自姆指和食指對夾作嘴唇狀，再左右唇對碰作接吻狀，隔窗示意問我「達陣」沒？

「我先生說從這兒下一層樓換藍線，往南再搭四站就到 Crystal city 站。」

Edelgard 焦急道：「我怎麼知道哪個方向往南？」

送佛送上西。雖然要趕赴今早醫學會聽精彩的分子生物學演講已經讓我像熱鍋上的螞蟻，我還是引著她穿過擁擠的人群，下到樓下更污濁的藍線月臺。

一列藍線列車呼嘯進站，轟隆轟隆煞住。我正要幫 Edelgard 提行李，她突然駐腳不登：「從半夜到現在還沒闔眼，我真的好累好累。出了 Crystal city 站還花多少時間找到 Crown Plaza Hotel？我真的沒辦法呀！」她美麗不可方物的眉睫下，是令任何男人都無法推拒的懇求眼神：「李醫師能陪我去找到 Crown Plaza 嗎？」

「親愛的 Edelgard，我真的很想幫您。」我都急得冒汗了：「可是我飛越萬里，跨洋橫洲來要聽的醫學專題『Intestinal stem cells』八點就開始了！離現在只剩十三分鐘。」

Edelgard 沉默半晌，那種挫折的嬌憐真要讓我退讓。

「喔！我想起來了。李醫師剛才說你的旅館 Residence Inn 在這一站，還是兩張大床的 Family suite？那你先去開會好了！我可以先到你的房間補眠一下嗎？」

隔天晚上，和北部知名醫學中心的主任，南台灣醫學重鎮的負責醫學教育的副院長，嘉義臺南的幾位泰斗級學者等等醫師共進知名牛排晚餐。隔著浪漫昏暗的蠟燭，大家觥籌交錯，互相勸進。只有我滴酒不敢下喉。

眾教授逼問下，我只得說出前一天早上聽聞的酗酒肥胖悲劇故事。還跟大家訴苦：「唉呀！被日本學界嚴酷撻伐！」

「哼哼！不只日本學者要撻伐你，我也要撻伐你呀！這種好康為什麼不先找我？」

「我也要撻伐你！你對不起宇佐美對你がんばって堅持的期許，竟然沒帶

Edelgard 到 Residence Inn！」

「我以後還要在醫學生的醫學倫理學裡加你的案例！」

我納悶了：「這要教學生什麼？」

「好心有好康！」

「錯了！是『差最後一點好心，什麼好康都沒了！』」

「我也要回我們總區請文學院教授幫我們醫學院學生加必修課。」

「什麼課？」大夥兒紛紛問道。

「當然是西班牙語啊！他媽的學西班牙語比我拿 Pipette 十年寒窗做實驗還有賺頭！」

「還有，我今晚回去洗澡時，」胖胖的張醫師最後說：「先往下找看看，再決定要不要戒酒減肥。」

減肥比希特勒萬歲重要啦！
秘魯
智利
阿根廷

Chapter

羅倫佐之油

讓科學家與慢飛天使同行——誌全國兒童神經精神科學勵翔獎七年

有什麼畫面會在最理性的學術獎頒獎典禮裡，讓我感動地直掉淚？那是執中爸媽，彭徐鈞教授和文艾芳教授。

到民國一〇九年（二〇二〇），安安慢飛天使家庭關懷協會的年度感恩分享會和全國兒童神經精神科學勵翔獎頒獎典禮已經合辦七年了。除了不同年齡層、不同團體的年度大戲表演，讓慢飛天使和天使爸媽有嘉年華般的歡樂活動，頒獎給發展遲緩、癲癇及腦部腫瘤三個研究領域的國內優秀學者的勵翔獎也在分享會當場舉行。

得獎學者的論文都刊登在世界一流的期刊上，他們都是各領域的佼佼者。年輕學者和我們的慢飛天使互動一個下午。在台上，學者雙手接受勵翔獎狀和獎金時，獎狀對面的一隻手是學界泰斗的遴審教授，另一隻手則是慢飛病童孱弱的小手。我們的心願，就是讓優秀科學家實際面對沉痾中的病人，知道他的研究是在幫助可憐的慢飛孩子，而不只是為了升等教授所須的論文積分累積。另一方面，也要引領病家面對研究者，知道有活菩薩在孜孜汲汲為他們的孩子解決問題。

在現今的學院升等制度下，許多研究者致力於累積論文 impact factors 的總積分。客觀環境中，有意無意間，病人只是一個加註編號的受試者。甚至有些研究者幾乎不曾接觸到真實痛苦的病患。

同樣地，國內許多醫學研究獎項，主事者著重稱頌受獎者論文期刊在世界排名的地位；受獎者則著重報告研究的過程。獎項的頒獎典禮中，也沒有接觸到病人。

那我們為什麼要成立這個新而特殊的獎項呢？這一切都是安安給的緣。

當年為了拯救愛子賦安生前頑固性癲癇、諸藥無效的痛苦，我曾經奔走拜託國內南北幾位教授，討論有否發展即時偵測腦部癲癇波的晶片，能在測到癲癇前期腦波變化時立即發出壓抑癲癇波的短暫電擊，或是立即釋放皮下抗癲癇藥瞬間達到抑制癲癇的高血中濃度。那時旁邊的朋友都說我像是九零年代電影 Lorenzo oil 中先天代謝不良的罕見疾病（ALD; Adrenoleukodystrophy）孩童 Lorenzo 的拼命爸爸 Augusto。也真心感謝這幾位教授帶領各自團隊發表了相關的研究。可惜安安沒有這個福分享受教授們的研究成果，在五歲半時因為腦癌過世。

為安安辦完後事後，我在感謝之旅中到訪成大工學院，感謝一位當年為安安研究即時偵測癲癇波以即時反饋治療的資工所副教授。當我站在他的辦公室等他時，看到他實驗室的冰箱上貼著我贈書給他的首頁，上面我寫著：「教授，謝謝您為愛子賦安所做的研究。」這位副教授步入辦公室後，告訴我他在書中看到我們照顧慢飛兒的點點滴滴，他把這頁書頁撕下來貼在進門眼光直接觸及的地方，天天鞭策自己每當研究都要想到造福病人。

我那時好感動。原來家屬痛苦的心聲，科學家也聆聽得到；原來科學家也願意和慢飛天使的家長一起扛十字架。

伴著昭儀的安安協會十幾年，在每個活動中看到慢飛天使蹣跚的學習和周末群體活動的自在，覺得是一種對在天上的安安的補償。可是多年來，即使昭儀再怎麼以過來人的心境和家長分享，再怎麼辦活動給孩子們成長，給家長們喘息，總覺得家長努力的眼神中時時透出絕望的無奈。我是一個醫師，深刻了解到雖然安慰和環境支持可以讓病患和家屬在痛苦中感受溫暖，可是真正讓他們脫離痛苦深淵的還是能把疾病治療好。沒有科學的進展，病家只能在無助中相擁取暖；只有依靠研究的進展，病童父母方有信心去迎接未來。可惜的是，神經精神科學卻是臨床醫學中最沒辦法一個症狀對應一種藥物或手術去除的。我們沒辦法為發展遲緩的孩子移植一個無缺的腦袋，也沒辦法為癲癇的孩子隨便切除腦部病灶而沒有重大後遺症。是要怎麼讓走上數十載暗夜之路的家屬多一些遠方的燈光，在踽踽孤行中得到慰藉？是不是可以讓家長看到研究者殫精竭慮的奮鬥？

那麼，我能怎麼建立一個志業，讓病患和家屬痛苦的心聲，更能被科學家聆聽得到？更進一步地，如何建立一座橋樑聯繫病家和科學家。這座橋樑的一端引領優秀科學家實際面對沉痾中的病人，知道他的研究是在幫助可憐的慢飛孩子；橋樑的另一端，也要引領病家面對研究者，知道有活菩薩在孜孜汲汲為他們的孩子解決問題。

雖然我們協會的經費並不寬裕，雖然我們協會裡已然慢飛的孩子們享受不到日後研究成功的果實，但從在成功大學教授研究室的那一刻起我就發願，有朝一日要讓科學家們都看到、聽得到家長孩子們的心聲。

在民國一〇二年（二〇一三）本會理監事會議通過後，協會團隊就積極架起實驗室科學家和病童間的橋樑。和其他面對桂冠榮耀的科學獎項最大的差別，我們就是邀請科學家們來面對慢飛天使的家庭。

「鼓勵慢飛天使家庭，讓家長和小朋友看得到有學者在幫忙他們研究。殷盼象牙塔內研究的學者，能知道他們的研究是在造福病人。」就成為我們協會勵翔獎的初衷和年年的宗旨。勵翔，鼓勵飛翔！

萬事起頭難。我們夫婦開始頂寒風曬烈日、風塵僕僕奔波在國內各醫學中心和中央研究院。我們帶著門外漢的誠惶誠恐，逐一拜訪請益國內的重量級學者為我們推薦論文，之後並審查全部推薦的論文。

感謝在我們顛躓學步之初，學界給我們的贊同和鼓勵。我們真的很難忘台大的郭夢菲教授下班後拖著疲憊的身子，在她的辦公室逐字逐句指導我們論文甄選的準則。中研院的薛一蘋教授、台大郭鐘金教授、榮總的梁慕理教授也都各方面提供我們寶貴的意見。

神經精神科學的範疇，涵蓋何等浩瀚多樣。腦癌藥物的定位治療牽涉到奈米醫材。癲癇的定位和癲癇波的資料處理，是資訊工程的專業。精神疾病的客觀診斷，利用 functional MRI 提升為 connectome 和 endophenotype 的層級是高階影像處理。探討neural/synaptic plasticity，神經突觸環境則是艱難的分子神經生理學……。疾病研究的切入點各異，同一個疾病，若從基因的調控切入是分子生物學的範疇，若從復健切入卻又是醫工的領域。醫學界中，臨床和基礎醫學間彼此已有理解的鴻溝；如何整合更遙遠的醫學院、理學院、工學院的論文審查更是難如登天。這幾年裡，要誠摯感謝全國各領域各學院的領袖能擔任我們的顧問，為我們引介專家，解決了我們這方面的顧處。在他們的引介下，我們一年一年地奔波在各大學、醫學中心和中央研究院，向仗義幫忙我們的遴審委員說明我們的心願。有的時候，奔波一天往返中部南部，為的是能和研究繁忙的教授說上五分鐘的話。

在協會沒沒無聞，還沒有公信力的時候，通知學者得獎，偶爾會鬧出笑話。在第一屆裡，台大醫院的李旺祚教授慎而重之地為我們找出一篇登在神經科學桂冠級期刊的研究。我們高興而恭敬地通知這位南部醫學中心的優秀研究者，她多次用各種理由委婉地推辭。兩年後因緣際會，我和她同院直腸外科同事陳醫師在內視鏡醫學會結識，陳醫師才告訴我她以為我們是詐騙集團。

幾年之後，感謝在學界的和社會的逐漸認識下，勵翔獎成為國內神經精神科學的桂冠級學術獎項。衛生署邱署長、國家衛生研究院梁院長、縣長都來給我們加油打氣。中研院翁院長、台大臨床醫學研究所高所長、陽明大學謝副院長、臨床醫學研究所楊所長……等學界泰斗都幫助我們遴審文章。不獨感恩分享會的頒獎榮耀，會後的學術論壇更成為頂尖學問的交流聖域。會後，許多學者都會回饋信件給我們，告訴我們對參加感恩分享會的感動，和學術論壇洗禮的深刻印象。當然，在學術網站上，我們的獎項也都成為這些優秀學者學術自傳（Curriculum vitae）中的一項。

一年一年，在感恩分享會的台上，許多致詞的長官或教授紅了眼眶，感動慢飛天使們的艱辛奮鬥，感動於天使媽咪們的燃燒自己。得獎學者蹲下來接受慢飛小朋友的獎狀和期許。

其中，有三幕我終身忘不了。

艾芳教授服務於一家私立的大型醫學中心復健系。一生都在做腦性麻痺特教病童的復健評估和追蹤的研究，希望利用常態家務（routine-based）的訓練，為遲緩邊緣的孩童在發展早期找到激發腦肢功能的方法。相較於許多學術研究動輒和產官學界聯繫大筆資源，或者研發主宰明日消費的科技專利，艾芳教授的研究是那麼孤獨地遠離暴利。這種研究，任何的結論都沒辦法為研究者帶來絲毫收入，艾芳教授注定是要勞累而兩袖清風的。大部分的研究中心，學者以實驗室為基地，上下班之間除了冷氣空調，還有背景音樂。艾芳的研究，夏天烈日冬天寒風地整天開車奔波在飛揚著灰塵的馬路上，訪視治療角落中的孩童。艾芳教授孤獨勞碌地面對溝通不良的慢飛天使，對比著一般研究團隊喝咖啡討論學術的融洽氛圍。更有甚者，這樣的研究能刊登的科學期刊其影響力（impact factors）指數遠遠落後於新分子的發現、或疾病新治療的突破。可是艾芳教授吃力不討好的企圖，卻是最真實接近徬徨家長的心和慢飛天使的掙扎。他讓家長學習了解務實可及的教育方式，賦能小朋友的自我照顧。

艾芳教授月月年年的奔波，讓她積勞成疾。幾年後她因為呼吸不暢和胸口沉重的感覺就醫，赫然發現已是肺癌末期。內人昭儀幾次探訪，她已然被化學治療一波波折磨，比上台領勵翔獎時形銷骨毀。

相較於資金雄厚的科學獎，我們當年的獎金當時僅是一般水準的三、四成。數額當然無法成為研究補助，那僅是我們窮協會對研究者的小小感謝心意。可是我永遠記得她高興地上台領獎時，敘述完她研究的目的如何造福台下的慢飛孩子後，高興地說「我剛剛在台下算算，這些錢我能買多少95無鉛汽油。哈哈！我終於多一些錢幫破車子加油，讓車子能多跑遠、多訪視些慢飛家庭了。」

協會的經費支絀，請不起足夠的社工、幼保等常態專業人員。許多活動都要靠熱心志工的幫忙，甚至是請慢飛家長一起動手。近幾年的感恩分享會，我們都請執中的媽媽當司儀。

執中是比較嚴重的低功能自閉症的孩子。相較於高功能自閉孩子的家長，還可能因為孩子的數學、記憶、藝術等天分而有慰藉；低功能的自閉症孩子智商語言都差較差，眼神接觸、人際互動都少，爸媽撫養起來永遠只有碰壁的挫折感。許多都會區慢飛的孩子，父母在來我們這裡諮商求助之前都有比農業縣份家長更長的掙扎猶豫期。爸爸媽媽的成就取向高，都會嘗試找各種有形無形資源、盡各種主流或民俗的療法帶孩子，也都希望孩子如果能讀普通班。多熬了幾年，才帶著對現實的體認疲憊地來找我們。執中爸媽也是一樣。我只知道執中媽在縣內的公立區域醫院當了一陣子高級技術人員，為了帶執中，終於放棄公立醫院的穩定工作。

執中媽的氣質沉穩，主持時臨危即解，要比昭儀和我都有大將之風。在勵翔獎相關佈達時，也能毫無頓滯。不只贏得多年的掌聲，昭儀和我也都讚嘆不已。

二〇一九年勵翔獎頒獎典禮時，中央研究院分子生物研究所的婷雅以一篇「在軟基質中神經突觸的調控研究」得到尖端期刊的登載，以及當年全體遴審教授的青睞。典禮當天，她的指導鄭教授也到場觀禮。鄭教授坐在第一排研究計畫主持教授（principle investigator）席，是全場敬重目光的焦點。大家都知道，是他們學術泰斗的指導，才會有年輕一輩優秀的研究。

我可以感覺得到，執中媽望著鄭教授的眼神異常。頒獎結束時，一位身材瘦削，穿著不怎麼新的白襯衫的男士趨前向鄭教授致意。執中媽也過來為我們介紹，原來執中爸媽和鄭教授是研究所的同學，當年都是孜孜研究的熱血青年。一別多年，今天再相見竟然是這樣的場合。

原來執中被診斷為重度低功能的自閉症後，全家的生活頓時失去了光采。爸媽為了照顧執中，都不得不放棄台北的學術殿堂回到宜蘭，媽媽在醫院申請一個少加班調班、少奔波的檢驗師職缺；爸爸到縣裡的藥廠工作，掙兩份圖溫飽的薪水，夫妻輪流照顧執中。鄭教授則是遠赴異國深造，發光發熱。回國後受聘於中研院，發揮長才指導學生研究。

光陰飛逝，造化弄人。今天鄭教授以得獎學者的指導教授身分翩然蒞臨，榮耀輝燦。當年的同學，執中爸則是擠在台下慢飛家長群中為研究所同學的下一輩學生的成就鼓掌。

我們夫妻和執中爸媽、眼神迷離渙散的執中，一起和鄭教授照相後，我躲到獎台的角落，用袖角擦拭我一直止不住的淚水。父母親為慢飛天使的犧牲是這樣深刻這樣久遠。看著現在疲憊滄桑、遠比實際年齡要老的執中爸爸，想想如果不是為了執中，現在坐在首席的學術泰斗應該是執中爸呀。為了慢飛孩子，接受掌聲和付出掌聲的位置這一生就翻轉了。如果愛兒賦安仍然在世，我們夫妻現在應該也是在台下為幫我們安安研究疾病的學者鼓掌，終日碌碌而毫無能力主辦家庭關懷協會和主持勵翔獎啊。

那麼，真有慢飛天使的家人，能同時為親人研究嗎？真有一位執中爸，能同時開發世界級的研究來解決執中的痛苦？

感謝安安鞭策我成立的勵翔獎，讓我這輩子得遇像彭徐鈞教授這樣真性情的學者、真正《羅倫佐之油》人生劇場中的主角。

徐鈞在第二屆的勵翔獎甄選期間時就自己寄稿來應徵。因為會裡主要是以望重學界的教授團的遴審為主，針對入選的文章我們再主動通知研究者。也就是研究者是被動被告知，再補件說明自己研究的實用性和延展性。徐鈞不合規範的自主投稿當然引起我們的注意。雖然那篇用磁振攝影來研究癲癇發作的文章刊登在等級未臻頂峰的期刊，可是我一眼注意到徐鈞是從桃園鄉下某大學電機系投稿，而不是身在研究所。是什麼動力讓一個大學科系的學生，在還沒有博士班研究壓力的時候就急急想要做研究？對照所謂的台清交成出身的大學生，他更有無比強烈的學術自我期許。

在客觀的遴審結果出來之前，我趁醫學會之便在台北和他見了一面。聊天之中知道他現在已經在台北榮總和臨床的醫師一起做研究，這輩子很希望為癲癇的孩子們做出一些突破。

我很好奇，隔幾天打電話給第一屆特別獎得獎人、榮總的陳醫師。電話的那一端給了我一個匪夷所思的驚人事實。陳醫師說這位年輕人從其他研究團隊輾轉聯繫上榮陽團隊的研究。不同於其他工學院的研究者窩在電腦前設計程式，徐鈞會要求跟著醫師查房，跟著病人做腦波圖檢查，甚至跟著進開刀房看癲癇手術。醫師教授們不以為意，以鼓勵年輕人的美意讓他跟查房。不料在病榻邊、在病房討論室，每每醫師討論之間，徐鈞對癲癇發作症狀的鑑別診斷、腦波圖和磁振攝影的應用、不同抗癲癇藥物的選擇、非藥物治療甚至手術的介入，都侃侃而談，不僅毫不遜於一般主治醫師，甚至更勝一籌。更驚人的是，徐鈞周旋於神經內、外科醫師間的討論，從來就是用醫界正式的拉丁用語，流利而毫無滯礙。

我腦海中瞬時浮現起金庸的武俠小說《倚天屠龍記》中衣衫襤褸、毫無門派奧援的大俠張無忌在光明頂上，從各大武林門派間強出頭的情景。

這幾年勵翔獎科學論壇下來，為了能站在學者身邊多了解尖端的研究，安安冥冥中鞭策我進修各領域的研究。我廣閱 encapsulation biomaterial、biomimetic、fMRI connectome、neural plasticity、epigenetics and translation silencing、wave data processing、Crisper-CAS9 等等最尖端的科技，其實很有信心比一般臨床多年的神經、精神科醫師，能面對相關科學的艱深基礎研究而無懼色。可我畢竟有多年的基礎和臨床醫學的教育背景。徐鈞為麼會那麼跨界？

那年裡程碑級的論文甚多，他投稿的論文沒能入榜。我可惜之間，仍邀請他到感恩分享會和慢飛天使共融。

以後幾年裡，他都會不時主動投稿勵翔獎，而且研究文章所刊登的期刊等級一次比一次突飛猛進。

我在其間收到他結婚的邀函，婚禮是在他的老家竹北。

我當然很榮幸能受邀參加一個有為青年的婚禮，即使臨床業務倥傯，當天也睜著惺忪的睡眼從羅東開車去。印象很深的是那天在高速公路上哈欠猛打撐不下去，竟然第一次發現快到竹北的湖口休息站有一個可以讓駕駛真真正正平躺補眠的冷氣室。

那是純客家的婚禮。懷舊餐廳整個民國五十年代的場景裡，徐鈞牽著上載新娘的牛車進場。一切農村的陳設布置，說明了徐鈞客家硬頸的精神。新娘是小學老師，秀外慧中。相對地，看得出徐鈞爸媽濃濃的農村氣質。他的父母拙於言辭，由徐鈞致詞感謝鄉親賓客，全場流利的客家話。

席間，我可以看到榮總的年輕神經內外科醫師也來捧場，還有一位我小學同學曾女士。曾女士自小為癲癇所苦，因為在榮總的治療成功，發願為終身的志工，成立「超越巔峰聯誼會」糾集病友分享生活經驗、學習正確知識。我真的感受到，在癲癇界裡，徐鈞是非常被看重的年輕人。

徐鈞的研究，不論期刊等級，總是都很注重實用。相對於投稿 Science、Nature、Cell 或 PNAS 等純學術的桂冠級期刊，他比同輩學者更注重參加工業科技或專利展覽。二〇一八年，徐鈞得到國際傑出發明家學術國光獎章。

二〇一九年，他用最迅速的時間在科學教育界站穩腳步，受聘為台北醫學院副教授，正式成為研究計畫主持人，帶領屬於他自己的團隊。我們的首席學術顧問黃棣棟教授，當年是榮陽團隊所有相關議題研究者的宗師和所有研究計畫主持人的老闆。徐鈞，是當年夾雜在層級明確的榮陽大團隊裡的青澀角色。現在，他們兩位攜手成為北醫的研究夥伴。我得到消息時，大笑這正是張無忌跨越武當七俠長輩，直接和師祖爺張三豐比肩武當山的帥氣畫面。

同年裡，徐鈞的研究文章已然刊登在七百分比的超優質期刊裡了，再度得到本會的勵翔獎特別獎。年度感恩分享會的活動，與其說是成果發表會，不如說是慢飛歡樂嘉年華。不論是太鼓、打擊樂還是直排輪，慢飛天使受限於理解力和肢體協調，不論先前無數次的排練，到頭來在台上還是沒辦法整齊劃一。不只前後節奏零零落落，還有小朋友會失控在表演台上跑還跑去。比起職業表演水準，我常要感謝觀眾的高度體諒。

表演完，徐鈞上台發表感想。

他一開口，就讓我淚流不止。他告訴所有的家長他有兩位姊姊是癲癇和發展遲緩，常在鄰里迷路或癲癇發作，造成鄰里的負擔，也根本沒辦法受教育。徐鈞的爸爸媽媽務農，更沒有辦法解決這樣棘手的問題。他說他邊流淚邊看我們安安協會的小朋友零零落落表演的神情，就好像看到他的姊姊般親切。從大學起，他這麼多年來的研究就圍繞著姊姊的病奮鬥。

原來，他才是真正的《羅倫佐之油》劇中的主角！我們夫妻六年短暫的緣裡，有一個中度的安安寶貝；徐鈞卻有兩位重度的姊姊，而且是一輩子永生的緣。為了親人心靈的桎梏，為了桑梓家族的期盼，他沒有懸念，沒有旁騖地日夜奮鬥。不論是電生理學或是影像生理學，在不到十年間成為國內癲癇研究的佼佼者。比起徐鈞，我這個沒用的腸胃科醫師爸爸為安安做的實在太少了。

感謝勵翔獎，讓我們對慢飛家庭和學界搭起聯繫的同時，給我們高貴人性的啟迪和生命價值的教育。

發展遲緩，是人生無盡的桎梏。難治癲癇，是身心社交的夢魘。腦部腫瘤，更是生命的摧折。

對年輕研究學者，我們要感謝你們團隊的盡心研究，並誠摯期盼學術高塔中發光熱的你們的繼續執著努力。

對慢飛天使，我們立願：「我們來不及為安安做到的，希望能為安安身後千千萬萬相同的弟弟妹妹照顧到。」

勵翔獎

AUTHOR 系列．李惟陽作品集 004

後山怪咖醫師與那些奇異病人

作　　者｜李惟陽
主　　編｜謝翠鈺
封面設計｜兒日設計
插　　圖｜陳希文
美術編輯｜菩薩蠻數位文化有限公司

董 事 長｜趙政岷
出 版 者｜時報文化出版企業股份有限公司
108019 台北市和平西路三段二四〇號七樓
發行專線／（02）2306-6842
讀者服務專線／ 0800-231-705　（02）2304-7103
讀者服務傳真／（02）2304-6858
郵撥／ 19344724 時報文化出版公司
信箱／ 10899 台北華江橋郵局第九九信箱
時報悅讀網｜ http://www.readingtimes.com.tw

法律顧問｜理律法律事務所 陳長文律師、李念祖律師
印　　刷｜勁達印刷有限公司
一版一刷｜二〇二二年一月二十一日
定　　價｜新台幣四二〇元
缺頁或破損的書，請寄回更換

時報文化出版公司成立於一九七五年，並於一九九九年股票上櫃公開發行，於二〇〇八年脫離中時集團非屬旺中，以「尊重智慧與創意的文化事業」為信念。

後山怪咖醫師與那些奇異病人 / 李惟陽作 . -- 一版 . --
臺北市 : 時報文化出版企業股份有限公司 , 2022.01
面 ;　公分 . -- (Author 系列 ; 4)
ISBN 978-957-13-9897-6(平裝)

863.57　　110021999

ISBN 978-957-13-9897-6
Printed in Taiwan